# STAR TREK VOYAGEUR

*INFRACTIONS*

Suzan Wright

**Traduit de l'américain
par Ivan Steenhout et Bruno Guévin**

Titre de la version originale anglaise : Star Trek Voyager :
Violations
Copyright ©1995 par Paramount Pictures

©1999 Éditions AdA Inc. pour la traduction française

Révision: Nancy Coulombe
Typographie et mise en page: François Doucet
Graphisme: Carl Lemyre
Traduction : Ivan Steenhout et Bruno Guévin
ISBN 2-921892-70-7
Dépôt légal : quatrième trimestre 1999
Bibliothèque nationale du Québec
Bibliothèque nationale du Canada

Première impression: 1999

Éditions AdA Inc.
172, Des Censitaires
Varennes, Québec, Canada, J3X 2C5
Téléphone:   450-929-0296
Télécopieur: 450-929-0220
**www.ADA-INC.com**
**INFO@ADA-INC.COM**

**Diffusion**
Canada: Éditions AdA Inc.
Téléphone:   450-929-0296
Télécopieur: 450-929-0220
**www.ADA-INC.com**
**INFO@ADA-INC.COM**

France: D.G. Diffusion
6, rue Jeanbernat
31000 Toulouse
Tél: 05-61-62-63-41
Belgique: Rabelais- 22.42.77.40
Suisse: Transat- 23.42.77.40

**Imprimé au Canada**

**Données de catalogage avant publication (Canada)**

Wright, Susan

Infractions

Traduction de : Violations.
Constitue le v.4 de Star Trek Voyageur.

ISBN 2-921892-70-7

I. Steenhout, Ivan, 1943-    . II. Titre.  III. Titre : Star Trek
voyageur.

PS3573.R54V5614 1999          813'.54          C99-941586-7

« Pas besoin de me faire un dessin, dit le capitaine Janeway au lieutenant Tuvok. Ils ont volé l'ordinateur central. »

Les câbles du réseau de transmission des données par fibres optiques, naguère au point nodal de jonction entre l'unité principale et le processeur, gisaient dans le réservoir qui contenait le liquide bleu des substances nutritives. Les contenants de bio-nutriment colloïde avaient été endommagés. Le gel dégoulinait dans le bloc informatique.

« Vous savez, dit Janeway avec un calme surhumain, on nous apprend, à l'Académie, à toujours rester objectif. À ne jamais nous impliquer personnellement dans le processus de prise de décision. » Elle se tut, puis continua, la voix tremblant d'une fureur à peine contenue. « Mais quand on fait une chose pareille à mon vaisseau… je me sens personnellement visée. » Le ton du capitaine ne laissait aucun doute. Quelqu'un allait devoir payer pour avoir paralysé le *Voyageur*, si loin de l'espace fédéral.

*Pour Lisa Wright DeGroodt*
*et Gwen Roberts Sherman,*
*qui étaient là au tout début du voyage*

# PROLOGUE

— Je pense que nous sommes assez grands pour traiter avec le Cartel, dit le capitaine Janeway au commander Chakotay.

Harry Kim, de son poste aux opérations, vit le sourire de Janeway, et il commençait à savoir ce que cette expression signifiait. *Elle veut que nous y entrions tambour battant ! Pas mal culotté !* Kim était obligé d'admirer l'audace du capitaine, même quand le commandant en second mettait ouvertement en doute la pertinence d'une de ses décisions. Tout le monde sur la passerelle observait, sauf Paris qui, assis à la station de navigation, faisait semblant de ne pas entendre la discussion qui se déroulait juste dans son dos.

— J'aimerais rappeler respectueusement quelque chose au capitaine, dit Chakotay, avec dans la voix un frémissement de défi qui se réverbéra dans le silence ambiant. Vous êtes habituée à évaluer les situations d'un point de vue d'officier de Starfleet, alors que dans le cas qui nous occupe, les tactiques de guérilla seraient plus appropriées.

— Oubliez-vous que nous sommes des officiers de Starfleet ? demanda Janeway.

— Pas du tout. Mais c'est mon expérience du Maquis qui m'amène à vous faire cette suggestion.

Chakotay se pencha plus près du capitaine et ajouta quelque chose d'une voix trop basse pour que Kim saisisse le reste de la discussion. Débordant de curiosité, il se promit de demander plus tard à Paris s'il avait entendu ce que le commander avait dit.

— Venez à mon bureau, ordonna Janeway. Tuvok, la passerelle est à vous.

Quand la porte se referma en glissant sans bruit sur les talons des deux officiers, Kim expira doucement de ses poumons le souffle qu'il retenait. Il détestait quand le capitaine et Chakotay étaient en désaccord; il leur faisait à tous les deux confiance, mais dans ce cas-ci l'un des deux devait avoir tort.

Les autres officiers sur la passerelle étaient mal à l'aise aussi. Et ce malaise durait depuis qu'une énorme tempête plasmique qui faisait rage sur plusieurs secteurs avait détourné le *Voyageur* de sa trajectoire. Il avait fallu des semaines pour contourner l'ouragan. Et le détour les avait amenés à proximité du système binaire de Tutopa — là même où se trouvait l'Axe, une station spatiale légendaire. L'Axe figurait sur chaque carte stellaire et chaque relevé cartographique de cette région de la Galaxie et, d'après Neelix, c'était « le centre d'information » du Quadrant Delta.

— Les senseurs indiquent qu'un autre bâtiment circule sur le même vecteur, annonça Kim en notant la trajectoire du vaisseau.

— Lecture confirmée, dit Tuvok.

— C'est le quatrième vaisseau qui nous dépasse depuis que nous sommes ici, dit Paris avec un sourire à l'intention de Kim. Cet Axe doit être un endroit très animé.

8

— On dirait, concéda Kim en guettant prudemment la réaction de Tuvok.

Tuvok était d'habitude d'une rigidité absolue concernant le respect du protocole sur la passerelle. Kim, qui en était sa première mission, ne savait pas si tous les chefs de la sécurité étaient aussi stricts ou bien si Tuvok l'était uniquement parce qu'il était vulcain.

— On dirait que l'Axe est un endroit parfait pour une permission, ajouta Paris. Si nous étions dans l'espace fédéral, j'aurais droit à une permission à terre. Tout de suite même…

— Lieutenant, l'interrompit Tuvok, vous commettez une erreur de logique. Si nous étions dans l'espace fédéral, vous ne seriez pas assigné à ce vaisseau. Vous purgeriez, en ce moment, votre peine de prison dans une colonie pénitentiaire de Nouvelle-Zélande.

Une étrange expression passa sur le visage de Paris. Comme la première fois qu'il avait sans détours admis avoir menti concernant son erreur de pilotage qui avait causé la mort de trois de ses collègues officiers. Quand Paris avait ensuite ajouté qu'un cauchemardesque accès de remords l'avait poussé à avouer sa faute, ce qui lui avait valu d'être renvoyé de Starfleet, Kim avait failli se lever et le laisser seul, presque plus révolté par la désinvolture du pilote que par l'acte lui-même. Mais il était resté à cause de cet étrange sourire. Paris avait gardé les yeux rivés sur sa soupe, et son air avait rappelé à Kim celui de Reggy, un garçon qu'il avait connu à l'école et qui causait tout le temps toutes sortes de problèmes. Un jour, Reggy avait fait pleurer une fille plus jeune en lui détrempant sa robe chasuble avec une bulle d'eau en stase. La petite fille était restée là, les mains tendues, grandes ouvertes, innocente et meurtrie, semblant se demander pourquoi quelqu'un pouvait bien avoir eu envie de lui faire du mal. Reggy avait alors eu exactement le même regard que Paris — s'efforçant de sourire parce qu'il lui était impossible de perdre la face devant tout le monde, mais avec les yeux chavirés…

— C'est une honte, Tuvok, dit Paris d'une voix traînante sans se retourner vers le chef de la sécurité. Écouter notre conversation. Est-ce le type de comportement que vous considérez logique ?

Les mains de Tuvok continuèrent de voltiger au-dessus du panneau de commande de la station tactique pour activer les systèmes de défense au cas où le vaisseau pénétrerait dans l'espace tutopan.

— Quand vous choisissez de claironner votre opinion à toute la passerelle, je ne peux m'empêcher de vous entendre, lieutenant Paris. Je vous suggérerais de vous en abstenir à l'avenir.

Il y eut un moment de silence. Les autres membres de l'équipage firent semblant d'être absorbés par leur travail. Mais les paroles des deux hommes restaient en suspens dans l'air, et Kim se sentait encore plus mal. Il détestait *toutes* les prises de bec, particulièrement quand elles survenaient au moment où le vaisseau était immobilisé à la lisière d'un système que l'on disait parmi les plus puissants de ce quadrant.

Paris ne savait jamais quand s'arrêter. Il grommela quelque chose d'indistinct, dans le genre : « On n'est jamais capable de rien voir que l'intérieur de ce vaisseau… »

La porte du bureau du capitaine s'ouvrit, coupant court à ses récriminations. Janeway et Chakotay apparurent sur la passerelle. Le capitaine eut un hochement de tête à l'intention de Tuvok pour lui signifier qu'elle reprenait officiellement le commandement.

— Nous allons être discrets, annonça le capitaine avec un regard maussade à Chakotay, comme pour admettre qu'elle s'était rangée à son avis. Déterminez une trajectoire vers le système secondaire de Tutopa.

Paris poussa un soupir, mais obéit sans rechigner.

— Trajectoire établie.

Janeway remarqua sa réaction, exactement comme elle remarquait tout ce qui se passait autour d'elle.

— Monsieur Paris, nous voulons de l'information sur d'éventuels trous de ver — nous ne nous risquerons pas dans l'espace du Cartel juste pour vous donner le loisir de vous précipiter dans le premier tripot local venu et vous y imbiber de gin. À propos, où est Neelix ? ajouta-t-elle en jetant un coup d'œil à Chakotay.

— Apparemment, il a des problèmes avec un de ses chaudrons. Il devrait arriver bientôt, répondit Chakotay d'une voix parfaitement calme, malgré l'atmosphère tendue.

— Système secondaire de Tutopa à portée de senseurs, dit Kim, concentré sur ses relevés. Aucune planète de classe M, mais je détecte au moins quarante vaisseaux et de nombreuses plates-formes stationnaires dans le secteur.

— Nous avons besoin de Neelix, commenta Janeway.

— Passerelle à Neelix, dit Chakotay après avoir ouvert son communicateur. Au rapport immédiatement…

Les portes de l'ascenseur turbopropulsé s'ouvrirent avant que Chakotay ne finisse sa phrase et Neelix s'engouffra sur la passerelle, avec ses cheveux fins qui voltigeaient autour de sa tête et de grands mouvements des bras, comme pour occuper plus d'espace que son corps menu ne le permettait.

— Navré, je suis en retard, les gars ! Kes avait besoin de moi.

— Heureuse que vous ayez été capable de vous libérer pour vous joindre à nous, dit Janeway.

Le petit visage flagorneur du Talaxien sourcilla à peine quand il entendit la remarque sèche du capitaine. Il se frappa les mains l'une contre l'autre et les frotta vigoureusement.

— Alors, qu'avons-nous au menu aujourd'hui ?

Janeway n'était manifestement pas d'humeur à plaisanter.

— Nous pénétrons dans le système secondaire de Tutopa, dit-elle.

Neelix se montra soudain très attentif.

— Êtes-vous certaine de vouloir y aller ? *Moi-même, je n'ai jamais mis les pieds* à Tutopa malgré toutes les bonnes affaires qui s'y concluent.

— Pourquoi pas ?

Neelix, dans un geste de familiarité déplacé, posa un bras sur le haut du dossier du fauteuil du capitaine et se pencha vers Janeway beaucoup plus près que Kim n'aurait jamais osé le faire.

— Disons juste que les Tutopans sont portés à *acquérir* des vaisseaux. Non pas qu'ils soient agressifs, pas du tout, mais on ne quitte d'habitude ce système qu'après avoir travaillé pour une des Maisons ou pour le Cartel, le conglomérat qui gère l'Axe et agit comme force de sécurité commune pour les diverses Maisons.

— C'est pourquoi nous évitons l'Axe, dit Janeway en se reculant légèrement. Y a-t-il quelqu'un avec qui nous pouvons négocier dans le système secondaire?

— Vous savez, répondit Neelix, les yeux brillants, vous obtiendriez sans doute tout ce que vous voulez en échange de votre truc de « rayon tracteur ».

— Nous ne négocions pas de technologie, lui dit Janeway. Cela contreviendrait à la Prime Directive.

— Ah ouais, encore une fois ce machin primequelque chose, dit Neelix en lui jetant un regard attristé. Ce serait beaucoup plus facile, vous savez, si vous vous permettiez de temps en temps de passer outre à ce règlement. Il empêche bien des bonnes affaires.

Janeway fit un geste brusque de la main.

— J'ai déjà essayé de vous l'expliquer, Neelix. Nous ne sommes tout simplement pas autorisés à transmettre

**12**

une technologie avancée, susceptible de provoquer un changement dans l'évolution naturelle d'une culture. Je suis certaine qu'il existe d'autres moyens.

— Oh, il existe toujours d'autres moyens, s'empressa de concéder Neelix. Tout dépend de ce que vous êtes prête à payer.

Chakotay examinait l'écran sur lequel, à mesure qu'ils approchaient, grossissait l'étoile double de Tutopa.

— Quelle est la monnaie d'échange tutopanne? demanda-t-il.

— Voilà la bizarrerie de la chose, leur dit Neelix en se penchant de nouveau. Et une des raisons pour lesquelles cet endroit ne m'a jamais beaucoup intéressé. Les Maisons se spécialisent dans le commerce de l'information : relevés topographiques, technologies diverses, formules, des choses du genre. Des enjeux beaucoup trop gros pour moi, laissez-moi vous le dire.

— Nous n'avons pas l'intention de commercer avec les Maisons ou le Cartel, répéta patiemment Janeway. Nous essayons de garder un profil bas.

— Il n'est pas indispensable d'aller à l'Axe, les Maisons ont des représentants dans le système secondaire…

Neelix s'interrompit quand il vit l'expression du capitaine, puis leva les mains.

— Mais vous avez raison, capitaine. Il existe d'autres moyens qui attireront moins l'attention… Comme certains groupes marginaux qui sont, dirais-je, actifs du côté obscur des lunes.

— Le côté obscur ? répéta Janeway d'un air incertain.

— On dirait qu'il parle de marché noir, lança Paris sans se retourner.

— Ces groupes marginaux sont-ils engagés dans des activités illégales ? demanda Janeway à Neelix.

**13**

— Le Cartel est la seule loi de Tutopa, dit Neelix en haussant les épaules comme s'il avait tout dit. Les clandestins sont une proie rêvée pour les patrouilles d'Exécuteurs, les policiers chargés de l'application des lois, mais je doute qu'ils nous inquiètent. Leurs vaisseaux sont peut-être quatre fois plus petits que le vôtre... que le *nôtre*, se reprit très vite Neelix.

— Où trouverons-nous ces « clandestins »? demanda Chakotay.

— Je vous l'ai dit, je ne suis jamais venu dans ce système, répondit Neelix en écarquillant les yeux.

— Tu parles d'un guide autochtone, grogna Paris, à la console avant.

Les sourcils de Tuvok se joignirent — seul signe de mécontentement qu'il se permettait d'habitude. Kim eut l'impression que l'envie lui démangeait de réprimander Paris.

— Avez-vous quelque chose à dire, lieutenant ? demanda Janeway d'un ton si cassant qu'il surprit Kim.

Paris vérifiait les écrans de ses dispositifs de navigation, comme s'il avait l'esprit occupé à des questions plus importantes.

— Si vous me le demandez, dit-il, cet endroit ressemble à la Croix de Sassaniwa — le système binaire entre Ferengi et l'espace cordovian. C'est un centre de commerce très actif, et il y existe aussi, dans le système secondaire, un marché noir très prospère, surtout dans les ceintures d'astéroïdes.

— Ne me dites pas que vous avez déjà trafiqué au marché noir de Sassaniwa ! s'exclama Janeway.

— Assez pour savoir ce dont je parle, répondit le pilote.

— Qu'en pensez-vous ? demanda Janeway dont le regard passa de Chakotay à Tuvok.

— Je relève une ceinture d'astéroïdes dans le système secondaire, l'informa le Vulcain. Mais ce n'est pas la Croix de Sassawina.

Paris grogna et cessa de feindre qu'il se désintéressait de la question.

— Nous n'aurions pas besoin de nous tracasser à trouver des trous de ver si c'*était* la Croix de Sassawina. Exact, Tuvok ? Nous serions sains et saufs car nous serions dans le Quadrant Alpha.

— Je rappelle simplement au capitaine les paramètres inconnus, répondit Tuvok. Mais c'est juste : il a été théoriquement établi qu'il était plus vraisemblable que les individus assez désespérés pour endurer les conditions sévissant habituellement dans les ceintures d'astéroïdes opèrent en-dehors des circuits normaux d'une société.

Paris ne savait pas trop comment réagir.

— On dirait que vous êtes d'accord avec moi, dit-il.

— Il *est* d'accord, murmura Kim, trop bas pour que personne l'entende.

— Il est d'accord, dit Janeway à Paris. Lieutenant, établissez la trajectoire vers la ceinture d'astéroïdes. Voyons si nous sommes capables de trouver un moyen de rentrer chez nous.

# CHAPITRE
# 1

Janeway se recala dans son fauteuil et laissa son regard errer sur le plafond de son bureau.

*Chakotay avait eu raison.*

Quel désagréable début de matinée ! Depuis quelques jours, une même pensée n'avait cessé de hanter l'esprit de Janeway et d'interférer avec son travail : le *Voyageur* ne pouvait plus compter sur le soutien logistique de Starfleet. Elle était toujours restée intellectuellement consciente du fait qu'ils étaient une force négligeable dans le Quadrant Delta, mais quand Chakotay, de sa voix calme, le lui avait rappelé sur la passerelle, le sentiment de leur vulnérabilité s'était soudain imposé à elle avec la plus extrême acuité.

Les lumières clignotèrent et la voix du commander retentit dans l'intercom.

— Alerte jaune. La présence du capitaine est requise sur la passerelle.

— J'arrive, dit-elle en espérant que ce soit une autre fausse alerte.

En dépit des heures et des heures de négociations infructueuses, elle était déterminée à poursuivre l'affaire jusqu'au bout. S'il existait un trou de ver à moins de mille années-lumière, les Tutopans le savaient.

Sur le visualiseur, la coque bulbée d'un cargo arrivait lentement à portée de senseur. En arrière-plan, les grains de poussière et les rocs qui tournaient et bougeaient, reflétaient la lumière des deux soleils et la courbure de la ceinture d'astéroïdes miroitait de millions de petites étincelles. Janeway avait toujours trouvé les ceintures d'astéroïdes jolies, mais elle n'était pas loin de changer d'avis maintenant qu'elle avait été obligée de s'immobiliser à proximité pendant quatre jours entiers sans que rien jamais n'en brise la monotonie. Mais Chakotay avait raison...

— Maintenez la trajectoire et la vitesse, ordonna-t-elle. Voyons s'ils veulent sérieusement communiquer avec nous.

Janeway se réinstalla dans son fauteuil et étudia l'écran. L'arête dorsale et la prise d'hydrogène antérieure de ce vaisseau étaient de conception identique à celle de la dizaine d'autres bâtiments tutopans qu'ils avaient croisés dans le système secondaire, mais celui-ci avait vraiment l'air d'un vieux rafiot. Elle plissa les yeux quand elle vit les cloisons tordues de la coque tribord et y reconnut la marque d'une dépressurisation partielle.

— Je ne piloterais pas ce sabot pour tout l'or du monde, dit Paris en secouant la tête.

Janeway appréciait souvent l'originalité des points de vue de son pilote et choisissait donc d'habitude d'ignorer que la plupart de ses commentaires étaient intempestifs.

— Viennent-ils à notre rencontre ? demanda-t-elle.

— Ils semblent maintenir le cap vers nous, répondit Tuvok.

— Très bien.

— Dois-je ouvrir une fréquence de contact ? demanda l'enseigne Kim.

INFRACTIONS

— Non. Mieux vaut ne pas effrayer celui-ci et ne pas le faire fuir.

Kim plissa le front et se tassa dans son siège. Quand Janeway vérifia, sur son moniteur personnel, les affichages de sortie des opérations, elle vit que l'enseigne avait interrompu tous les projets scientifiques en cours pour affecter le maximum d'énergie possible aux moteurs et aux systèmes de défense. Un peu excessif dans les circonstances. Janeway essaya de réfréner l'accès de sympathie qu'elle éprouvait pour le jeune homme — la situation était dure pour tout le monde, mais c'était la première affectation de Kim, une première mission qui l'entraînait loin de tout ce qui lui était familier. Pas étonnant qu'il soit nerveux. Mais il était aussi officier de Starfleet, et comme Marc l'aurait souligné, avec ce sourire exaspérant qui n'appartenait qu'à lui : « Tu ne penses pas, ma chère Kate, que ton inquiétude relève un peu trop de l'instinct maternel ? »

Janeway chassa la pensée de son lointain amant et s'efforça de se concentrer sur la gravité du moment présent.

— Quelque chose ne va pas, monsieur Kim ?

— Pas exactement…

Le jeune homme lui jeta un regard furtif pour s'assurer qu'elle était disposée à en entendre plus.

— C'est juste que je ne comprends pas pourquoi tant de vaisseaux s'approchent, puis soudain virent de bord. Même certains de ceux qui ont fini par nous contacter.

— Ils nous testent, dit Chakotay avec philosophie.

— Et le mot se passe, ajouta Paris. La majorité des clandestins sont assez intelligents pour ne pas s'approcher s'ils n'ont pas ce que nous voulons. Je veux dire : Quel être dans l'Univers éprouve le besoin de courir après les problèmes ? Et nous avons l'air d'être un gros problème — nous serions capables d'anéantir la plupart de ces vaisseaux, sans même une baisse perceptible de puissance dans notre réseau d'énergie.

Janeway n'avait pas objection à laisser Paris rassurer l'enseigne pendant qu'elle étudiait les soudures qui rafistolaient et plissaient le flanc du cargo. Un vaisseau à peine aussi gros qu'une des nacelles de distorsion du *Voyageur*.

— Rapport, Tuvok !

— Les boucliers du cargo sont impressionnants, comme c'est le cas pour tous les bâtiments tutopans. Mais l'armement est minimal.

Janeway examina le cargo.

— C'est peut-être vrai, mais je pense qu'il est capable d'aller très vite. Son statoréacteur a l'air équipé d'une double chambre de compression.

— J'ai déjà vu un dispositif de ce genre, opina Chakotay. Sur un courrier orion — juste des jambes de train et un espace cargo réduit au minimum. Pour accélérer le temps de livraison…

— Au moins, il n'essaie pas de nous scanner, intervint Paris.

Le cargo se mit en panne et s'immobilisa à trente mille kilomètres.

— Contactez-le, ordonna Janeway.

Elle attendit avec impatience que Tuvok ajuste leurs fréquences de communication. Apparemment, chaque vaisseau tutopan utilisait une largeur de bande différente.

— Nous n'avons qu'un canal audio, l'informa Tuvok.

Janeway était incapable de déterminer — malgré leurs années de collaboration professionnelle — si le chef de la sécurité était aussi irrité qu'elle par le refus paranoïaque des Tutopans de communiquer en visuel.

— Ici, le capitaine Janeway du *vaisseau stellaire Voyageur*, s'identifia-t-elle en omettant ses habituelles références à Starfleet et à la Fédération.

# INFRACTIONS

Une voix émana du cargo et résonna d'un ton catégorique dans les haut-parleurs.

— *Voyageur*, ici le *Kapon*. Si nous avons bien compris, vous êtes à la recherche d'une information très spécifique.

— Oui, j'essaie de localiser les coordonnées de trous de ver. En connaissez-vous dans le secteur ?

Janeway se leva et inclina la tête pour saisir les moindres nuances de l'échange. Les autres Tutopans avaient parlé avec la même inflexion monocorde, dans le même registre neutre — qui empêchait pratiquement de déchiffrer tout contenu émotionnel.

— Quel est votre mode de rétribution ? demanda la voix.

Janeway s'arrêta net. D'habitude, on lui demandait *pourquoi* elle cherchait des trous de ver. On ne lui demandait pas combien elle était capable de payer.

— Nous vous donnerions en échange, offrit-elle, des cartes stellaires précises et vérifiées de l'autre extrémité de la Galaxie, les zones que vous appelez l'amas de Simari et la nébuleuse Trian.

— Cartes stellaires. Curiosités scientifiques. Aucune valeur, dit la voix sans aucune émotion.

— Pas nécessairement, rétorqua rapidement Janeway. Avec des points de référence vérifiés, il est plus facile de déterminer l'analyse systémique du mouvement des radiations et leur taux de disbursion. Avec nos cartes, et celles que vous possédez de votre propre secteur, vous serez capables de trianguler tous les objets de la Galaxie — un outil d'une valeur inestimable pour la navigation. Et un outil dont ne dispose personne d'autre...

Il y eut un long silence. Janeway bougeait à peine. Ses officiers supérieurs avaient admis que les cartes stellaires étaient de simples outils au service de technologies déjà existantes et que partager ce genre d'information ne contrevenait pas à la Prime Directive.

— Est-ce une information de nature confidentielle ? finit par demander la voix en provenance du *Kapon*.

— Absolument. À part nous-mêmes, vous serez les seuls à posséder ces cartes.

Janeway devenait peut-être plus aguerrie aux négociations tutopannes.

— Alors cette information serait d'une valeur acceptable, concéda la voix du *Kapon*.

— Bien, dit vivement Janeway, surmontant son énervement croissant pour conclure au plus vite le marché. Nous vous transmettons les cartes…

— Vous nous transmettriez une information sensible sur un canal accessible à tous ? l'interrompit la voix. Si le message était intercepté, il perdrait toute valeur.

— Nous avons des méthodes pour sécuriser un canal. Personne ne sera capable de pirater la transmission.

— Je ne crois pas que vos méthodes soient supérieures aux nôtres.

Janeway croisa les bras et fit un signe de tête à Tuvok. Le Vulcain réfléchit brièvement, puis condensa l'information en principes de base qui ne violaient pas les procédures de sécurité.

— Nos protocoles de chiffrement sont gérés par notre ordinateur central. Des processeurs plus rapides que la lumière, dont l'efficacité est accrue par la circuiterie bio-neuronale, permutent et mettent à jour sur une base aléatoire les algorithmes de cryptage. De plus, nous sommes capables de transmission par rafales à haute vitesse.

Le *Kapon* ne répondit pas tout de suite, comme si les Tutopans réfléchissaient à l'offre. Janeway retint son souffle. Une voix dit finalement : « Inacceptable. Aucun canal de communication ne peut être complètement sécurisé. »

Tuvok inclina la tête comme pour marquer son accord, mais Janeway ne voulut rien en entendre. Elle se demanda si les Tutopans *prenaient plaisir* à compliquer les choses.

— Que suggérez-vous ? demanda-t-elle, d'une voix qui se voulait patiente. Une capsule spatiale contenant le message ?

— Nous préférons un échange direct.

— Vous voulez dire en personne ? Vous ne vous attendez pas à ce que nous nous rendions à l'Axe ? demanda-t-elle.

— Ce ne sera pas nécessaire. Je constate que votre vaisseau est équipé de hangars de navettes.

— Vous voulez que j'envoie une navette à votre vaisseau pour vous livrer l'information ?

Janeway n'était pas certaine d'aimer cela.

— Non, le risque est trop grand. Tout ceci est peut-être une ruse du Cartel.

Janeway prit une profonde inspiration pour se calmer.

— Bien ! Mais si nous appartenons au Cartel, vous êtes déjà dans le pétrin jusqu'au cou, pas vrai ?

— Vous ne serez pas autorisés à monter à bord de notre vaisseau, répéta la voix. C'est nous qui viendrons à votre bord.

— Qu'est-ce qui vous laisse croire que nous serons d'accord ? dit Janeway en arrêtant de faire les cent pas.

— Vous voulez de l'information sur la localisation des trous de ver. Nous sommes les seuls capables de vous la fournir.

— Pourquoi vous croirais-je ?

— Cela n'a pas d'importance. Si vous voulez acheter cette information, vous devez coopérer.

Janeway ne répondit pas tout de suite. Elle serra les mains derrière le dos et fit lentement le tour de la passerelle. Sans qu'un mot ne soit prononcé, l'attitude compassée de Tuvok indiquait qu'il n'était pas d'accord. La proposition ne semblait pas plaire à Chakotay non plus. Janeway était portée à être du même avis que les deux hommes — laisser des entités inconnues monter à bord de son vaisseau ne lui plaisait pas, mais… jusqu'ici aucun Tutopan n'avait eu à leur égard le moindre comportement menaçant. Même Neelix disait qu'ils avaient la réputation d'être pacifiques.

— Vous êtes dur en affaires, concéda-t-elle finalement.

— Nous ne pouvons nous permettre la moindre erreur, surtout si vous appartenez au Cartel, dit d'un ton soudain triste la voix provenant du *Kapon*.

Tuvok avait insisté pour que Janeway attende dans la salle d'observation. Elle était donc postée à la fenêtre surplombant le hangar des navettes et regardait l'équipe de sécurité procéder à des balayages senseur du yacht en provenance du *Kapon*. Les senseurs du *Voyageur* avaient déjà scanné à fond le petit vaisseau et ses quatre membres d'équipage avant de les autoriser à pénétrer dans le hangar, mais Tuvok ne voulait prendre aucun risque.

Les Tutopans, même s'ils ne se formalisaient pas de sa prudence, semblaient impatients et tendus à l'extrême. Leurs corps grands et sveltes ne cessaient de bouger et ils jetaient des regards nerveux sur tout ce qui les entourait. Le ton monocorde de leurs voix n'avait pas préparé Janeway à ce genre de comportement. Leurs visages aplatis et leurs traits délicats pratiquement identiques la surprirent moins. Leur attribut le plus distinctif étaient les barrettes de diverses couleurs brillantes qui rassemblaient leur chevelure terne et dégarnie en un chignon bouffant dans le bas du cou. La barrette d'un de ces Tutopans, qui ne cessait de donner aux autres des ordres brefs, était un bijou en forme de soleil et Janeway en déduisit qu'il était le chef.

— Joli vaisseau, commenta-t-elle, sachant que Chakotay observait la scène depuis la passerelle.

— Torres adorerait bricoler le moteur de ce petit modèle, dit Chakotay.

— Ces gens ont peut-être de bonnes raisons d'être circonspects. Mais je me demande quand même ce que fabrique un yacht comme *celui-là* dans les soutes d'un vieux cargo délabré, répondit Janeway en hochant la tête et en serrant les lèvres.

Plus bas, au niveau du hangar, Tuvok et son équipe s'éloignèrent du yacht. Le chef de la sécurité se tourna vers la fenêtre de la salle d'observation et tapa son commbadge : « Pas de danger, capitaine. »

— Très bien, monsieur Tuvok. Veuillez escorter nos hôtes.

Janeway, la main sous le menton, regarda Tuvok et les Tutopans traverser le hangar des navettes. Quand la porte s'ouvrit en glissant, elle prit une profonde inspiration et sut tout de suite que quelque chose clochait.

— Chak… commença-t-elle à dire, mais sa voix s'étouffa avant qu'elle soit capable d'aller jusqu'au bout de sa mise en garde.

Un spasme paralysa ses muscles et un mouvement violent tordit son corps.

Sur la passerelle, Chakotay, qui regardait Tuvok inspecter les Tutopans, se sentait de plus en plus inquiet. Quelque chose lui disait de ne pas faire confiance à ces gens. Comme il ne détectait rien d'anormal, il attribua son inquiétude à sa méfiance instinctive face à l'inconnu. Sa main se déplaça sur le panneau de commande de la console des communications pour appeler le capitaine, quand il vit soudain Tuvok et les hommes de l'équipe de sécurité s'effondrer sur eux-mêmes et tomber à terre comme des poupées raidies.

Chakotay actionna le bouton de communication prioritaire, mais ne parvint qu'à crier : « Alerte rouge ! Fermez... » Ses yeux s'agrandirent. L'image des membres de l'équipage du *Kapon* quittant le hangar des navettes se figea dans sa tête. Il sentit son corps arraché des commandes et projeté vers l'avant.

À l'infirmerie, Kes se redressa soudain, ses yeux bleus fixés droit devant elle.

— Kes ? demanda le médecin. Quelque chose ne va pas ?

Elle suffoquait. Après une secousse vers l'arrière, son corps se convulsa.

Le médecin avait déjà son tricordeur médical à la main avant que la jeune femme ne perde conscience. Ses pistes décisionnelles s'enclenchèrent et analysèrent aussitôt le problème. Dilatation des artères, accélération du rythme cardiaque et diminution forcée du tonus musculaire des bronchioles. Alors que les lectures affluaient à l'écran, en corrélat avec son programme de déchiffrement des symptômes, un des sous-programmes du médecin nota l'intensité surprenante du bruit émis par le corps d'un si petit humanoïde heurtant le sol.

La compilation des données indiquait que les convulsions n'étaient pas systémiques mais induites par un agent extérieur; ce qui déclencha la piste décisionnelle 10.

— Alerte médicale ! annonça le docteur.

Tout en scannant les affichages de sortie de l'environnement interne du vaisseau, il tendit le bras vers un hypospray de condrazine et l'administra à Kes. Elle n'était pas plus importante que n'importe quel autre patient, mais un aide-mémoire automatique créait un sous-programme prioritaire qui assurait que Kes soit soignée immédiatement chaque fois qu'elle était souffrante. Après tout, elle était la seule technicienne médicale mobile du *Voyageur*.

— Capitaine Janeway, ici le docteur Zimmerman, dit-il calmement. Je détecte une grande quantité d'isopraline dans l'atmosphère du vaisseau.

L'hypo injecta le stimulateur neural dans le cou de Kes. Le capitaine ne répondit pas.

La piste décisionnelle 2112, une innovation récente, effectua une entrée en tiers priorité d'urgence médicale, accédant directement à l'ordinateur central et ordonnant l'isolation atmosphérique des zones infestées par l'isopraline. Les sous-processeurs acceptèrent l'opération prioritaire médicale d'urgence et canalisèrent toute l'énergie disponible pour purifier l'atmosphère du vaisseau.

Le médecin initia, dans la base de données médicales, une analyse de la toxine qui avait attaqué le système de Kes et demanda l'élaboration immédiate d'un antidote. Il revint ensuite à Kes et nota son teint cramoisi et la rapidité de son pouls. Puis, la conscience du docteur prit abruptement fin.

# CHAPITRE
# 2

Comme une piste à suivre pour sortir du labyrinthe confus d'images hallucinées, le bruit des sirènes d'alerte rouge tira Janeway de son inconscience.

Quand ses yeux s'ouvrirent finalement, elle n'était toujours pas certaine d'être réveillée. Il y avait ces flashes de lumière rouge et l'éclairage général était réduit, comme si le système d'alimentation de secours du vaisseau s'était enclenché. Janeway engourdie essaya de bouger, mais elle s'écorcha la joue sur la moquette dure. Il s'était passé quelque chose de terriblement grave — elle le sentait. Elle sentait l'absence de cette vibration ténue, cette énergie réconfortante qui faisait d'habitude vibrer les cloisons. Un accès soudain de panique l'aida à retrouver ses esprits.

— Passerelle, ici le capitaine !

Elle avait du mal à articuler. Sa voix était pâteuse et lente, comme ses pensées qui s'effritaient avant même de se former dans son esprit.

— Les Tutopans ! grogna-t-elle en se traînant vers la fenêtre d'observation.

Seuls les faisceaux des projecteurs du système de secours perçaient, comme des spots de théâtre, la pénombre du hangar des navettes. Un coup d'œil suffit pour lui apprendre qu'il était vide. Le yacht du *Kapon* était parti.

— Tuvok…

Janeway s'agenouilla à côté de son chef de la sécurité. Le Vulcain et le reste de son équipe étaient étendus dans le couloir, comme si les Tutopans les y avaient traînés avant de quitter le hangar. Elle ne les avait pas vus depuis la fenêtre, mais leur disparition lui avait paru impensable, et elle s'était lancée dans une course folle et titubante pour descendre les marches et découvrir ce qui leur était arrivé.

— Capitaine, nous sommes en alerte rouge ! dit Tuvok d'une voix remarquablement ferme pour un homme qui, étendu sur le dos, clignait des yeux comme s'il ne parvenait pas à rétablir la clarté de sa vision.

— Exact, dit Janeway en l'aidant à s'asseoir. Le réseau optique numérique est déconnecté. Nos commbadges aussi. Je ne sais pas combien de temps nous sommes restés inconscients. De deux secondes à une heure peut-être. Le Système de survie en situation d'urgence environnementale a pris la relève.

Tuvok se releva, les muscles endoloris. Il regarda les membres de sa gémissante équipe, puis le hangar des navettes vide.

— Mes mesures de sécurité ont échoué.

— Oui, répondit le capitaine avec une grimace en guise de sourire.

C'était une question qu'ils aborderaient plus tard — pour le moment, ils n'avaient pas le temps. Janeway voulait connaître le statut de son vaisseau.

— Vous, allez à l'infirmerie, ordonna-t-elle en faisant un geste à deux des hommes de l'équipe de sécurité. Les autres, assurez la sécurité de la passerelle. Tuvok, venez avec moi.

# INFRACTIONS

Quand l'enseigne Navarro passa devant elle, Janeway lui serra le bras — il semblait plus alerte que les autres.

— Faites-moi rapport dès que possible. Je serai dans la cabine de contrôle du système informatique.

— À vos ordres, madame ! dit l'enseigne en essayant de se mettre au garde-à-vous.

Janeway ne releva pas. Son enthousiasme était réconfortant.

— Vous croyez à un dysfonctionnement de l'ordinateur.

— Si nous ne sommes pas capables d'accéder à la passerelle, c'est plus qu'une simple panne du réseau optique numérique. Pour découvrir ce qui se passe, il faut aller vérifier directement le bloc informatique central.

Le crépitement d'énergie du champ de force s'entendait jusqu'au bout du couloir. Tuvok avait déjà ouvert son tricordeur.

Quand elle tourna le coin, Janeway s'arrêta d'un coup sec. On avait découpé le chambranle de la porte sur au moins deux mètres de chaque côté. Les panneaux de métal étaient empilés avec soin contre l'un des murs. Les bords de la cloison étaient tranchants comme des rasoirs. Tuvok les scanna, puis promena son tricordeur dans la cabine de contrôle. Un champ de force bleu brasillait contre le mur du fond.

— Pas besoin de me faire un dessin, dit Janeway l'air hébété, avant de s'avancer d'un autre pas stupéfait. Ils ont volé le processeur de notre ordinateur central…

Tuvok, tricordeur brandi, se dirigea droit vers le champ de force. Un trou béant dans le plancher et le mur surplombait le centre du noyau de mémoire cylindrique, trois niveaux de vide plus bas. Les câbles du réseau de transmission des données par fibres optiques, naguère au point nodal de jonction entre l'unité principale et le processeur, gisaient dans le réservoir qui contenait le liquide bleu des substances nutritives. Janeway en comprit la raison — le champ de force avait endommagé les shunts des dispositifs conducteurs de bio-nutriment qui menaient aux contenants de colloïde neuronal. La plus grande partie du gel répandu sur le sol tombait goutte à goutte sur le noyau de mémoire.

— Le champ subspatial a perdu son intégrité quand les nœuds de jonction avec le processeur ont été coupés, dit Tuvok en refermant d'un coup sec son tricordeur. Le champ de force subit des fluctuations énergétiques mineures. Un champ auxiliaire doit être créé avant que nous puissions stabiliser le champ subspatial principal.

Janeway hocha la tête pour lui signifier de procéder. Elle ne parvenait pas à détacher les yeux du trou noir au centre du bloc informatique. Rester objective dans toute situation critique était une des règles de commandement parmi les plus importantes qu'elle avait apprises à l'Académie de Starfleet. Janeway estimait d'habitude que les sentiments personnels biaisaient les processus de prise de décision. Mais devant ce trou, avec son vaisseau paralysé d'un coup par le vol des cinq mètres carrés du processeur central…

*Oui, je me sens personnellement visée.*

Torres arriva avant que Janeway n'ait le temps d'exploser d'une sainte colère. L'ingénieur faillit trébucher avant de s'arrêter. Ses cheveux volèrent dans son visage et elle tendit les bras pour garder son équilibre. Sa bouche s'ouvrit et se referma sans un mot jusqu'à ce qu'elle réussisse à s'exclamer : « Où est passé le processeur ? »

Janeway n'était pas d'humeur à subir les crises de colère des autres, si elle était capable, elle-même, de se contenir.

— J'espère qu'ils ne nous ont pas volé aussi le cœur de notre réacteur de distorsion, dit-elle.

— Ils n'auraient pas osé !

Torres lui lança un coup d'œil rapide, avant de regarder, l'air furieux, le trou béant dans le pont. Même ses mains étaient crispées.

Janeway se demanda si la jeune femme savait à quel point elle avait l'air *klingonne* quand elle était hors d'elle-même.

— Cela ne sert à rien de se mettre en colère, dit le capitaine d'un ton cassant. Ce qu'il faut, c'est déterminer l'étendue exacte des dégâts.

— Je connais l'étendue des dégâts, répondit Torres. Quelqu'un a volé notre ordinateur ! Un vrai tour de cochon ! Couper le processeur à ras du noyau de mémoire.

— Peu m'importe comment les voleurs ont procédé, lieutenant, je veux rétablir le réseau optique numérique.

Comme d'habitude quand elle était directement confrontée à un problème, Torres se mit immédiatement au travail.

— Une fois que nous aurons rétabli l'intégrité subspatiale dans ces modules, dit-elle, l'ordinateur auxiliaire et les sous-processeurs spécialisés devraient être capables de procéder aux opérations primaires. Mais sans processeur central... je doute que nous soyons encore capables d'atteindre les vitesses de distorsion.

Tuvok s'avança entre les deux femmes et installa un générateur de champ de force portable.

— Vous ne devriez pas rester là, capitaine. Les pannes d'alimentation risquent de déclencher des fuites de radiation subspatiale.

— Nous vivons dans un univers dangereux, Tuvok, dit Janeway sans bouger.

Un autre champ de force miroita, dont la teinte vert acide semblait conseiller à la prudence.

— Rebranchez le champ subspatial, Torres, puis faites rapport à la passerelle, dit Janeway avec un geste désespéré vers le trou. Et demandez à quelqu'un de nettoyer ce… fluide. Il faut que nous sachions ce qui reste opérationnel ici.

— À vos ordres, capitaine.

Torres se tourna et se lança au pas de course dans le couloir. Elle émit une série d'ordres dans son commbadge, puis s'interrompit avec un juron de frustration quand elle se rappela qu'il ne fonctionnait pas.

Tuvok procéda à quelques ultimes ajustements, puis lentement se mit au garde-à-vous. Janeway savait qu'il ne reparlerait pas de son échec — il attendrait qu'elle choisisse le moment approprié pour en discuter. C'était dans des occasions comme celle-ci qu'elle appréciait pouvoir inébranlablement compter sur lui.

— Y a-t-il autre chose qui manque ? demanda Janeway.

— Mes balayages de tricordeur révèlent que c'est le seul secteur endommagé. Apparemment, ils se sont contentés de voler le processeur central, dit Tuvok en se tournant pour regarder, en même temps que le capitaine, les bords déchiquetés du trou.

— Ils se sont contentés du processeur central, répéta Janeway. Ils se sont contentés de l'élément opérationnel le plus important de ce vaisseau.

Kes ouvrit en clignant les yeux. « Qu'est-il arrivé ? » demanda-t-elle. Quand elle se rendit compte qu'elle parvenait à peine bouger, elle se retint de poser les dizaines d'autres questions qui lui venaient à l'esprit. Quelque chose n'allait pas, et elle devait rester tranquille pour que le médecin la soigne. Il était penché sur elle, une main tendue et le visage préoccupé.

Soudain le corps du docteur sembla changer de phase, disparaître dans des perturbations électromagnétiques, avant de se replacer rapidement, exactement dans la position où elle l'avait vu. Il s'approchait et se penchait dans le champ de vision de la jeune femme. Puis l'image du médecin s'aplatissait, se désintégrait et reculait de plusieurs mètres.

Kes s'appuya sur ses coudes et releva le torse.

— Docteur ?

Zimmerman n'avait pas l'air conscient de sa présence. Piégé dans un espace temporel de quelques secondes, il répétait sans cesse les mêmes mouvements.

— Capitaine, ici Kes, dit-elle en tapant son commbadge.

L'absence de tonalité lui indiqua que le communicateur ne fonctionnait pas. Elle essaya quelques fois encore pendant que le médecin ne cessait de répéter la même séquence de gestes.

Elle se leva pour partir à la recherche de quelqu'un qui réparerait les systèmes de Zimmerman, mais elle ne pouvait le laisser comme ça. Il détesterait la distorsion, ses répétitions machinales et sa perte de contrôle.

Elle retint son souffle, consciente de prendre une importante décision. Mais elle aimait prendre d'importantes décisions.

— Ordinateur, éteignez le programme.

L'image du médecin disparut.

Kes serra son poing sur sa poitrine et compta trois battements de cœur avant d'ordonner : « Initiez le programme. »

Il y eut un délai très court que personne d'autre n'aurait peut-être remarqué, mais chaque nuance de l'existence du médecin lui était familière. Le temps d'arrêt révélateur lui pénétra dans le fond de la tête, et elle sut que quelque chose ne tournait pas rond…

Puis Zimmerman apparut, les mains serrées devant lui.

— Énoncez la nature de l'urgence, demanda-t-il tout de suite, en jetant un coup d'œil aux lumières rouges qui clignotaient.

Kes était ravie. Cela avait marché.

— Je ne sais pas ce qui arrive. J'ai perdu connaissance et vous étiez coincé dans une sorte de…boucle, dit-elle en suivant le médecin au terminal de l'ordinateur. Les systèmes de communication sont en panne.

— Tout le réseau de transmission des données par fibres optiques est en panne, dit Zimmerman en ramassant son tricordeur. L'infirmerie fonctionne actuellement grâce à l'alimentation de secours. Vous dites que vous étiez inconsciente ? Comment vous sentez-vous maintenant ?

Kes resta immobile pendant qu'il la scannait.

— J'ai un peu mal à la tête.

Il se renfrogna après avoir pris connaissance de ses relevés.

— Vous avez été scannée tout de suite après avoir perdu connaissance. Un antidote a été élaboré pour débarrasser votre système des toxines dégénératives.

— Personne d'autre que vous n'a pu l'avoir fait, dit Kes, étonnée de son air surpris.

— Voilà bien le problème, dit sèchement le médecin. Je ne me souviens pas de vous avoir scannée ni d'avoir rien entré dans la base de données médicales. La dernière chose dont je me souviens…

— Nous mettions à jour les fiches sanitaires de l'équipage, souffla Kes.

Le médecin, qui accédait probablement aux ressources de son système, resta immobile.

— Les modules de stockage de ma mémoire à court terme ont été vidés. Je ne me souviens pas des derniers actes que j'ai posés.

— La toxine neurale vous a peut-être affecté aussi.

— Impossible. L'isopraline n'a aucun effet sur mes systèmes holographiques.

— Quelque chose interfère avec le bon fonctionnement de l'ordinateur, fit remarquer Kes. Même le chronomètre ne marche pas.

— Oui, oui, dit le médecin avec un geste du revers de la main, comme si son état n'avait pas d'importance. Gaz neural, dispersion rapide… effet dégénératif, dit-il comme s'il parlait tout seul en procédant à un examen comparé de ses lectures. Pour bien doser l'antidote, il faut que je connaisse le temps qui s'est écoulé depuis l'agression.

— Une heure trente-deux minutes, dit Kes en vérifiant un chronomètre.

— Excusez-moi ? demanda le médecin. De quoi parlez-vous ?

— Du temps où nous sommes restés inconscients.

— Impossible, dit le médecin en la regardant droit dans les yeux.

Kes n'était pas certaine de ce qu'il voulait dire, mais elle n'eut pas le loisir de le lui demander. Un premier membre d'équipage franchissait en titubant les portes de l'infirmerie. Elle se précipita pour aider le médecin qui ordonnait au synthétiseur médical de préparer un antidote.

Kes fut surprise de le voir se débattre avec l'appareil et faire plusieurs essais avant que le synthétiseur n'établisse la bonne combinaison chimique. Malgré ses protestations, le docteur l'injecta la première, avant de traiter l'enseigne intoxiquée. Pendant que Kes aidait la jeune femme à s'asseoir, le médecin consigna quelques données diagnostiques sur un bloc-notes informatique.

— Portez ceci à la passerelle, dit-il, et prenez assez d'antidote pour inoculer les membres de l'équipage que vous rencontrerez en chemin. Puis revenez avec un rapport sur notre statut.

Kes hésita. Deux autres personnes arrivaient, mais le docteur se détourna d'elle. La dernière chose qu'elle entendit fut le ton irrité de sa voix.

— J'apprécierais que vous vous dépêchiez. J'aimerais savoir ce qui se passe, puisque comme d'habitude, je suis coincé à l'infirmerie.

Paris vit apparaître, par le tube de Jeffries, le capitaine suivie de Tuvok qui grimpait derrière elle.

— Rapport ! cria Janeway.

Paris ne voulait pas montrer à quel point il était heureux d'entendre le son de cette voix chaude et rauque. Kim, au contraire, n'eut aucun scrupule à manifester son soulagement — l'enseigne avait les bras plongés jusqu'aux coudes dans les contenants de nutriment colloïdal du sous-processeur principal de la passerelle, mais il avait l'air d'avoir envie de sauter au cou de Janeway et de la serrer dans ses bras. Paris sourit et tourna la tête, mais son sourire se figea quand ses yeux rencontrèrent l'écran aveugle et gris du visualiseur.

Janeway s'avança à grands pas vers le centre de la passerelle, comme quelqu'un qui aurait la ferme intention d'en finir avec toute cette absurdité.

— Où est Chakotay ?

— J'imagine que c'est moi qui vais devoir répondre, dit finalement Paris, alors que les autres gardaient le silence. L'équipe de sécurité vient juste de l'amener à l'infirmerie.

— Il n'a pas repris conscience en même temps que nous, ajouta Kim.

Tuvok essaya d'accéder au panneau de contrôle tactique.

— Station tactique hors-ligne, dit-il.

— Je suis incapable d'accéder au réseau optique numérique pour réactiver les systèmes, dit Kim comme s'il était personnellement responsable de la panne générale.

Paris se sentit presque désolé pour le jeune, sauf que Kim était l'officier chargé des opérations et donc le responsable de l'intégrité des systèmes du vaisseau et de leur bon fonctionnement.

— On a volé le processeur principal de notre ordinateur de bord, dit Janeway en levant la main pour couper court aux questions.

Paris éprouva un élan d'admiration devant l'apparent détachement du capitaine, mais le regard du pilote se troubla à mesure que les conséquences s'empilaient en cascade les unes sur les autres dans son esprit. Plus de vitesse de distorsion, plus de systèmes automatisés de navigation, plus de senseurs… Pourtant Janeway parlait comme si elle était depuis toujours préparée à cette éventualité.

— Torres rétablit le champ subspatial dans le bloc informatique central, ce qui devrait remettre en ligne le système informatique auxiliaire et le réseau optique numérique. Vous devrez réinitier les programmes à partir de ce sous-processeur.

Kim avala sa salive, puis se rappela qu'il était sensé réagir.

— À vos ordres, capitaine, dit-il.

Janeway écoutait à peine. « Je me demande ce qui retarde Torres. » Elle porta ses doigts à son commbadge, un geste avorté, comme si elle était consciente qu'il ne fonctionnait pas, mais sans parvenir à réprimer le geste réflexe qui accompagnait la volonté de communiquer. « Y a-t-il moyen de faire passer les communications par le sous-processeur de la passerelle ? »

— Je n'en suis pas certain, répondit Kim. Je vérifierai quand les transducteurs seront alimentés.

Le capitaine s'assit et tapa du poing contre l'accoudoir de son fauteuil, petit geste de frustration que Paris trouvait étrangement rassurant. Aucun d'eux n'était infaillible, pas même Tuvok qui s'efforçait de garder toujours son air imperturbable et correct au point où Paris éprouvait parfois l'irrésistible envie de cogner à grands coups dans cette façade glaciale. Il arrivait au pilote d'oublier qu'ils erraient tous, pratiquement à l'aveuglette, dans ce quadrant inconnu... ce qui lui rappela la fois où il s'était perdu dans les caves à vin du Menton du Trident, un interminable labyrinthe de tunnels et de cuves, sous un complexe commercial. Il n'y était descendu que pour prendre un petit verre en douce, mais il lui avait fallu toute la nuit avant de parvenir à contacter quelqu'un capable de lui indiquer la sortie...

— Je connais quelque chose qui pourrait marcher, dit Paris.

— Eh bien, faites-nous en part, lieutenant, dit Janeway en le regardant droit dans les yeux.

— Un tricordeur est équipé à la fois d'un transducteur et d'un processeur de signal couplé à un décodeur cryptophonique. Si nous laissions nos tricordeurs ouverts à la même fréquence, nous serions capables de communiquer entre nous sans avoir à passer par le réseau optique numérique du vaisseau.

Tuvok haussa un sourcil. Paris était prêt à parier que le Vulcain était furieux de ne pas y avoir pensé lui-même.

— La méthode ne sera pas très efficace, précisa le pilote. Cela ressemblera aux anciens dispositifs terrestres de diffusion de signaux ouverts, mais elle permettra quand même les communications internes.

— Alors procédez, ordonna le capitaine. Assignez une fréquence différente à chaque section du *Voyageur*.

— Bien, capitaine.

N'était la situation où ils se trouvaient, Paris aurait vraiment pris plaisir à marquer un point sur le chef de la sécurité. Non pas qu'il n'aimait pas le Vulcain à la peau noire, mais la remarque de Tuvok qu'il ne méritait pas de faire partie de cet équipage l'avait piqué au vif. Après tout, comment l'oublier ? On lui rappelait chaque jour — semaine après semaine, des centaines d'allusions discrètes — qu'il devait mériter le droit de se trouver parmi ces gens, à la fois le personnel de Starfleet et les membres du Maquis. Paris avait parfois l'impression de continuer de purger sa peine de prison.

Peut-être était-ce la raison pour laquelle il avait agi de manière aussi inconvenante ces quelques derniers jours. Il s'était improvisé preneur au livre et avait poussé les autres à parier des rations d'holodeck que le capitaine ne trouverait pas d'information sur les trous de ver en restant assise à attendre à côté de ces damnés astéroïdes. Il l'avait fait presque autant pour choquer Harry Kim que pour tout le reste. Et il avait continué, même après que Kes l'ait embarrassé en pariant, les yeux brillants de confiance, deux heures de son temps de loisir sur la réussite du capitaine. Et la veille au soir, Paris avait incité Harry à utiliser son holo-ration pour activer le programme de salle de billard et permettre à chacun de s'amuser un peu après les fastidieux quarts de travail. Il n'avait pas fallu grand-chose pour convaincre le jeune, qui d'ailleurs y avait passé toute la nuit avec son tricordeur à bricoler un nouveau et meilleur programme d'holodeck. Chacun y était allé de ses suggestions. Paris avait ironisé que la manière la plus efficace de bousiller un holo-programme était d'y inclure une quantité excessive de paramètres. Mais en même temps il s'était dit qu'il devrait, plus tard, demander à Harry de l'aider à créer un programme qu'il avait depuis longtemps en tête — le jeune était un génie de l'informatique.

Maintenant Paris espérait juste qu'ils aient la chance d'y travailler un jour. Les systèmes de protection de la vie risquaient de lâcher dans quelques minutes. Et alors ce vaisseau serait bien le *dernier* endroit au monde où il voudrait se trouver.

Torres arriva en haletant par le tube de Jeffries.

— J'ai glissé sur les échelons. Entre les ponts trois et quatre. J'ai presque déboulé huit niveaux…

— Épargnez-nous les détails personnels, la coupa Janeway.

Kim eut envie de se ratatiner derrière les modules de circuiterie bio-neuronale, même si l'irritation du capitaine visait quelqu'un d'autre que lui.

— Le champ subspatial est-il rétabli ? demanda-t-elle.

— Oui, capitaine.

Torres se dirigea rapidement vers la station des opérations, avec une grâce qui faisait oublier la force de son corps à demi klingon. Paris l'avait déjà vue se déchaîner et avait alors souhaité tout bas ne jamais se trouver sur son chemin quand elle était en colère. Elle était capable d'une violence inouïe.

— Je télécharge d'ici, annonça Kim installé au sous-processeur. Dites-moi quand j'ai accès et nous ouvrirons le programme de diagnostic.

— Oubliez la détection d'erreurs, leur dit Janeway. Il nous faut savoir ce qui se passe à l'extérieur.

— Je devrais avoir le visuel dans quelques instants. Et la plupart des procédures de scannage, confirma nerveusement Kim.

— Je suis capable de vous le dire, moi, ce qu'il y a dehors, marmonna Paris, étonné que personne ne soit encore monté à l'abordage du *Voyageur*.

Seule la taille du vaisseau devait intimider les pillards et les tenir à distance.

— Ils nous entourent et se demandent quelle est l'étendue de nos dommages et se mettent au défi les uns les autres d'attaquer le premier. Ils nous ont peut-être déjà scannés et se sont rendu compte que nous sommes immobilisés et à leur entière merci…

— Boucliers ? demanda Janeway.

— Efficacité des boucliers réduite de quatre-vingt-quinze pour cent, l'informa Tuvok. Pour le reste, à peine le seuil requis pour maintenir un environnement habitable et bloquer les radiations nucléaires et les ondes électromagnétiques.

Un silence embarrassé suivit. Paris, comme tous les autres officiers présents sur la passerelle, concentra son attention sur Kim. Sans tableaux de bord opérationnels ni dispositifs d'affichage, ils n'avaient pas grand-chose d'autre à faire. Kim se retourna et tressaillit quand il constata que tout le monde avait les yeux rivés sur lui.

— Encore une seconde…

Les lumières crépitèrent. Quelque part au loin un ventilateur s'éteignit et ils se retrouvèrent dans le silence le plus absolu. Paris se rendit compte qu'il ne savait même pas où se trouvaient les canots de sauvetage les plus proches…

— Ça y est ! s'exclama Kim. Le réseau optique numérique est réactivé.

Les commandes sur les consoles s'éclairèrent une à une.

— Mettez les générateurs auxiliaires sous tension, ordonna le capitaine. Puissance maximale aux boucliers.

Le visualiseur s'éclaira, avec un déferlement étourdissant de lignes horizontales défilant vers le haut avant de se résoudre en une image du champ d'étoiles. La résolution n'était pas parfaite et la mise au point était légèrement embrouillée, comme sur les écrans utilisés au temps où Paris fréquentait l'école secondaire. Malgré tout, de petits objets géométriques étaient perceptibles au-dessus de la bande rocheuse de la ceinture d'astéroïdes.

— Les voilà, dit le pilote aux autres.

Tuvok prit la parole en même temps que lui.

— Il y a huit bâtiments environ à moins de cent mille kilomètres, et ils approchent. J'essaie d'élargir la largeur de bande des senseurs.

— Le vaisseau s'est stabilisé en mode énergie réduite, annonça Kim, sans se soucier d'attendre que le capitaine le lui demande. Déflecteurs et circuits d'amortissement inertiel au minimum; systèmes de communication et dispositifs tactiques non connectés; systèmes environnementaux à trente pour cent.

— Torres, êtes-vous capable de nous faire avancer ? demanda le capitaine.

— Les réacteurs de distorsion et les propulseurs sont froids, mais je peux peut-être réactiver l'assemblage de commande et de pilotage par réaction, dit Torres en se précipitant à la console de contrôle des systèmes d'ingénierie. Heureusement que nous étions en mode dérive quand le processeur a été coupé. Je n'ose pas imaginer un arrêt à froid sans supervision — nous aurions risqué de perdre tout l'assemblage des parties du noyau central.

— Des vaisseaux approchent à quatre-vingt mille kilomètres, annonça calmement Tuvok.

— J'ai de la difficulté avec le sous-processeur de guidage et de navigation, cria Paris. Les données que j'en reçois sont partielles.

Le pilote se concentra pour dériver de l'ordinateur central les entrées des senseurs et des déflecteurs.

— Mais si vous êtes capable de me donner les propulseurs, Torres, ajouta-t-il, je piloterai ce vaisseau en manuel s'il le faut.

— Ils fonctionnent, jappa l'ingénieur.

Paris eut l'impression d'essuyer une rebuffade, même s'il savait que Torres fonctionnait en mode « grande gueule » comme d'habitude, toujours prête à tirer sur tout ce qui bouge.

— Bien sûr, si vous préférez, ajouta-t-il avec une politesse surfaite, j'amène une navette à la proue du *Voyageur* et je remorque le vaisseau.

— Vous ferez tout ce qui est nécessaire pour remettre ce vaisseau en mouvement, monsieur Paris, lui dit Janeway.

— Oui, capitaine, répondit le pilote en souhaitant s'être fermé la boîte, tandis que les systèmes de contrôle d'altitude redevenaient opérationnels et que Torres lui jetait un regard noir.

— Tous les systèmes fonctionnent, dit-elle. Disons qu'ils fonctionnent assez, en tout cas, pour nous permettre d'avancer.

— Déterminez une trajectoire pour…

— Capitaine, l'interrompit Tuvok, les lectures infrarouges détectent des lignes d'émission en provenance des vaisseaux, dans des longueurs d'onde de moins de cent microns.

Sa voix était calme et seule la rapidité du mouvement de ses doigts trahissait l'urgence de la situation.

— On dirait des lectures de nébuleuses, dit Janeway, désarçonnée.

— Elles sont similaires; mais ce sont les moteurs à fusion d'hydrogène des vaisseaux tutopans qui créent ces lignes d'émission. J'en ai détecté un ensemble qui prennent naissance à mille kilomètre de distance par tribord.

— Le *Kapon*, conclut instantanément Janeway. Très bien, monsieur Tuvok. Transmettez les coordonnées à la navigation et établissez la trajectoire pour suivre son sillage.

— À vos ordres, capitaine.

— Allons récupérer notre processeur, dit Janeway en se rasseyant, les lèvres serrées.

— Je suis prêt dès vous le serez, dit Paris.

Il était prêt aussi à entonner un silencieux alléluia — les choses commençaient peut-être à s'améliorer. Le pilote détermina une trajectoire qui dirigeait le *Voyageur* droit sur les vaisseaux les plus proches. Tant qu'à n'être pas rapides, se dit-il, aussi bien se donner l'air menaçant.

— En avant toutes ! ordonna le capitaine.

Paris poussa les propulseurs principaux à fond et leur achemina le flux plasmique en douceur afin de les stabiliser. Puis il tomba dans les cadences complexes de la navigation manuelle, comme s'il revenait à son élément

naturel et que le vaisseau n'était plus qu'un prolonge-
ment de son propre corps. Quand il pilotait, rien d'autre
n'importait, ni les Tutopans ni Starfleet ni le reste —
envers et contre tous, il était heureux.

*Je ne demande vraiment pas grand-chose.*

Quand Kes arriva sur la passerelle pour administrer
l'antidote au choc neurogénique, le pilote se persuada
que la situation s'améliorait encore un peu. Le capitaine
consulta le bloc-notes informatique de la jeune femme.

— Inhibiteur chimique neuromoléculaire, murmura
Janeway. Voilà pourquoi certains ont été plus gravement
atteints que d'autres.

— Biochimie différente, concéda Kes en lui admi-
nistrant le médicament.

— Je ne suis pas surprise que l'effet ait été aussi
immédiat, commenta Janeway. D'après le docteur, seule
une partie par million suffisait pour affecter les membres
de l'équipage.

Kes gratifia Paris d'un grand sourire en même temps
qu'elle lui administrait son injection. Les lèvres du pilote se serrèrent et il émit un sifflement silencieux. *Oui,
monsieur, les choses s'améliorent.* Selon les données
fragmentaires des senseurs, les seules disponibles, le
*Kapon* se dirigeait droit vers le système primaire. Paris
aurait peut-être la chance de visiter l'Axe, après tout.

# CHAPITRE
# 3

Torres en avait marre de toute cette affaire. Elle avait fait tout son possible pour réactiver les générateurs d'impulsion, mais les délais de déclenchement et les défaillances mineures provoquaient de nombreux arrêts du système.

— Statut ? demanda le capitaine.

Torres essaya de penser de manière positive.

— Au lieu d'épuiser nos réserves, nous sommes parvenus à utiliser l'énergie des générateurs de fusion auxiliaires. J'ai presque terminé l'installation d'une valve qui canalisera le flux plasmique excédentaire vers le réseau de services d'urgence du vaisseau, de manière à nous alimenter à mesure que nous consommons l'énergie.

— Nous approchons d'une autre bouée, avertit Tuvok.

La bouée apparut, marquée de codes officiels et de brillantes lumières jaunes comme pour intimider les intrus. En suivant le sillage du *Kapon*, le *Voyageur* avait longé les frontières du système primaire, marquées par l'alignement des bouées. Avec ses propulseurs comme

seule force motrice, le vaisseau progressait très lentement. Il fallut une éternité juste pour dépasser la bouée.

Torres serrait les poings et essayait de cacher la frustration qui la secouait toute entière. La situation était
intolérable. Quel être pouvait se satisfaire de rester assis
et de voyager à quarante mètres par seconde ? Il fallait
qu'ils fassent quelque chose, *n'importe quoi*, pour donner
plus d'énergie à leur vaisseau.

— Nous suivent-ils toujours, Tuvok ? demanda le
capitaine.

— Neufs vaisseaux continuent de nous poursuivre.

— Il faut reconnaître qu'ils sont obstinés, admit
Janeway à contrecœur.

Torres entendit à peine Paris quand il grommela :
« Ce sont des vautours. ». Mais l'ouïe des Vulcains était
exceptionnelle et, bien sûr, Tuvok se faisait un point
d'honneur de relever la moindre entorse au protocole.

— Vous avez un commentaire, lieutenant ? demanda
Tuvok.

— J'ai dit que c'étaient des *vautours*, répéta Paris.
Avez-vous cru que je les appelais des Vulcains ?

— Peu importe qui ils sont ! intervint avec brusquerie Torres en agrippant les deux côtés de la console d'ingénierie.

Elle avait envie de marteler de coups de poing le
morne tableau de bord. Mais elle eut de la chance d'y être
arc-boutée car le vaisseau, après une violente et soudaine
embardée, s'arrêta d'un coup sec avec la soudaineté d'un
arrêt cardiaque, puis bondit de nouveau vers l'avant. Kim
eut moins de chance qu'elle. Il poussa un cri muet et fut
projeté contre le module principal des contenants de colloïde.

— Défaillance des systèmes de l'indicateur de vitesse. Je les rebranche, dit Paris, comme s'ils étaient incapables de s'en apercevoir par eux-mêmes.

Kim regagna à quatre pattes le terminal des opérations.

— Chute de pression dans les masses bio-neuronales de la mémoire centrale, dit-il. Le tissu a sans doute été abîmé quand les shunts ont sauté.

— J'ai moi-même bouclé ces shunts, rétorqua Torres. Seuls les nœuds de jonction ont été endommagés.

— Cela ne devrait pas affecter le reste du réseau optique numérique ni la circuiterie des sous-processeurs locaux, concéda Kim.

Le vaisseau fit une nouvelle embardée, et cette fois Paris ne prit pas la peine d'énoncer l'évidence.

— Il faut agir, insista Torres.

— Toutes les suggestions sont bienvenues. En avez-vous ? répondit Janeway, le visage rouge à cause de l'effort qu'elle faisait pour rester assise dans son fauteuil.

— Nous pourrions déconnecter le réseau de transmission des données par fibres optiques de la mémoire centrale, dit Torres en prenant une profonde inspiration et en guettant la réaction du capitaine. Pour une raison que j'ignore, les systèmes essaient toujours d'y accéder au lieu d'accéder par défaut à l'ordinateur auxiliaire. Le réseau optique numérique renvoie des signaux nuls qui provoquent des arrêts et des défaillances mineures.

Kim jeta un regard hésitant à Torres, comme s'il n'était pas d'accord.

— La vitesse de calcul est déjà réduite de quatre-vingt-quatorze pour cent, dit-il, et même si les sous-processeurs locaux sont capables de gérer les systèmes de routine…

— Ils le sont, l'interrompit Torres. Et le traitement réseauté devrait améliorer la fiabilité générale du système.

— Je ne le conseille pas, dit Kim mal à l'aise devant l'inébranlable conviction de Torres. Le processeur n'est plus là, mais la mémoire centrale continue de contrôler le réseau optique numérique. Si vous isolez la mémoire centrale, plus rien n'empêchera des actions conflictuelles de couper certains systèmes individuels.

— N'est-ce pas ce que nous voulons ? demanda Torres.

— Nous avons besoin des dispositifs de surpassement de sécurité, insista Kim. Même si le réseau optique numérique fonctionne lentement, avec beaucoup d'erreurs par défaut.

Torres émit du fond de la gorge un bruit de dérision, mais retint ses sarcasmes. Elle avait exposé ses arguments; il appartenait maintenant au capitaine de prendre la décision, sinon ils ne parviendraient plus jamais à remettre le réseau en ligne.

La voix de Kes, qui parlait dans son tricordeur ouvert, les interrompit.

— Infirmerie au capitaine Janeway, dit-elle.

Janeway prit la communication avec une irritation que partageait Torres.

— Allez-y, Kes.

La voix de l'Ocampa semblait aiguë et nasillarde dans le petit haut-parleur.

— Le programme holographique du docteur ne cesse de s'éteindre, dit-elle avant de se taire pendant un moment, puis d'ajouter : « Il est revenu, mais ses disparitions interfèrent sur le traitement de nos patients ».

— Nous alimenterons l'infirmerie en priorité, l'assura le capitaine.

La voix irascible de Zimmerman remplaça celle de Kes.

— *Capitaine*, l'ordinateur semble *en panne* pour le moment — peut-être pourriez-vous assigner quelqu'un à la réparation de l'unité médicale. Et mon projecteur holographique fonctionne mal de nouveau. Si vous voulez que je soigne ces gens…

# INFRACTIONS

Il ne termina pas sa phrase. Il y eut un court silence, puis la voix de Kes dit : « Il est de nouveau parti. »

Comme si elle changeait mentalement de vitesse, Janeway demanda : « Combien de nos gens sont gravement atteints ? »

— Nous avons quatorze personnes ici pour le moment. Aucune dans un état critique.

Janeway soupira, manifestement soulagée.

— Comment va Chakotay ? demanda-t-elle.

— Il n'a pas encore repris conscience. Tous les autres ont reçu un stimulant neural et sont dans un état stable. Mais les dysfonctionnements du système interfèrent avec la réplication de l'antidote.

— Compris, dit Janeway. Nous ferons notre possible. Capitaine, terminé !

Janeway se tourna lentement et examina Torres que l'appréhension empêchait presque de respirer. L'ingénieur ne put résister à avancer un dernier argument.

— Capitaine, dit-elle, si nous coupons le lien entre le réseau optique numérique et la mémoire centrale, le réseau fournira des données par défaut à l'ordinateur auxiliaire ou aux sous-processeurs locaux. Il se pourrait même que nous ayons de l'énergie d'impulsion.

— Nous avons juste besoin d'être capables de suivre ce sillage.

D'autres secousses ébranlèrent le vaisseau et Janeway se cramponna à son fauteuil.

Tuvok saisit l'occasion pour dire d'une voix tranquille : « Les vaisseaux approchent. Distance : moins de trente mille kilomètres. »

— Très bien, lieutenant, dit Janeway à Torres. Procédez.

Torres avait envie d'applaudir, mais contint son surcroît d'énergie et traversa la passerelle jusqu'au tube de Jeffries.

— Je débrancherai le réseau optique numérique au point nodal de jonction principal sous la mémoire centrale.

— Je m'assurerai que les liaisons radio soient éteintes, lui dit Kim.

À la décharge de l'enseigne, Torres devait admettre qu'il était bon perdant.

Kim essaya de ne pas se tracasser quand Torres quitta la passerelle sans lui répondre. Il devait bien se l'avouer : cette femme l'intimidait. Il espérait ne pas avoir laissé ses sentiments personnels prendre le dessus sur son jugement professionnel et se demanda s'il n'aurait pas dû insister sur le fait que, selon lui, Torres allait commettre une grave erreur.

— Capitaine, commença-t-il, mais quand il vit le reste de l'équipage sur la passerelle se préparer pour la procédure, il hésita.

— Oui, enseigne ? demanda le capitaine.

— Fréquence des canaux de radiocommunication coupée, finit par dire Kim presque à voix basse.

Le capitaine avait pris sa décision et il était maintenant du devoir de Kim de l'appuyer.

— Torres devrait être en position bientôt, dit Janeway en se réinstallant dans son fauteuil. Monsieur Paris, si ce qu'elle a suggéré fonctionne, j'aimerais que nous prenions de la vitesse.

— À vos ordres, capitaine ! dit Paris, l'air impatient de foncer.

Kim, après s'être assuré que personne ne le regardait, se croisa les doigts.

Torres rampa dans l'étroit conduit qui donnait accès au nœud de jonction à la base du cœur de l'ordinateur. À travers le treillis métallique de la passerelle au-dessus d'elle, elle voyait le vide vertical de trois étages au centre du bloc informatique. Du nutriment colloïdal bleu coulait lentement goutte à goutte à travers le treillis sur une des parois et rétrécissait encore l'espace disponible.

Il n'était pas facile de travailler dans un endroit grand comme une niche à chien. Torres se demanda pourquoi les concepteurs n'avaient pas prévu d'accès facile à cette jonction. Elle ferma le port supérieur à l'aide du volant de manœuvre manuel. Puis, après avoir fermé aussi le port inférieur, elle ouvrit son tricordeur.

— Capitaine, je suis prête à couper le champ subspatial.

— Procédez, ordonna la voix lointaine de Janeway.

Torres effectua la saisie de la longue séquence de commandes qui annulaient la redondance des unités stratégiques et les traditionnels dispositifs à sécurité intégrée de Starfleet. Beaucoup trop nombreux, d'après elle.

— Connexion supprimée, dit-elle en observant la série de voyants rouges qui s'allumaient en clignotant.

Puis elle se sentit soudain violemment projetée contre le mur arrière du tube de Jeffries.

L'image du visualiseur bondit. Kim parvint à s'agripper avant la violente embardée du vaisseau. Le *Voyageur* exécuta ensuite une bizarre et rapide série de manœuvres, avant de s'immobiliser, vibrant de toutes ses cloisons. Toutes les lumières s'éteignirent d'un coup, laissant seul le brasillement faible et rouge de l'alimentation électrique de secours prendre le relais.

Kim se rendit compte qu'il gisait à plat ventre sur sa console. Le capitaine tâtonnait les commandes du tableau de bord de la navigation et Paris était écroulé contre la paroi antérieure, sous l'écran. Les étoiles glissaient lentement et dérivaient, obliques, à l'écran du visualiseur tandis que les vaisseaux tutopans s'éparpillaient et s'écartaient de leur chemin.

— Les commandes ne répondent plus ! cria le capitaine à la station de navigation.

— Capitaine ! appela Tuvok. Les phaseurs s'enclenchent.

— Court-circuitez ! ordonna Janeway.

Mais il était trop tard pour arrêter l'iridescent faisceau du feu des phaseurs qui, déjà, disparaissait dans le lointain. La gorge de Kim se serra. Plusieurs autres tirs, dont l'un rata de peu l'un des vaisseaux de leurs poursuivants, éclatèrent au hasard dans toutes les directions.

— Décharge spontanée de l'armement. Surcharge du système électroplasmique, annonça Tuvok.

Un flux de gravité frappa la passerelle. Le visage de Kim s'écrasa contre la surface de plastique métallisé du terminal. Il y resta immobilisé, incapable de bouger, à écouter les battements laborieux de son cœur qui luttait contre le stress.

Puis la pesanteur revint à la normale.

— Dysfonctionnement de l'amortisseur d'inertie, annonça Kim, le souffle coupé.

— On s'en est rendu compte, enseigne, dit Tuvok qui parvenait toujours à garder son air calme, même avec une partie de ses cheveux luisants dressés droit sur sa tête.

Paris parvint à ramper jusqu'à sa console.

— Débordement de plasma des conduits de transfert d'énergie dans les spires de distorsion. Purge automatique…

Un flash bleu-blanc illumina le visualiseur, aveuglant pratiquement Kim, quand la précieuse énergie se dispersa dans l'espace.

— … du système d'injection plasmique, termina Paris.

Janeway saisit son tricordeur.

— Torres… remettez cette jonction en ligne !

# INFRACTIONS

Torres était étendue sur le dos et regardait, hébétée, le plafond courbe du tube. Elle sentait bouger le vaisseau et le sentait lutter contre soi-même.

*Cela n'aurait pas dû se passer…*

L'ordre du capitaine la fit bouger. Elle tenta de se relever, l'esprit toujours ébranlé par son refus d'accepter la réalité. À moitié assommée, elle se pencha sur le panneau de commande et essaya de se souvenir des codes.

Le vaisseau fit une nouvelle embardée, suivie par un autre appel impératif du capitaine.

— Torres, rapport !

— J'essaie… répondit l'ingénieur en se redressant.

Mais ce qu'elle aurait vraiment voulu répondre, c'était : *Cela n'aurait pas dû se passer…*

Le panneau de contrôle des opérations était de nouveau déconnecté, exactement comme avant qu'ils ne rétablissent l'intégrité subspatiale du bloc informatique central. Le regard de Janeway, cramponnée au garde-corps et le tricordeur serré dans sa main, croisa celui de Kim. *Je savais que c'était une mauvaise idée…* Mais Kim n'eut pas le cran de le dire tout haut.

— Capitaine, appela Kes. Ici, l'infirmerie. Il y a quelque chose qui cloche avec le docteur…

— Kes, gardez cette ligne dégagée, l'interrompit Janeway.

— Mais il ne bouge plus. Je le touche et ses yeux sont vides.

— Attendez, ordonna le capitaine. La mémoire centrale sera rebranchée d'un instant à l'autre.

Le vaisseau, après une autre secousse, accéléra de nouveau.

— *Torres.*

Kim sentit le *Voyageur* se dérober sous lui et ressentit exactement la même impuissance qu'une victime de tremblement de terre. Un autre tir inopiné de phaseur crépita. Le vaisseau fit une autre violente embardée qui déséquilibra l'enseigne.

Puis d'un coup, le *Voyageur* s'arrêta, comme en suspens, immobile dans l'espace.

— Les commandes ne répondent plus ! cria Paris, affolé, à la barre.

Kim essaya d'ignorer l'impression de chute qu'il sentait dans son ventre. Comme aurait dit son grand-père : « Ça branle dans le manche ! » Kim ne savait pas exactement ce que l'expression voulait dire, mais si elle ne s'appliquait pas à une situation comme celle qu'ils vivaient en ce moment — à la dérive, impuissants dans l'espace, pendant qu'une bande de pirates se préparaient à les razzier — alors il ignorait vraiment à quoi l'expression aurait pu s'appliquer.

Soudain, tous les systèmes se rallumèrent et l'éclairage de secours disparut. Les oreilles de Kim se bouchèrent et il dut bâiller pour les dégager.

— Réseau optique numérique reconnecté. Retour des systèmes en mode réduction d'énergie, dit-il dès qu'il en fut capable.

— Propulseurs opérationnels, dit Paris, assis les jambes très écartées, juste au cas où une autre embardée imprévue se produirait de nouveau.

Le capitaine se leva et replaça dans son chignon une mèche de cheveux défaite.

— En avant toutes. Trajectoire originelle, dit-elle.

Kim se demanda comment elle faisait pour avoir l'air si calme après tout ce qui s'était passé. Puis il se dit qu'elle n'avait peut-être pas juste *l'air* calme. Peut-être était-ce un calme dont devait faire preuve tout officier de Starfleet.

— Cap droit devant. Vitesse : quarante mètres/seconde, confirma Paris.

# INFRACTIONS

Kim décida d'émuler Janeway, même s'il avait les tripes en compote. Il établit rapidement un diagnostic de niveau cinq.

— Nous sommes revenus à la case départ, dit-il. Les systèmes fonctionnent par intermittence.

— Les vaisseaux tutopans battent en retraite, annonça Tuvok.

— Vous vous approcheriez, vous ? demanda Paris. Après notre petite démonstration, ils ignorent ce dont nous sommes *capables* encore.

— Ils gardent une distance de cent mille kilomètres, confirma Tuvok.

Janeway s'assit doucement, comme si elle trouvait à leurs dernières mésaventures quelque chose de positif.

— Pas exactement ce que j'avais à l'esprit, dit-elle, mais on dirait que tout cela a produit l'effet que nous souhaitions. Tant qu'ils penseront que nous sommes imprévisibles et violents, ils garderont leurs distances.

— Ce n'est peut-être pas la raison, dit Kim, les yeux rivés sur ses lectures et espérant n'avoir pas l'air aussi effrayé qu'il l'était dans le fond de lui-même. Il y a une gigantesque structure droit devant nous.

— L'Axe ? demanda Paris.

— Confirmé, dit Tuvok, impassible. Nous approchons d'une station spatiale d'environ cinquante kilomètres de diamètre.

— Cinquante ? répéta Paris incrédule.

— Il y a une trouée dans le périmètre de défense extérieur, délimité par des bouées, ajouta Tuvok en ignorant le pilote.

Sur le visualiseur, les deux extrémités des lignes de bouées se rejoignaient dans le lointain et le passage se rétrécissait comme un entonnoir donnant accès à une longue structure cylindrique. L'Axe se profilait au loin derrière tout cela. Les mouvements de très nombreux vaisseaux étaient clairement visibles, même depuis leur position à l'extérieur du périmètre.

— Il est de plus en plus difficile de détecter l'émission du sillage du *Kapon*, dit Tuvok. Apparemment à cause de l'importance du trafic dans le secteur.

Kim se rendit compte qu'il n'aimait pas regarder l'embouchure de cette structure cylindrique. Ses poutres apparentes et ses plates-formes, qui semblaient mal dégrossies et inachevées, étaient faites d'une sorte d'alliage métallique. Cependant les voyants de signalisation éblouissants et l'alignement méticuleux des bouées qui menaient au passage indiquaient que toute l'installation était en parfait état de fonctionnement.

— On dirait une énorme cale de radoub, suggéra Paris.

— Ils ne vont pas nous faire pénétrer dans cette affaire-là, protesta Kim en regardant la structure menaçante.

— Il faudra bien y aller, dit Janeway d'un air grave. Si nous voulons retrouver le *Kapon*.

# CHAPITRE
# 4

Le regard de Janeway fit le tour de la passerelle et elle se rendit compte que l'enseigne exprimait tout haut les appréhensions de plusieurs de ses officiers. Ce n'était pas étonnant — ils avaient tellement soigneusement évités d'entrer dans ce système. Pourtant voilà où cela les avait menés. Si elle avait eu un psychologue à bord, la nervosité extrême de son équipage lui aurait probablement donné des maux de tête.

*Après tout ce qui s'est passé, comment le leur reprocher ?*

Surtout que leur seul choix semblait maintenant d'entrer dans cette structure menaçante qui se dressait devant eux. Elle se demanda si c'était un effet que les Tutopans avaient intentionnellement recherché. En tout cas, l'austérité et le caractère strictement utilitaire de l'ensemble indiquaient que les concepteurs s'étaient peu souciés des techniciens qui devaient en assurer la maintenance.

Elle se leva et regarda le périmètre de la structure. Elle avait appris dans d'autres circonstances difficiles que le capitaine devait, quand tout le reste marchait mal, maintenir au moins l'*illusion* qu'elle était maître de soi.

— C'est ici qu'on a amené notre processeur, dit-elle à l'équipage. Et nous y allons pour le récupérer.

— À vos ordres, capitaine, répondit spontanément Kim, même si elle ne lui avait rien ordonné.

Janeway réprima un sourire, ravie que certains vieux trucs marchent toujours, même si seuls de jeunes enseignes en étaient dupes.

— Tuvok, êtes-vous capable de me ménager une communication vaisseau-station ?

— Affirmatif, dit-il, comme s'il s'attendait à la demande de Janeway. En mode urgence, le tricordeur transmettra les données par paquets directement au réseau d'émetteurs-récepteurs du vaisseau. Cependant, le Traducteur universel n'est pas connecté et le signal ne sera décrypté que si les configurations linguistiques ont déjà été enregistrées dans le sous-processeur spécialisé.

— Nous négocions depuis des jours avec les Tutopans. Je suis certaine que cela marchera.

Janeway ajusta le tricordeur et ouvrit un canal. Après quelques instants, le minuscule haut-parleur de l'appareil résonna d'un débit monotone accompagné d'incompréhensibles grésillements. « Pourquoi vous présentez-vous à la Porte Pol ? Pourquoi vous présentez-vous à la Porte Pol ? »

Janeway se préparait à répondre, mais Kim l'interrompit.

— Capitaine — en mode transfert par rafales, les capacités de stockage des données sont réduites, aussi soyez brève, murmura-t-il.

Janeway eut conscience que son visage se renfrogna, mais elle s'empressa de parler dans son tricordeur.

— Ici le capitaine Janeway, du vaisseau stellaire *Voyageur*. Nous cherchons le cargo *Kapon*.

Il y eut une hésitation, comme si quelqu'un changeait le message enregistré. « Placez vos moteurs en position d'attente et attendez d'autres instructions. Placez vos moteurs en position d'attente et attendez d'autres instructions. Placez vos moteurs… » Une petite secousse ébranla le vaisseau.

— Qu'est-ce que c'était ? demanda Janeway par-dessus les grésillements du tricordeur.

— Un rayon tracteur nous a arrimés à la structure du périmètre. Nous maintenons la position, répondit Tuvok..

— À peine, ajouta Paris. Je suis incapable d'amener les commandes à réagir assez vite…

L'enregistrement continuait d'ordonner allègrement : « Placez vos moteurs en position d'attente et attendez d'autres instructions. Placez vos moteurs… »

— Les générateurs de fusion auxiliaires atteignent la limite de charge, avertit Kim.

— Coupez l'alimentation, ordonna Janeway.

Tout son instinct lui disait de ne pas choisir une procédure aussi radicale, mais si les générateurs auxiliaires explosaient, ils perdaient leur dernière source d'énergie.

— Porte Pol, dit-elle dans son tricordeur, expliquez, je vous prie, pourquoi vous nous avez verrouillé avec un rayon tracteur…

Le tricordeur bipa et la transmission s'interrompit. Janeway examina l'appareil. Le voyant vert de l'indicateur de charge était au plus bas et même le clignotant rouge de l'avertisseur faiblissait.

— Vous avez raison, monsieur Kim, cela consomme énormément d'énergie primaire.

Tuvok s'avança et tendit à Janeway un autre modèle de tricordeur.

— Les tricordeurs scientifiques sont équipés de générateurs secondaires. Celui-ci devrait durer plus longtemps.

— Capitaine ! cria Paris. Nous sommes aspirés vers l'intérieur.

Janeway leva les yeux. La structure s'approchait. L'ouverture béante était assez grande pour avaler un vaisseau vingt fois plus gros que le *Voyageur* et l'intérieur de la charpente cylindrique était grumelé d'unités globulaires, d'antennes grilles et de déflecteurs paraboliques.

— Avez-vous une idée de la fonction de ces installations ? demanda Janeway sans s'adresser à personne en particulier et en ajustant le tricordeur scientifique à la fréquence de communication vaisseau-station.

— On dirait des sortes de scanneurs, répondit Tuvok.

Quand elle ouvrit le canal du tricordeur, l'enregistrement répétait : « Restez en attente. Procédures en cours. Restez en attente. Procédures en cours. »

— Expliquez, je vous prie, les procédures, dit Janeway en espérant que le ton de sa voix traduisait la gravité de sa question, même si elle devait s'exprimer le plus brièvement possible.

L'enregistrement continuait de se répéter allègrement. Janeway ne voulait pas gaspiller l'énergie du tricordeur à lutter contre une non-entité. Elle attendit donc avec impatience qu'une voix intervienne.

— Déclinez votre identité de Maison, dit la voix d'un ton ennuyé.

— Nous n'avons pas d'identité de Maison, répondit Janeway. Expliquez, je vous prie, pourquoi votre rayon tracteur nous a paralysés.

— N'avez-vous pas demandé d'entrer à l'Axe ?

— Non, répondit Janeway. Nous poursuivons le cargo *Kapon*.

— Pour toute information, adressez-vous à l'Axe, dit la voix. Restez en attente. Procédures en cours.

— Attendez… Qu'impliquent exactement ces procédures ? intervint Janeway en retenant son souffle.

La structure semblait continuer de glisser à leur rencontre et les aspirer vers l'intérieur. Une brume rouge et floue en obscurcissait les parois internes.

— Ils scannent nos déflecteurs et nos systèmes tactiques. Jusqu'aux limites quantiques, annonça Tuvok.

— Les boucliers ? demanda Janeway, même si elle connaissait la réponse.

— Incapables de bloquer les scanneurs.

Le brouillard rouge se dissipa soudain et le *Voyageur* ressurgit à l'autre extrémité de la structure, puis il vira légèrement de bord et ralentit. Janeway ne sentait aucun mouvement de son vaisseau et elle dut concéder que les Tutopans étaient experts en champs de stase. Elle détecta le moment où la stase prit fin et où leur propre énergie commandait de nouveau le vaisseau.

— Propulseurs redevenus opérationnels, s'exclama Paris, occupé à reprendre le contrôle du bâtiment.

— Vaisseau non-aligné *Voyageur*, entonna la voix Pol, dossier administratif 07531TG6, suivez les indicateurs lumineux pour recevoir l'attribution de votre emplacement d'amarrage.

— Ils ont tout, grogna Kim. Aussi bien leur livrer tout de suite le plan détaillé des systèmes de notre vaisseau.

— Ils pourraient être capables de se servir de cette technologie, commenta Tuvok.

Janeway tut la réplique évidente qui lui vint à l'esprit — *J'ai essayé de les en empêcher* — car elle savait que le Vulcain énonçait simplement les faits.

Elle tressaillit quand le tricordeur hurla soudain une suite mélodique de notes, suivie par un enregistrement d'au moins dix unités de puissance sonore de plus et de loin plus enjoué que tous les autres messages tutopans qu'ils avaient entendus jusque-là : « *Bienvenue* à l'Axe ! Vous êtes entrés par la Porte *Pol*. *Veuillez* préparer votre code d'identité de Maison pour les fonctionnaires de l'administration portuaire. Et *n'oubliez pas* : Quand vous partirez, procédez par la Porte *Pol* ! »

Janeway essaya de ne pas se laisser indisposer par le ton doucereux de la voix, mais elle fulminait en silence contre la fouille et la neutralisation de leurs capacités de défense. Quand Paris commenta, l'air moqueur : « Je pensais que nous ne devions pas attirer l'attention », elle eut du mal à se contenir et à ne lui lancer qu'un regard qui lui fit comprendre clairement qu'elle ne le trouvait pas *drôle* du tout.

Paris se détourna et se pencha sur son tableau de bord, l'air plus concentré que jamais. Elle savait que le pilote avait seulement voulu détendre l'atmosphère, en cet instant précis tendue à l'extrême. Elle savait que tout le monde regrettait l'absence de Chakotay et l'effet apaisant de sa présence sur la passerelle; la manière dont il aplanissait, l'air de rien, toutes les difficultés et rassurait l'équipage avec son allure solide et sa foi plus solide encore que tout dans l'Univers marchait exactement comme il fallait que cela marche. Elle se dit qu'elle ne devrait pas oublier de prendre de ses nouvelles quand la situation se tasserait un peu.

— Suivez les indicateurs lumineux, monsieur Paris, dit-elle.

Elle se demanda ce qu'aurait pensé Chakotay de l'Axe, une masse en forme d'œuf qui pivotait sur elle-même, solitaire dans l'espace. Même de si loin, elle était énorme.

— Je n'ai jamais vu de coquille d'astéroïde de la taille d'une petite lune.

— Vous avez raison, capitaine, dit Tuvok en haussant un sourcil. Un noyau solide de titane existe toujours au centre de la coquille. Les lectures infrarouges dépassent les graduations de nos instruments…

— Combien de personnes se trouvent sur cette station ?

— Incertain, soupira Kim, mais j'obtiens une intense activité dans les longueurs d'onde radio et micro-ondes.

— En sommes-nous réduits aux instruments de mesure de l'âge industriel ? demanda Janeway.

— En gros, oui, répondit Kim, comme s'il ne voulait pas l'admettre. Mais j'y travaille.

— Continuez, monsieur Kim.

*Patience*, se dit-elle. Mais elle n'aimait pas du tout être handicapée à ce point — son vaisseau devait avoir la capacité de faire presque tout ce qu'elle voulait.

*Parlant de patience…* Torres jaillit du tube de Jeffries comme si elle en avait été éjectée. Janeway s'obligea à rester immobile quand son énergique et infatigable chef ingénieur se précipita vers elle et se mit à vociférer avant même d'avoir traversé la passerelle.

— Cela n'aurait pas dû arriver, capitaine ! J'ai isolé la jonction et la circuiterie sous le nœud primaire n'était pas endommagée…

Janeway, impassible, continua de la regarder et Torres s'éloigna.

— Les raisons pour lesquelles cela n'aurait pas dû se passer ne m'intéressent pas, lieutenant, dit le capitaine. Ce que je veux savoir, c'est *pourquoi* c'est arrivé.

Au grand soulagement de Janeway, Torres s'abstint de répliquer et se dirigea vers sa console à tribord, avec un regard insistant au visualiseur. Un nouvel alignement de bouées officielles jaunes et noires apparut et la masse confuse de la silhouette de l'Axe commença à se résoudre en vaisseaux de toutes les formes et de toutes les classes attachés aux pylônes d'amarrage qui pointaient de la coque de la structure comme des aiguilles.

Formant chapelet entre les bouées officielles, des unités plus grandes, plus tape-à-l'œil étaient couvertes de lumières fluorescentes et clignotantes et certaines, marquées des pictogrammes universels identifiant les conteneurs, laissaient échapper des fluides. D'autres étaient ornées de diverses représentations stylisées d'humanoïdes que l'on pouvait raisonnablement considérer comme érotiques. Mais peut-être Janeway les interprétait mal. Il y avait aussi des bribes de notes discordantes qui devaient être ce que les Tutopans considéraient comme de la musique, et divers messages publicitaires tonitruants qui n'étaient pas sans rappeler le niveau de bruit des salutations de la Porte Pol. Certains des mots n'étaient pas traduits, apparemment parce qu'ils n'étaient pas consignés dans le journal du sous-processeur spécialisé.

— J'ai baissé le son au maximum, dit Janeway, mais les bouées compensent. Pouvez-vous faire quelque chose ?

Tuvok avait l'air malheureux; ce qui était facile à comprendre parce que son ouïe était beaucoup plus sensible que celle des humains.

— Négatif, capitaine.

Quand ils atteignirent la fin de l'alignement de bouées, le *Voyageur* dut attendre derrière un autre vaisseau immobilisé à côté de la plate-forme d'un petit avant-poste. Quelques vaisseaux patrouilleurs des Exécuteurs, la coque peinte en rouge rouille, étaient amarrés au long quai aménagé à l'arrière de la structure. Le vaisseau qui précédait le *Voyageur* avait le design luxueux et pataud d'un paquebot de croisière interstellaire.

Quand le paquebot finit par dégager l'espace pour couler comme un bloc de pierre vers l'Axe, un autre enregistrement monotone interrompit les insupportables messages des bouées publicitaires.

— Vaisseau non-aligné *Voyageur*, code administratif 07531TG6, déclarez la raison de votre visite.

Janeway avait un tricordeur de rechange au cas où celui de Tuvok s'épuiserait.

— Nous sommes à la poursuite d'un cargo, le *Kapon*. L'équipage du *Kapon* a volé notre ordinateur central.

Pour la première fois, un Tutopan réagit vraiment.

— Vous voulez dire que vos bancs de mémoire ont été absorbés ?

— Non, le noyau de mémoire est intact, expliqua Janeway, mais le processeur central a été dérobé. Le vol s'est produit pendant que nous nous trouvions dans la ceinture d'astéroïdes de votre système secondaire.

L'enregistrement s'enclencha.

— Déclarez la raison de votre visite.

— Je vous l'ai dit, nous essayons de retrouver le cargo *Kapon*, répéta Janeway. C'est une situation d'urgence.

Il y eut un moment de silence, comme si le fonctionnaire de l'administration portuaire consultait ses données.

— Vaisseau *Kapon*… Alignement : Maison Min-Tutopa. Arrivée : dernier quart. Cargaison : objets de récupération. Aucuns frais ne vous seront facturés pour cette information.

— Aucuns frais ? répéta Janeway incrédule.

— Vous avez le loisir d'introduire une demande de rendez-vous avec un agent de la Maison Min-Tutopa, poursuivit la voix. Sans frais supplémentaires.

— Oui, je vous en serais reconnaissante, répondit Janeway. J'aimerais parler à quelqu'un qui sait ce qui se passe.

Le fonctionnaire ne sembla pas remarquer le ton de sa voix.

— Veuillez suivre la balise mobile qui vous conduira à l'emplacement d'amarrage qui vous a été assigné, dit-il.

Une boule jaune jaillit aussitôt de l'avant de la plate-forme. Elle s'immobilisa directement devant la proue du

*Voyageur*, puis se déplaça vers l'avant comme pour les presser de la suivre.

— J'aimerais déposer une plainte auprès de vos autorités pour le vol de notre ordinateur, dit Janeway en se levant.

— Vous devez introduire un recours auprès de l'une des Maisons pour que le Cartel applique des sanctions.

— D'après ce que vous nous avez dit, une des Maisons est impliquée. Y a-t-il moyen d'introduire le recours directement auprès du Cartel ?

— Pour des sanctions ? Contre l'une des Maisons ? s'exclama le fonctionnaire, soudain tiré de son train-train quotidien. D'où sortez-vous, les gars ? De l'autre extrémité de la Galaxie ?

— Oui, répondit Janeway.

L'intérêt du fonctionnaire disparut aussitôt, comme si Janeway venait de lui demander de croire l'invraisemblable.

— Veuillez gagner l'emplacement d'amarrage qui vous a été assigné, dit-il. Respectez la file.

La balise jaune dansait devant le *Voyageur* et l'entraînait dans une trajectoire en spirale, lente et descendante, autour de l'Axe, pendant qu'un flot de publicités faussement optimistes déferlait par le haut-parleur. Quand Janeway ferma le canal, la balise s'immobilisa et clignota furieusement. Quand Janeway réouvrit le canal, la balise se remit en branle et un enregistrement les enjoignit « d'attendre d'autres instructions ».

— Nous sommes un public captif, murmura Janeway.

Plutôt que de continuer à fulminer contre le bruit et les délais, elle saisit l'occasion pour appeler l'infirmerie. Kes rapporta que les programmes du médecin souffraient toujours d'interruptions intermittentes et qu'ils n'avaient réussi jusque-là à procéder qu'à la réplication de la moitié de l'antidote nécessaire pour inoculer l'équipage. Toujours optimiste, la jeune femme ajouta qu'au fond tout était sous contrôle.

— Chakotay a repris conscience et a demandé de retourner à son poste, ajouta Kes. Mais le docteur veut observer les effets de l'antitoxine quelques heures de plus.

— Compris, dit Janeway, en mettant de côté le tricordeur branché sur la fréquence de l'infirmerie.

Elle était maintenant entourée de tricordeurs ouverts — certains perchés sur le fauteuil de Chakotay, d'autres sur son moniteur — et elle avait de la difficulté à se rappeler lequel permettait de communiquer avec quoi.

— Je suis certain que nous sommes déjà passés devant ce ponton d'amarrage, se lamenta Paris. T.S.V.P.-quatre-trois, oui, j'en suis certain... Sauf que la dernière fois nous approchions par bâbord.

— Il y a beaucoup de trafic dans le secteur, suggéra Kim avec candeur; les circuits de vol obligent peut-être à une approche spirale.

— Je crois plutôt que le fonctionnaire chargé des procédures d'amarrage a un sens de l'humour tordu, répondit Paris.

Janeway ne quittait pas l'Axe des yeux. Certaines formes de vaisseau lui étaient familières, mais il y en avait de nombreuses autres qu'elle n'avait jamais vues. Des centaines de vaisseaux étaient amarrés à la station et, une fois de plus, elle se remémora la mise en garde de Chakotay. Effectivement, ils étaient seuls dans ce quadrant.

Cela lui rappela autre chose... Elle prit de profondes et calmes inspirations et imagina la plage où vivait son animal totem. Elle se visualisa, couchée sur le sable chaud, avec le soleil qui se déversait sur sa peau nue et la fraîcheur du vent salé qui la revivifiait. Son animal totem était couché près d'elle, étendu sur une pierre, avec ses écailles qui reflétaient l'éclat de la lumière vive et sa langue qui dardait paresseusement et goûtait l'air.

Chakotay serait fier d'elle. Le *Voyageur* approchait du pylône qui leur était assigné. Elle accepta sans un mot de protestation les instructions d'amarrage dictées par la balise.

Elle entendit Paris, à l'avant, marmonner : « Il vient un temps où les simulations se terminent et où tu découvres ta véritable étoffe. »

Son visage transpirait pendant qu'il procédait aux difficiles manœuvres. Mais Janeway avait une confiance absolue en ses talents de pilote. Et cette confiance se conforta quand le vaisseau s'arrima au quai, avec à peine un bruissement.

— Raccordement des barres d'amarrage terminé. *Finalement !* annonça Paris avec quelque chose dans la voix qui ressemblait à un soupir de soulagement.

— Joli travail, monsieur Paris.

Deux autres vaisseaux étaient amarrés au même ponton — à tribord, un gros vaisseau marchand qui ressemblait aux bâtiments des Yawkins, un groupe tribal dont tous les membres étaient consanguins. À bâbord, un cargo court et trapu connecté au ponton par un ensemble complexe de serpentins d'électrocâbles.

La balise s'immobilisa, comme si elle flottait sur l'eau. Un ultime enregistrement leur dit : « Amarrage réussi. Bienvenue à l'Axe. »

— Merci beaucoup, rétorqua Paris.

— Nous y serions depuis des années, ajouta Torres, s'ils n'avaient pas cessé d'interférer.

— Je n'ai jamais entendu de procédures d'amarrage aussi rigides et complexes, concéda Kim.

— Maintenant que nous sommes arrivés, déconnectez tous les systèmes qui ne sont pas essentiels, dit Janeway, presque sereine après sa pseudo-méditation. Torres et Kim — je veux, dès que possible, un rapport complet des avaries du réseau optique numérique et du système informatique central.

— À vos ordres, capitaine, dit Torres avant de rejoindre Kim à la station des opérations.

Janeway refusait toute autre manipulation anonyme.

— Tuvok, vous m'accompagnez, dit-elle. Je crois que nous avons rendez-vous avec un agent de la Maison Min-Tutopa.

— Capitaine, dit Paris l'air détaché, les systèmes de navigation sont éteints et je n'ai rien à faire avant que les commandes de l'ordinateur soient réinstallées, aussi je demande la permission d'avoir quartier libre.

— Permission refusée, répondit-elle du tac au tac. Paris, la passerelle est à vous.

— À moi ? s'exclama Paris, l'air sceptique. Mais nous sommes à quai.

— Tirez en le meilleur parti possible, le temps que ça dure, lui dit Janeway en lui donnant une tape sur l'épaule.

Paris, déconcerté, se mit au garde-à-vous

— À vos ordres, capitaine !

Le pilote fit semblant de donner un coup de poing à son tableau de bord, en attendant que Kim et Torres suivent Janeway et quittent la passerelle. Puis il s'affala dans son fauteuil. Le son énervé de la voix de Kim qui essayait de calmer Torres l'avait agacé plus même que le refus de Janeway. Il avait déjà dit au jeune de renoncer à la convaincre, mais certaines personnes se pensent trop intelligentes pour accepter l'évidence.

Paris se débarrassa de sa veste et s'avança d'un pas nonchalant vers le fauteuil du capitaine. L'enseigne Yarro à la station environnementale regardait fixement son maillot de corps gris, mais elle ne dit rien. *Ah, les privilèges du commandement…* Paris prit son temps et s'installa dans le siège du pouvoir.

Mais cela ne lui faisait pas le moindre effet. Comment aurait-il pu ressentir quelque chose quand ils étaient piégés dans cette station comme une bande de parasites moribonds ? Il enfonça son menton dans sa paume et fixa l'image de l'Axe à l'écran du visualiseur. Il était presque capable de sentir dans ses os la vie trépidante à l'intérieur de la station, une infinité de possibilités presque à portée de main… et il restait en rade sur la passerelle, commandant fantoche d'un semblant de vaisseau.

L'éclairage des turbolifts qui transportaient les gens jusqu'au cœur de la station l'éblouissait. Il était de notoriété publique que la seule chose réaliste à faire pour un pilote dans un port spatial était d'obtenir une permission et d'y descendre. Paris se jura de parvenir d'une manière ou d'une autre à visiter l'Axe… Ce n'était qu'une question de temps.

# CHAPITRE 5

En route vers l'écoutille du poste d'amarrage principal du *Voyageur,* Tuvok remarqua la démarche détendue du capitaine et en déduisit que Janeway avait réussi à retrouver une bonne part de son calme, malgré la déplorable série d'événements des dernières heures. Il se conforma à sa demande muette et s'abstint de tout commentaire sur leur situation, avec l'intention de rédiger un rapport exhaustif de sécurité plus tard.

Le Vulcain constata qu'une passerelle extensible s'était automatiquement installée entre le vaisseau et le pylône d'amarrage, ce qui leur permettait d'accéder au pont de desserte sans équipement spatial particulier. Tuvok ouvrit l'écoutille et y programma un verrou de protection requérant un code d'accès autorisé avant toute entrée ou sortie possible du *Voyageur.*

Le petit pont de desserte était désert. Le chef de la sécurité nota l'existence de dispositifs de contrôle ombilicaux. L'Axe était donc capable d'offrir aux vaisseaux des visiteurs un service de support externe complet — un service qui leur serait très utile. Il inclurait ce fait dans son rapport de sécurité.

Un ascenseur les transporta rapidement jusqu'au bas du pylône. Après 16,4 secondes, il ralentit et effectua une brusque rotation à 180 degrés. La gravité maintint une pression constante vers le bas, mais le capitaine émit un son que Tuvok associa à la tendance du système digestif humain de prendre le contre-pied de mouvements inattendus.

Tuvok se préparait à demander au capitaine si elle avait besoin d'aide, quand l'ascenseur s'arrêta, après un bref flash de lumière blanche.

— Balayage de vérification terminé. Vous êtes autorisés à entrer dans le Hall cinq-huit, annonça un programme de synthèse vocale.

— Vérification ! s'exclama Janeway, qui avait apparemment réussi à contrôler les réflexes de son système neurovégétatif. Ils nous ont scannés ?

La porte s'ouvrit en glissant sur le côté.

— Il semblerait bien.

Tuvok n'appréciait pas plus que Janeway cette atteinte à son intimité, mais il continua d'aiguiller ses impressions négatives vers une partie de son cerveau où elles n'interféreraient pas avec sa capacité de fonctionner. Il avait déjà gravement failli à son devoir en laissant les Tutopans droguer l'équipage, et il s'attendait à ce que le capitaine inscrive un blâme dans le dossier de ses états de service.

Après l'arrêt final de l'ascenseur, une vaste salle s'ouvrit devant eux. Les trois murs en étaient inclinés et se rejoignaient au centre du plafond, à environ cinquante mètres de hauteur.

— Une pyramide, dit Janeway en s'étirant le cou.

— Techniquement, il s'agirait plutôt d'un tétraèdre, l'informa Tuvok. Si la configuration de cette salle est une indication fiable de l'architecture de l'ensemble, l'intérieur de l'astéroïde est aménagé selon les principes géodésiques.

# INFRACTIONS

— Bon choix pour une structure ronde, opina Janeway. Notre pylône d'amarrage doit être reliée à la base de cette pyra... de ce tétraèdre, se corrigea-t-elle. Comme c'est désorientant.

Le commentaire du capitaine était émis sur le ton de la simple conversation. Tuvok détermina donc qu'il n'était pas nécessaire de répondre. Il examina des yeux le Hall cinq-huit et y nota deux autres terminaux d'ascenseur de beaucoup plus grande dimension. Des manutentionnaires en uniforme orange déplaçaient de volumineuses palettes antigrav et Tuvok en déduisit que ces ascenseurs servaient à décharger le fret.

La partie inférieure des murs inclinés était percée de nombreuses fenêtres et de portes, qui menaient apparemment aux locaux d'entreprises qui fournissaient aux visiteurs de la station spatiale tout ce dont ils avaient besoin. Plus haut, les murs étaient encombrés de bouées publicitaires flottantes et de panneaux de communication sur lesquels défilaient des rangées de symboles brillamment éclairés. Des humanoïdes et d'autres extraterrestres erraient parmi les commerces ou paressaient sur les deux terrasses de ce qui semblait un centre récréatif suspendu dans un des coins — un tétraèdre miniature dont l'architecture était la réplique inversée du hall lui-même.

— Plutôt banal, commenta Janeway. Presque aseptisé, je dirais.

Tuvok essaya de scanner le secteur avec son tricordeur.

— Les graves interférences subspatiales, dues au différentiel des plates-formes à embase-poids, empêchent toute lecture de tricordeur par-delà cette salle.

Janeway s'approcha d'une borne située à environ cinq mètres du terminal de l'ascenseur. Tuvok examina un des écrans montés sur le côté et comprit qu'il présentait un menu général des options offertes aux arrivants.

— Nous devons y entrer notre numéro de code, fit remarquer Janeway.

Tuvok effectua la saisie de la séquence que les autorités portuaires avaient assignée au *Voyageur*. Puis il actionna les touches de sélection des différents menus sans se préoccuper de l'étrange tétraèdre coloré qui ne cessait de tourner sur lui-même dans un des coins de l'écran. Il n'obtint pas l'accès direct à un agent de la Maison Min-Tutopa, mais en réponse à sa demande une carte tridimensionnelle de l'Axe apparut. Les tétraèdres imbriqués qui composaient l'intérieur de la croûte de l'astéroïde sortaient du flou à mesure que la carte tournait à l'écran.

— Cela ressemble à l'extravagante courtepointe que ma grand-tante Hedra avait sur le lit de sa chambre d'amis, dit Janeway qui essayait, en utilisant les commandes à effleurement des capteurs, de contrôler la rotation de la carte.

Une marque leur indiquait l'endroit où ils se trouvaient, puis une ligne pointillée apparut qui traversa la carte après plusieurs déconcertants zigzags.

— C'est le chemin que l'on nous indique de suivre, dit Tuvok.

— Oui, mais quel est ce symbole au point de départ.

Elle regarda autour d'elle et Tuvok lui indiqua le coin droit du hall.

— Je crois que c'est une sorte de transport rapide, dit-il.

— Oh ! C'est juste. Mais que signifient ces symboles ?

Ils étudièrent les points de correspondance et Tuvok en profita pour enregistrer la carte avec son tricordeur.

— Peu importe que l'on soit bardé de diplômes en physique appliquée ou en ingénierie quantique, soupira le capitaine en secouant la tête. Repérer son chemin dans un système de transport en commun extraterrestre reste la tâche la plus difficile qui soit dans tout l'Univers.

— Vous devriez peut-être reconsidérer votre décision d'y aller en personne, capitaine, l'avertit Tuvok, poussé par son devoir de chef de la sécurité. Les stations spatiales sont toujours des endroits dangereux.

— Courage ! On tient bon ! répondit énigmatiquement le capitaine.

Pendant qu'ils franchissaient l'arche pointue qui menait à la gare, Tuvok réfléchit à ce qu'il devait répondre, sans parvenir à trouver de réplique appropriée. Quelques autres personnes, dont plusieurs Exécuteurs du Cartel en uniforme rouge, attendaient une rame, debout sur le quai.

Tuvok gardait un œil attentif sur tout le monde. Au début de sa carrière, il avait été affecté à l'équipe de sécurité de *Deep Space Quatre*. Il y avait acquis une expérience précieuse et ce poste lui avait appris à appliquer ses habiletés tactiques à un niveau individuel. Il y avait réprimé les petits voyous qui commettaient de menus larcins, était intervenu pour mettre terme à de nombreuses rixes, et parfois même avait empêché des meurtres. Mais Tuvok n'avait pas beaucoup aimé ce travail. Même si, pendant ces deux ans, il avait eu la chance d'habiter avec sa femme qui avait pris un congé sabbatique pour vivre avec lui. Ils étaient jeunes à l'époque, et commençaient leur famille…

Une poussée d'air annonça l'arrivée imminente de la rame et le chef de la sécurité se rendit soudain compte qu'il venait de prendre des latitudes avec son contrôle de soi vulcain. Presque contrarié par cet écart, il protégea Janeway de la bousculade qui accompagna leur entrée dans le wagon. Il passa outre à son dégoût d'être confiné dans un espace clos avec une foule d'humanoïdes — situation qui mettait tous ses sens en état d'alerte maximum. Il n'avait pas l'intention de décevoir une autre fois son capitaine.

L'éclairage dans le bureau était beaucoup trop éblouissant pour Janeway, Tuvok en était conscient. Elle ne cessait de cligner des yeux, même quand le commis — qui les avait fait attendre pendant plusieurs heures — s'acquitta d'une brève présentation de l'agent Andross. Un grand hologramme couvrait le mur derrière le fonctionnaire. La plus fastueuse représentation qu'ils avaient vue jusque-là du symbole solaire associé à la Maison Min-Tutopa. Le soleil bougeait, comme dans les premières lueurs de l'aube, surplombé de complexes formations atmosphériques qui changeaient à mesure que l'astre glissait dans le ciel bleu-vert profond pour finalement s'immobiliser dans un rayon de lumière diffractée.

L'agent Andross se leva avec un sourire professionnel qui réussissait à saluer ses visiteurs sans leur témoigner aucune cordialité. Tuvok était prêt à parier que l'agent Andross avait escompté qu'ils renoncent et s'en aillent. Il nota également qu'il était beaucoup plus petit que la majorité des autres Tutopans. Une plate-forme surélevée, installée derrière le bureau, indiquait que cette société privilégiait la conformité physique de ses membres. Pourtant, malgré sa différence, cet individu avait atteint un rang hiérarchique élevé.

Tuvok consigna cette donnée dans sa mémoire pendant qu'Andross leur fit signe de s'asseoir.

— En quoi puis-je vous être utile aujourd'hui, capitaine Janeway ?

— Je veux récupérer mon processeur central, lui dit-elle sans ambages, les mains sur les hanches. Le cargo *Kapon*, dont vous êtes l'affréteur, l'a enlevé de mon vaisseau.

Les traits délicats, aplatis de l'agent restèrent impassibles. Il se concentra sur la vitre de verre fumé qui

recouvrait le haut de son bureau. La surface reflétait l'é-
clairage violent, mais le comportement du fonctionnaire
indiquait clairement que sous le dessus lisse de sa table
de travail se trouvaient des nœuds d'accès et des dispositifs d'acquisition de données. Tuvok savait aussi qu'il y
avait quatre-vingt-douze pour cent de probabilité que des
capteurs soient braqués sur le capitaine et sur lui.

— D'après les informations de notre Service des
opérations techniques, votre vaisseau est une épave, dit
l'agent en levant les yeux.

— Ce n'était pas une épave avant que le *Kapon* ne
vole notre processeur.

Andross sourit — un simple étirement des lèvres.

— Le journal des senseurs du *Kapon* indique que
votre vaisseau dérivait à l'extérieur de la ceinture d'astéroïdes du système secondaire quand certains membres de
son équipage ont embarqué à votre bord. Ils ont procédé
à l'habituelle opération de récupération d'équipement.

— Ils ont demandé que nous éteignions nos moteurs
pour que leur navette puisse pénétrer dans le *Voyageur*,
rétorqua Janeway. Est-ce que le journal du *Kapon* l'indique ? Ils nous ont offert de l'information sur la localisation de trous de ver en échange de cartes stellaires.
Mais à la place ils ont neutralisé mon équipage et volé
notre processeur.

— Je suis certain que vous faites erreur, dit Andross
sans élever la voix, les mains jointes sur son bureau. Qui
a jamais entendu parler de voleurs d'équipement informatique qui se contenteraient d'emporter les machines et
laisseraient sur place la banque de données ? Or, d'après
ce fichier, votre mémoire centrale n'a pas été dérobée.

La maîtrise de soi du capitaine était admirable.
Tuvok avait passé les quelques dernières heures à se dis-
traire l'esprit de façon productive en analysant les données sur la toxine neurale et en tentant de déterminer la
cause de son taux de dispersion rapide. Mais Janeway

n'avait pas eu ce loisir. Elle parvenait pourtant à garder un calme inébranlable.

— On nous a informés que le cargo *Kapon* vous a livré son chargement. Nous aimerions qu'il nous soit remis, dit-elle.

— Les procédures de récupération se sont effectuées dans le cadre des paramètres légaux, dit Andross en faisant mine de se lever. Mais s'il y a autre chose en quoi je puis vous être utile…

— Certainement, dit Tuvok qui intervenait pour la première fois.

Il avait calculé les risques d'un moyen de persuasion plus efficace et les avait trouvés acceptables.

— Nous voulons connaître le nom de votre supérieur, dit-il.

Andross eut l'élégance de paraître surpris.

— *Je* suis le représentant officiel de la Maison Min-Tutopa…

— Oui, nous le comprenons bien, l'interrompit Janeway, entrant dans le jeu de Tuvok. Mais nous aimerions parler à votre supérieur.

— Je n'ai pas de supérieur sur l'Axe. Le Conseil se trouve au Siège de la Maison Min-Tutopa.

— Qui est où ?

— Min-Tutopa est la troisième planète de notre système stellaire, dit Andross avec un geste comme pour enlever d'une chiquenaude une particule imaginaire du haut de sa table de travail. Dans les conditions actuelles, il vous est impossible de parler au Conseil.

— Je crois, monsieur Tuvok, qu'au stand d'information, vous avez mentionné qu'il y avait d'autres agents inscrits sur la liste des représentants officiels de cette Maison, dit Janeway en se tournant vers Tuvok.

— Exact, capitaine.

— Bien, dit-elle en se levant. Je suis persuadée que l'un d'entre eux sera capable de nous aider.

# INFRACTIONS

— Entendu ! Je suggère que nous y allions tout de suite, dit Tuvok qui, avant de rejoindre le capitaine, jeta un coup d'œil pour vérifier la réaction d'Andross.

Le Tutopan tendit une main pour les arrêter, soudain beaucoup plus rapide qu'il l'avait été jusque-là.

— Cette question ne relève pas de leur responsabilité, dit-il.

— Vous ne me semblez faire preuve d'un très grand sens des responsabilités vous-même, fit remarquer Janeway en se détournant.

— Mes qualités personnelles correspondent de manière exceptionnelle aux exigences du poste que j'occupe, répondit Andross, l'air blessé. Les orientations de carrière de tous les Tutopans sont déterminés suite à des batteries de tests d'aptitudes et d'examens psychologiques rigoureux.

— Allons voir un autre de ces agents rigoureusement sélectionnés, dit Janeway à Tuvok.

— Vous ne comprenez pas, ajouta rapidement Andross. Le *Kapon* se trouve sous ma juridiction. Si vous aviez l'obligeance de vous rasseoir, je verrais ce que je peux faire pour vous.

Janeway fit mine de se rasseoir à contrecœur.

— Maintenant, laissez-moi voir, dit Andross sans tarder. Vous étiez intéressés à quelle sorte d'ordinateur déjà ?

— C'est un processeur, le corrigea Janeway. L'unité de commande qui choisit les programmes en mémoire et les interprète de manière à diriger, en fonction des résultats de cette interprétation, le mouvement des données dans le système, et qui transforme les entrées en instructions opérationnelles. Notre processeur incorpore cinq unités de nanoprocesseurs FTL, contrôlés par des grappes de modules de transposeurs optiques.

— Hmmm… murmura Andross, dont les yeux bougeaient imperceptiblement de gauche à droite à mesure qu'il prenait connaissance de l'information à travers la vitre de son bureau. Je suis capable de vous fournir un nouveau processeur FTL à la fin de ce quart. Le coût d'installation serait de 6 300. Quel est votre avoir en compte courant ?

— Je n'ai pas l'intention d'acheter un nouvel équipement, dit Janeway en se penchant pour s'assurer de bien se faire comprendre. Si c'est ce genre d'aide que vous avez l'intention de nous fournir, je ne suis pas intéressée.

— Je vois, dit Andross en tapant pensivement du doigt contre le bord de sa table de travail. Comme la procédure de récupération vous a causé un certain émoi, je réduirai le prix à 5 300. Pas un ducet de moins. C'est un prix défiant toute concurrence pour un équipement flambant neuf.

Dans le silence qui suivit, Tuvok estima la dépense en temps que l'entretien leur avait coûté jusque-là et en arriva à la conclusion que la seule manière logique d'agir était de persister, même si leur interlocuteur était complètement irrationnel. L'alternative serait de reprendre tout le processus à zéro avec un autre agent.

Le capitaine, qui essayait une autre approche, en était apparemment venue à la même conclusion.

— Il est évident que le *Kapon* vous a livré notre processeur. Dites-nous où il se trouve maintenant.

— Tout le matériel récupéré est envoyé pour analyse à notre Service de scanneurs afin d'en déterminer la viabilité.

— Êtes-vous capable de le localiser ?

— Je pourrais essayer, dit Andross d'une voix hésitante. Mais vous feriez mieux d'accepter mon offre.

Janeway le regarda droit dans les yeux.

— Agent Andross, je vous suggère de localiser immédiatement le processeur de notre ordinateur central, sinon je me verrai forcée de porter la question à l'attention de vos supérieurs.

L'expression du fonctionnaire restait affable et indéfinissable.

— Bien sûr. Je fais enquête immédiatement.

— J'apprécierais une réponse de votre part dans moins d'une heure. Si je n'ai pas de nouvelles de vous, j'introduirai ma demande ailleurs, dit Janeway en se levant de nouveau, lui signifiant que cette fois elle s'en allait pour de bon.

— Certainement, dit avec amabilité Andross. Et si vous me le permettez, je demanderai à mon employé de mettre à votre disposition un véhicule privé pour vous ramener à votre vaisseau. Je dois dire que vous avez l'air complètement épuisé tous les deux.

Janeway savoura le luxe de regagner le *Voyageur* dans un véhicule automatisé plutôt que d'avoir à combattre la cohue du transport en commun. Mais elle savait qu'Andross avait tout avantage à ce qu'ils ne s'arrêtent pas au bureau d'un autre agent sur leur chemin de retour. L'agent lui rappelait certains marchands de vaisseaux stellaires usagés qu'elle avait rencontrés — beaucoup trop préoccupés par leur intérêt personnel pour être dignes de confiance. Elle ne prit pas le risque de discuter de l'entrevue avec Tuvok dans le véhicule; Andross enregistrait peut-être leurs faits et gestes pour en tirer avantage dans leurs négociations ultérieures.

Profitant donc du trajet au maximum, elle composa au clavier du distributeur le code d'un jus de légumes pour Tuvok et pour elle-même celui d'une mixture de protéines. Elle avait besoin d'énergie après avoir été confrontée à tant d'inepties.

Quand ils arrivèrent dans le Hall cinq-huit, un groupe de Yawkins, qui retournaient à leur vaisseau, attendait dans le terminus de l'ascenseur. Les Yawkins étaient de grands humanoïdes dégingandés à la peau vert foncé. Les exhalaisons délétères émises par les branchies qu'ils avaient dans le cou firent battre Janeway en retraite.

— Quelque chose ne va pas, capitaine ? demanda Tuvok en la suivant à l'extérieur du terminus.

— Attendons la cabine suivante, voulez-vous ? demanda-t-elle avec un geste de dénégation.

— Volontiers.

Janeway apprécia qu'il donne son assentiment sans poser de questions. Sur un des côtés du terminus, un écran montrait une image en temps réel des trois vaisseaux amarrés au pylône. Le *Voyageur* sortait juste du champ pour céder la place à un cargo en forme de bulbe. Au bas de l'écran, apparaissait le nom du vaisseau — le *Oonon* — suivi de son numéro de code et de son alignement de Maison. À la lumière de leur frustrante rencontre avec Andross, la quantité excessive de rouleaux d'électrocâbles qui encerclaient le *Oonon* prenait un sens nouveau — comme si les membres de l'équipage avaient peur que leur vaisseau, même à quai, leur soit volé directement sous les pieds. Janeway essaya de se défaire de ce sentiment de victime qu'elle éprouvait depuis son arrivée dans l'espace tutopan. Ce n'était pas une position de force. Et elle avait besoin de se sentir en position de force pour négocier.

Le vaisseau yawkin occupait l'écran et elle attendit avec impatience de revoir le *Voyageur*. Son orgueil de propriétaire fut récompensé quand les contours élégants de son vaisseau apparurent. Elle se rappela la dernière fois qu'elle avait vu le *Voyageur* amarré à une station spatiale. C'était dans le Quadrant Alpha, sur *Deep Space Neuf*. À l'époque, Tuvok n'était pas encore avec elle — c'était avant qu'ils ne retrouvent le vaisseau maquis sur lequel il agissait comme agent double, avant qu'ils ne soient tous catapultés à soixante-dix mille années-lumière de leur trajectoire originelle.

Janeway ne communiqua pas ses pensées à son chef de la sécurité. Si le Vulcain et Tom Paris avaient quelque chose en commun, c'était bien cette façade d'indifférence devant le fait d'être si loin de l'espace fédéral. Il était facile d'affirmer, bien sûr, que la situation de Paris était plus enviable dans ce quadrant qu'en prison, mais ce n'était pas le cas de Tuvok. Elle savait que sa famille lui manquait. Tous les membres de son équipage voulaient rentrer chez eux, et elle se demanda si son propre désir de revoir les siens l'avait poussée à prendre des risques inconsidérés.

Tuvok la regarda, puis regarda l'écran.

— Nous trouverons un moyen de rentrer chez nous, capitaine, dit-il.

Elle sourit quand elle se rendit compte qu'il avait, une fois de plus, lu dans ses pensées — même au milieu du chaos, certaines choses ne changeaient jamais.

— Est-ce que je pensais à voix haute ?

L'expression du Vulcain s'adoucit et il lui jeta un regard que l'on aurait presque pu qualifier d'affectueux.

— Je connais mon capitaine, dit-il simplement.

— J'espère que vous avez aussi le don de clair-voyance, Tuvok, dit-elle en regardant la silhouette du *Voyageur* disparaître de nouveau de l'écran.

# CHAPITRE
# 6

Quand Chakotay était revenu sur la passerelle la première chose qu'il avait vue, c'était Tom Paris en maillot de corps, affalé dans le fauteuil du capitaine et entouré par les boîtiers d'une demi-douzaine de tricordeurs déchargés.

Il lui avait ordonné d'aller à l'entrepôt, six étages plus bas, chercher une unité portable pour les recharger. Plusieurs heures plus tard, Paris avait presque terminé. Chakotay n'était pas surpris que le jeune pilote n'y ait pas pensé tout seul et il tira un malin plaisir à le voir travailler si fort.

Chakotay, un des tricordeurs rechargés à la main, disait à l'employé du Service d'entretien des vaisseaux du Cartel : « Je vous donnerai toutes les sous-espèces de Denarii *et* des plants de marne verveux en échange de trois cycles de… »

Il se retourna juste à temps pour voir le capitaine émerger du tube d'accès, suivie par Tuvok. La surprise et le ravissement de Janeway de constater sa présence sur la passerelle contrastait avec le manque d'enthousiasme et le ton monocorde de la voix dans le tricordeur : « Votre offre de crédit est étudiée. Veuillez garder la ligne. »

— Je suis heureuse que vous soyez revenu, commander. Comment vous sentez-vous ? demanda Janeway.

— J'aurais pu revenir à mon poste dès que j'ai repris connaissance, lui répondit Chakotay en se levant.

Il ne mentionna pas que son rétablissement s'était accompagné de diaboliques et persistantes hallucinations, émaillées de certaines représentations symboliques habituelles dans ses cauchemars et d'autres qu'il n'avait jamais vues jusque-là. Le délai que lui avait imposé le docteur pour lui donner son congé de l'infirmerie lui avait laissé tout le temps de méditer à ses rêves et d'accepter leur présence dans sa vie, même s'il n'en comprenait pas toute la signification.

— J'ai ordonné à tous ceux qui se trouvaient à l'infirmerie de regagner leur poste quand je me suis rendu compte de la gravité des défaillances du médecin. Il est bon que Kes soit là. Je recommande de la nommer responsable de l'infirmerie.

— Suggestion acceptée, dit Janeway dont le regard tomba sur le col déboutonné du commander. Êtes-vous certain que vous allez bien ? Vous avez l'air fiévreux.

Chakotay se frotta un doigt contre la tempe, juste sous son tatouage tribal.

— Ce sont les systèmes de conditionnement d'air. Les journaux indiquent que la température intérieure ne cesse d'augmenter depuis le vol du processeur. Les réajustements manuels n'ont aucun effet.

— Maintenant que vous le dites, c'est vrai qu'il fait chaud.

La plupart des autres membres d'équipage sur la passerelle avaient eux aussi enlevé leur veste et relevé leurs manches.

# INFRACTIONS

— Kim dit que certains secteurs du vaisseau sont plus affectés que d'autres, ajouta Chakotay. La section ingénierie, la passerelle et la salle de régie informatique.

— Torres et Kim ont-ils déjà fait rapport ?

— Ils sont toujours dans la salle de contrôle de l'ordinateur central, et le seul rapport que j'en ai eu, c'est qu'il y fait plus chaud que sur Vulcain et que la situation s'aggrave. Le fonctionnement des systèmes de régulation climatique est erratique et presque tous les systèmes de circulation d'air sont défaillants. Pendant votre absence, j'ai négocié avec le Cartel pour obtenir une liaison ombilicale vaisseau-station. Je leur ai offert certains spécimens de notre stock phytogénétique le plus exotique, ajouta Chakotay en faisant un geste vers l'Axe dont la structure courbe se profilait plus bas qu'eux…

— Des semences ! s'exclama Janeway. Vous échangez des semences contre du soutien vital ?

— Cela semblait opportun, dit Chakotay avec un sourire.

Le tricordeur bipa pour avertir de l'imminence d'une communication.

— Votre offre de crédit est acceptée, confirma une voix indifférente. Veuillez transmettre l'information au représentant des services publics. Vous recevrez trois cycles de soutien vital Série I pour l'ensemble de votre vaisseau, incluant le traitement atmosphérique, le traitement de l'eau, l'alimentation de l'unité centrale, la régulation de la température et le contrôle de la gravitation.

Janeway hocha la tête pour marquer son assentiment et Chakotay répondit tout de suite : « D'accord. Je rencontrerai votre représentant sur le pont de desserte. » Il ferma le canal et déposa le tricordeur, heureux d'en avoir terminé.

— Ils acceptent aussi de nous fournir des unités de télécommunication directe avec l'Axe.

— Très bien, commander, dit Janeway en souriant du coin de la bouche. C'est peut-être vous qui devriez mener toute négociation commerciale à l'avenir.

— J'ai eu l'occasion de me faire la main. Vous souvenez-vous de Cordone'ni ?

— C'est vrai, répondit Janeway dont le visage s'éclaira à mesure qu'elle se rappelait l'épisode. Poursuivez, commander. Tuvok, veuillez aider Chakotay. Essayez de les empêcher de procéder à d'autres scans du *Voyageur*.

— À vos ordres, capitaine, répondit Tuvok avec autant de sérieux que s'il s'agissait d'une question de vie ou de mort.

Chakotay se demanda ce qui s'était passé pendant qu'il était immobilisé à l'infirmerie.

— Lieutenant Paris, ajouta Janeway en prenant un des tricordeurs rechargés, la passerelle est à vous. Si vous avez besoin de moi, je serai dans la cabine de contrôle de l'ordinateur central.

Quand Chakotay quitta la passerelle, il vit Paris se croiser les bras et se recaler dans son fauteuil. Il ne comprenait pas pourquoi le pilote avait l'air si fâché. Après les vicissitudes de son passé, il aurait dû éprouver de la reconnaissance envers Janeway qui lui faisait assez confiance pour lui laisser le commandement.


— Nous avons un grave problème, annonça Kim.

Janeway avait espéré de meilleures nouvelles, mais elle n'en laissa rien voir.

— Êtes-vous capable de stabiliser les systèmes informatiques ? demanda-t-elle.

— Le réseau de transmission optique numérique fonctionne bien, dit Kim en relevant la tête.

Il était perché, un linge blanc noué autour du front, dans un échafaudage temporaire érigé dans le vide technique central du bloc informatique. Des taches bleues de nutriment colloïdal salissaient sa chemise grise.

— Nous pensons que le problème se situe dans le réseau neuromimétique, concéda Torres, en jetant un coup d'œil aux bio-shunts endommagés qu'elle avait réparés.

Le col de sa chemise grise était ouvert et ses cheveux étaient attachés à l'arrière de son cou pour qu'ils ne lui tombent pas dans le visage. Janeway, dans un flash, revit un clip historique qu'elle avait visionné un jour. Des marines y franchissaient une course d'obstacles — il ne manquait à la Klingonne qu'une arme à projectile pour cadrer parfaitement dans le décor de ce vieux document.

Janeway passa la main sur le module de stockage des neurones cervicaux synthétiques en suspens dans le gel nutritif bleu. Le module se trouvait à côté du processeur, à l'époque où ils en avaient encore un.

— Les masses de tissu ont-elles été endommagées ? demanda-t-elle.

— À ma connaissance, pas directement, dit Kim. Mais le champ de force a coupé deux des shunts qui approvisionnent en nutriments les modules principaux. La perte de substance nutritive a peut-être causé certains problèmes.

— Cela n'explique pas pourquoi les réseaux neuronaux réagissent comme si le processeur était toujours là, soutint Torres.

— Comment cela se peut-il ? demanda Janeway.

Kim grimpa à travers le plancher éventré de la cabine de contrôle et s'assit au bord du trou à côté de Janeway.

— À l'instar des puces isolinéaires, le réseau neuromimétique est essentiellement un médium de stockage des données, essaya-t-il d'expliquer. De la même manière que les nanoprocesseurs des puces isolinéaires leur permettent de recevoir et d'emmagasiner des données, poursuivit-il, les réseaux neuronaux en gèrent la configuration indépendamment du contrôle LCARS et traitent l'information plus vite que les processeurs plus rapides que la lumière.

— Le tissu bio-neuronal est incapable de sélectionner des réponses opérationnelles, riposta Torres.

— Mais il réagit aux entrées du réseau optique numérique, rétorqua Kim en clignant des yeux devant le regard noir de l'ingénieur. Sauf qu'il renvoie des signaux qui n'ont pas de sens. C'est ce qui cause les délais du système, les opérations annulées chaque fois que les ordres de l'ordinateur central entrent en conflit avec le système informatique auxiliaire et les sous-processeurs.

— C'est pourquoi cela aurait dû marcher quand j'ai isolé la mémoire centrale, insista Torres.

Janeway examina le bord tranchant de la cloison éventrée.

— On dirait que l'ablation du processeur s'est effectuée avec une précision chirurgicale, dit-elle.

— La soudure entre le processeur et la cloison était une soudure à rayons gamma, pourtant les Tutopans l'ont découpée comme s'ils coupaient dans le beurre, admit Torres, le visage renfrogné.

— Ils savaient ce qu'ils faisaient, concéda Kim.

— Vous savez quoi, dit Janeway en regardant les débris visqueux de ce qui avait été leur ordinateur central, ce n'est pas un ingénieur dont nous avons besoin ici.

— Non ? demanda Kim.

Torres prit un air insulté.

— Non, dit Janeway en défaisant le col de sa veste. Ce dont nous avons besoin ici, c'est un médecin.

Kim leva la tête.

— Il s'agit d'une circuiterie *bio*-neuronale, ajouta-t-elle.

— Avec l'ampleur des dégâts, comptons-nous chanceux si notre médecin fonctionne toujours, leur rappela Torres.

# INFRACTIONS

Janeway essaya vainement de rejoindre Kes sur la fréquence de l'infirmerie. Plusieurs sections rapportèrent que la technicienne médicale était récemment passée administrer l'antidote dans leur secteur.

— Je ne sais pas comment faisaient les capitaines d'autrefois, marmonna Janeway, impatientée par l'archaïsme de son système de communication.

— J'imagine qu'il fallait beaucoup plus de temps pour que les choses se fassent, dit Torres d'un ton désinvolte.

— Peut-être plus de temps encore que vous ne l'imaginez, dit Janeway en détachant complètement sa veste et en leur faisant signe de la suivre. Venez — nous avons cinq étages à grimper.

Ils tombèrent sur la jeune Ocampa dans le couloir de l'infirmerie. Son sourire épuisé et l'imposante unité médicale portable qu'elle trimballait indiquaient qu'elle revenait de sa tournée d'inoculation.

— Comment va le docteur ? demanda Janeway.

— Il semblait fonctionner quand l'énergie a été rétablie. Il a insisté pour que j'aille finir de distribuer l'antidote.

La salle principale de l'infirmerie était vide, mais l'amoncellement de bloc-notes informatiques et de tricordeurs attestait que l'activité y avait été intense. Zimmerman, seul dans la salle d'examen, s'agitait au-dessus d'un lit diagnostiqueur vide.

— Vite, Kes ! ordonna le médecin dès qu'il les aperçut. Il me faut un frottis splatlien et l'analyseur ionique. Tout de suite ! J'ai du mal à stabiliser ses signes vitaux.

Kes s'avança lentement, de plus en plus troublée, alors que le médecin restait penché sur le lit.

— Docteur, que faites-vous ?

— L'enseigne Navarro souffre d'une instillation ionique phasée. Vous allez tous devoir attendre que je m'occupe de vous, dit le médecin en injectant de l'hypospray là où se serait trouvé le cou de son malade s'il avait été étendu dans le lit.

— Je suggère que vous procédiez à un auto-diagnostic, docteur, dit Janeway qui était entrée dans la salle de consultation avec des précautions de dompteur dans la cage d'un fauve.

L'expression de Zimmerman était plus éloquente que ses mots.

— Pas le temps, répondit-il. Sortez tous d'ici ! Vous ne voyez donc pas que j'ai une urgence sur les bras ?

— Non, nous ne le voyons pas, dit Janeway. Docteur, je vous ordonne de procéder à un auto-diagnostic.

Zimmerman hésita, comme s'il avait l'intention d'enclencher une procédure de surpassement médical prioritaire. Apparemment, Kes s'en rendit compte.

— Docteur, dit-elle d'une voix douce, l'enseigne Navarro n'est pas ici. Cette urgence s'est produite il y a deux mois.

Zimmerman la regarda. Il cligna des yeux, puis regarda le moniteur.

— Impossible, dit-il… La base de données diagnostiques confirme mes lectures de ce patient.

— Il n'y a pas de patient, répéta Kes.

— Voilà ce que je voulais dire, intervint Kim après avoir examiné le scanneur médical. Tout se passe comme si la mémoire centrale renvoyait des réponses impulsionnelles d'écho.

— Êtes-vous capable d'y mettre terme ? demanda Janeway.

— Nous pourrions éteindre l'appareil de diagnostic, dit Kim. Cela réamorcerait peut-être tout le système.

Le docteur cherchait leurs visages, comme s'il essayait de comprendre.

— L'enseigne Navarro n'est pas ici ? demanda-t-il.

Kes s'avança et toucha la manche du médecin.

— Non, dit-elle. Vous sentez-vous bien ?

— Non, je ne me sens pas bien, répondit Zimmerman, les yeux de nouveau baissés vers le lit diagnostiqueur.

Il venait à peine de parler quand tout se mit à clignoter — les lumières, le médecin, le moniteur de l'appareil de diagnostic. Pendant un bref instant, tout s'éteignit.

*Que diable…*

Janeway cligna des yeux quand la lumière se ralluma. Elle se demanda si elle avait l'air aussi surprise que les autres. Le médecin avait disparu et le dispositif de lecture des diagnostics était revenu au neutre. Elle n'avait jamais rien vécu de pareil — même l'éclairage de secours ne s'était pas automatiquement allumé.

— Vous avez vu ? demanda Kim d'une voix légèrement hystérique. Est-ce que c'est moi qui ai déclenché tout cela ?

— J'en doute ! s'exclama Torres d'un ton cassant.

Le tricordeur ouvert sur le moniteur bipa.

— Chakotay au capitaine Janeway ! dit la voix du commander.

— Ici Janeway, répondit le capitaine en augmentant le volume.

— Navré de ce qui vient de se passer, capitaine. L'ordinateur a essayé d'avoir priorité sur les liaisons ombilicales. Nous avons réussi à stabiliser le tout.

— C'était une sorte de saute de puissance, grommela Torres. Il vaudrait mieux que je vérifie les conduits.

— Y a-t-il eu des dégâts ? demanda Janeway à Chakotay.

— Il faut que je regagne la passerelle pour le savoir. Je vous tiendrai au courant.

Kes était apparemment préoccupée par autre chose.

— Ordinateur, initiez le programme, dit-elle.

Zimmerman réapparut dans un miroitement. Son visage avait son air habituel.

— Quelle est la nature de l'urgence médicale ? commença le docteur, puis il s'arrêta.

Janeway déposa son tricordeur et Kes demanda au médecin : « Vous rappelez-vous ce qui s'est passé ? »

— Bien sûr. Vous avez quitté l'infirmerie pour terminer l'inoculation de l'équipage et j'ai mis terme à mon programme, conformément à mon fonctionnement en mode réduction d'énergie.

— Il continue d'avoir des trous de mémoire, expliqua Kes à Janeway. Chaque fois qu'il procède à un auto-diagnostic, son programme lui dit que tout va bien.

— Ce ne sont pas ses systèmes, c'est ce lien direct avec l'ordinateur que nous avons établi, lui rappela Janeway. Ce qui cause les défaillances du système affecte de toute évidence aussi la fiabilité du programme médical.

— Mes systèmes sont-ils défaillants ? demanda le médecin, l'air soudain anormalement vulnérable.

— Vous ne vous en souvenez pas ? demanda Kes. On a volé le processeur central du vaisseau.

Janeway reconnut que celui qui avait programmé les signes vitaux de Zimmerman avait fait un excellent travail. L'hologramme paraissait vraiment préoccupé.

— Je suis incapable de me souvenir. Comment cela se peut-il ? dit-il en se dirigeant vers le terminal principal de l'infirmerie. Les journaux ! J'y ai certainement consigné quelque chose.

Il s'assit lentement et prit connaissance de l'information.

— Nous y voilà, dit-il… J'ai administré un antidote neurogène pour contrer l'effet de choc… Comment se fait-il que je sois incapable de m'en rappeler ?

— Il est évident qu'il ne fonctionne pas bien, dit Torres en se tournant vers Janeway. Il ne sera pas capable de nous aider.

—La base de données médicale nous fournira peut-être quelques éléments de réponse, suggéra Kim.

— Qu'allons-nous faire concernant le docteur ? demanda Kes, le visage inquiet.

Janeway n'avait toujours pas trouvé de réponse à sa question quand Tuvok arriva. Le chef de la sécurité apportait avec lui une sorte d'appareil de communication portable.

— Capitaine, dit-il, l'agent Andross essaie de vous contacter sur la fréquence directe établie avec l'Axe.

— Excellent !

Peut-être allaient-ils finalement aboutir à quelque chose. Janeway regarda les quatre autres et s'attarda sur le médecin pour bien faire comprendre qu'il était aussi concerné.

— Faites ce que vous pouvez, dit-elle. Je vais prendre la communication dans le bureau à côté.

Elle n'eut pas besoin de dire à Tuvok de l'accompagner. Il savait qu'elle avait besoin de son opinion sur tout ce que pouvait proposer le petit Tutopan.


Le module de communication, de conception très ingénieuse, se déplia sur le bureau.

— Un visualiseur, nota Janeway. Qui aurait pensé que les Tutopans nous en fourniraient un ?

Le jeune visage de l'agent Andross apparut à l'écran dès qu'elle ouvrit le canal.

— Capitaine Janeway, je suis ravi de vous revoir. J'espère que vous allez bien.

Il avait l'air sincère. Elle se demanda pourquoi elle se sentait si désabusée chaque fois qu'elle avait affaire à lui.

— Nous nous maintenons, dit-elle en se penchant vers l'écran. Avez-vous localisé notre processeur ?

— Le processeur qu'a récupéré le *Kapon* a été transporté sur Min-Tutopa pour y être installé comme équipement de secours dans un des centres de communication locaux.

— Quoi?!

Andross s'empressa de continuer, comme pour empêcher son interlocutrice de l'interrompre.

— Je n'ai pas été capable de contacter mes supérieurs, mais j'ai pris la liberté de réorganiser certaines données et je me suis arrangé pour vous fournir un nouveau processeur à un coût d'installation minime, dit-il avec un grand sourire. Vous voyez ! Je vous avais dit que je m'occuperais de tout.

— Votre proposition n'est pas acceptable, répondit Janeway en approchant sa main du module de communication, prête à couper le canal si Andross ne coopérait pas. À moins que vous ne nous rendiez notre processeur, je me verrai obligée de poursuivre mes négociations ailleurs.

— Ce ne sera pas nécessaire, dit Andross en souriant de nouveau. J'essayais de vous proposer le marché le plus intéressant possible pour vous. Cependant, si vous tenez absolument à récupérer votre vieil équipement, je suis certain que cela peut s'arranger.

— Comment ?

Andross jeta un coup d'œil au moniteur encastré dans son bureau.

— Le processeur se trouve actuellement dans la Province Seanss, sous la juridiction de l'administratrice Fee.

— J'aimerais parler à l'administratrice Fee immédiatement.

# INFRACTIONS

— Je ne suis pas capable de vous ménager un rendez-vous avec elle avant soixante cycles, dit Andross, l'air un peu crispé.

— Je ne sais pas à quoi correspond un cycle, mais je sais que c'est cinquante-neuf cycles de trop, dit Janeway en dissimulant à peine son impatience. Les agissements de l'équipage du *Kapon* ont paralysé mon vaisseau et je vous en tiens responsable, *vous* et votre Maison. Je veux que les choses bougent tout de suite.

— Je vous en prie, ne vous énervez pas, dit Andross en la regardant.

— Votre temps est écoulé, lui répondit-elle.

Andross la regarda d'un air soudain respectueux.

— La façon la plus rapide de parler à l'administratrice Fee serait de vous rendre à Min-Tutopa.

— Un canal de communication sub-spatial serait encore plus rapide, répondit Janeway en plissant le front.

Andross baissa la tête, comme pour admettre une défaillance de son administration.

— Notre gouvernement est un peu perturbé en ce moment. L'Arbitre Suprême n'est pas choisi. Toutes les affaires sont en suspens, ajouta-t-il comme s'il était lui-même incapable d'y croire. D'habitude, l'administratrice Fee est celle qui, d'entre tous nos personnages officiels, est la plus généreuse de son temps. Mais je crains que votre requête ne soit pas examinée sérieusement, à moins de la présenter en personne.

— Je pourrais y aller avec une de nos navettes, dit Janeway.

— Bien sûr. Mais il vous faudra plusieurs cycles avant d'obtenir du Cartel l'autorisation de décoller. Je vous proposerais plutôt de vous amener dans mon vaisseau personnel. J'ai des contacts privilégiés avec l'administratrice Fee et devrais pouvoir obtenir une audience dès votre arrivée.

Janeway sentait la désapprobation de Tuvok.

— Est-ce le seul choix possible ? demanda-t-elle d'une voix calme.

— À part les transports affrétés par les Maisons, il y a les longs courriers des lignes commerciales, dit-il en se concentrant de nouveau sur le haut de son bureau. Le prochain départ est prévu pour demain, avec des escales dans deux autres provinces avant Seanss. Mon aéronef serait prêt à partir presque tout de suite.

— Alors j'accepte, répondit Janeway en passant outre aux éventuelles protestations de Tuvok. Je souhaite me faire accompagner par quelques-uns de mes techniciens.

— Si vous voulez; mais si vous êtes plus que deux, je me verrai obligé d'adresser une requête à la Maison pour obtenir des permis. Les passagers des vaisseaux de ligne sont couverts par les exo-assurances des compagnies spatiales, mais chaque Maison est responsable de tout individu qui embarque dans ses aéronefs…

— Je comprends, l'interrompit Janeway, incapable de supporter un autre faux-fuyant.

— Alors tout est réglé, dit Andross, l'air soudain très détendu. J'avertis l'équipage de mon vaisseau et nous nous dépêchons de passer vous prendre. Ainsi vous n'aurez pas à vous aventurer à l'extérieur de nouveau. Je sais à quel point l'Axe intimide parfois les nouveaux visiteurs.

Torres regarda de l'autre côté de la paroi de verre qui les séparait du capitaine. Janeway avait l'air plongée dans une discussion animée. L'expression de Tuvok, comme d'habitude, était impénétrable.

Torres croisa les bras et essaya d'imiter son sang-froid, pendant que le médecin holographique prenait son temps pour examiner les diagrammes ordinateur/réseau optique numérique et le relevé chronologique de leurs tentatives de réparation depuis le vol du processeur.

Zimmerman avait l'air songeur et ne cessait d'émettre des « Hmmm… » et des « Ah-ha… »

— Tout ça ne sert à rien ! s'exclama Torres, à bout de nerfs. Il ne peut rien faire.

— C'est peut-être vrai, dit Zimmerman en levant les yeux vers Torres. On dirait que vous avez pratiquement détruit ce système.

— Ce n'est pas notre faute si le processeur a été volé, rétorqua Torres.

— Aviez-vous l'intention d'achever la sale besogne des voleurs quand vous avez coupé l'interconnexion principale entre le réseau de transmission de données et la mémoire centrale ?

— Cela aurait dû marcher, protesta Torres, piquée au vif.

Le médecin pointa du doigt un des contrôles par totalisation.

— Selon les lignes directrices de l'Utopia Planitia, il n'est pas recommandé de débrancher le réseau optique numérique du bloc central.

— C'est bien ce que je pensais, murmura Kim.

Torres, qui se sentait coupable malgré elle, les dévisagea tous les deux.

— Les gens de Starfleet sont hyperprudents. Cela ne veut pas dire qu'ils aient raison.

— Si vous choisissez d'ignorer les lignes directrices du manuel, dit Zimmerman qui s'éloigna lentement en poussant un lugubre soupir, comme si Torres allait devoir répondre seule des conséquences de ses actes.

— J'en ai marre de toute cette affaire !

L'ingénieur s'était efforcée de se contrôler jusque-là, mais tous ces interfaces holographiques étaient pareils. Ils étaient de toute évidence programmés par de prétentieux personnages qui pensaient tout connaître. Le programme de travaux pratiques de l'Académie était le dernier avec qui elle avait essayé de discuter. Elle avait fini par donner un coup de poing dans l'image. L'hologramme l'avait alors calmement informée qu'un blâme était consigné dans ses dossiers. Torres avait réagi par un bon coup de pied dans le projecteur de l'interface, ce qui avait provoqué un court-circuit général du système de la bibliothèque et lui avait abîmé une bonne paire de bottes.

— Je pensais que vous vouliez mon opinion, dit le docteur.

— Je n'ai pas besoin qu'une *machine* me dise comment faire mon travail, dit-elle en tournant la tête.

— Apparemment, vous n'écoutez personne, rétorqua l'hologramme. C'est d'autant plus dommage pour nous tous qui avons à souffrir de vos erreurs.

Torres tremblait presque de fureur.

— Ordinateur, arrêtez le…

Kes l'interrompit avant qu'elle n'ait le temps de terminer sa phrase.

— Attendez ! cria-t-elle. Il risque de perdre toute l'information qu'il a enregistrée.

— Son opinion ne peut faire de tort à personne, ajouta Kim. Que pensez-vous, docteur ?

L'encouragement sembla suffisant pour que Zimmerman s'exprime.

— D'après ce que je constate, les spasmes et la paralysie subséquente des systèmes du vaisseau — incluant le mien, ajouta-t-il d'un ton maussade à l'intention de Torres — sont similaires à une sidération médullaire, consécutive à la section complète de la moelle épinière d'un organisme et à sa séparation d'avec son cerveau. Les transmissions anormales d'impulsions sont, selon toute vraisemblance, une conséquence directe du choc de la coupure et ce choc devrait s'atténuer avec le temps.

— Nous avions des signaux erronés avant de débrancher la mémoire centrale, dit Kim avec hésitation.

# INFRACTIONS

— Et, au cas où vous l'auriez oublié, ne put s'empêcher d'ajouter Torres, nous avons affaire à un vaisseau stellaire, pas un organisme vivant.

— À vrai dire, il existe une remarquable ressemblance entre le système informatique du *Voyageur* et un système nerveux organique.

Janeway émergea du bureau juste à temps pour entendre le dernier commentaire du médecin.

— Avez-vous progressé ? demanda-t-elle.

Torres en appela directement à Janeway, en se disant qu'au moins le capitaine serait sensible à ses arguments.

— Cela ne sert à rien, dit-elle. L'hologramme agit comme si le réseau informatique était un patient.

— Et si vous me demandez mon opinion, dit calmement le médecin au capitaine, je vous dirai que votre vaisseau a été lobotomisé.

Tout le monde se mit à parler en même temps et le brouhaha désarçonna le capitaine. Torres criait presque, et Janeway trouva fameux que Kes, qui prenait la défense du médecin, finisse par avoir le dessus.

— L'analogie est correcte, dit l'Ocampa. Le processeur agit comme un cortex cérébral. Il transpose les stimuli sensoriels en images compréhensibles et détermine la réaction appropriée.

Torres, qui faisait les cent pas à l'autre bout de la pièce, grommela.

— Que recommandez-vous ? demanda Janeway en regardant Kes et l'hologramme.

Le programme médical reprit tout de suite une attitude professionnelle.

— Je suis d'accord avec l'hypothèse de l'enseigne Kim. L'origine des impulsions erratiques du système est à chercher dans le tissu bio-neuronal endommagé.

— Mais je ne suis même pas certain que le tissu soit endommagé, dit Kim.

— Nous en avons la preuve sous les yeux : la baisse de pression du champ sub-spatial de l'unité centrale.

— Qu'est-ce que cela prouve ? demanda Torres d'une voix irritée.

— Cette baisse de pression indique une dégénérescence des cellules nerveuses endommagées. Comme vous le constatez, poursuivit Zimmerman en montrant du doigt une autre colonne de données à l'écran, la pression remonte à mesure que le tissu se régénère. Il faudra veiller à ce qu'elle n'augmente pas de manière excessive dans les contenants de nutriment colloïdal.

— Pourquoi ? demanda Kim, manifestement intrigué.

— Parce qu'une augmentation de pression dans le tissu neuronal provoquera un collapsus des vaisseaux nourriciers de la cellule, avec pour effet d'en bloquer toutes les fonctions.

— Êtes-vous capable de la contrôler ? demanda Janeway.

— Sans intervention chirurgicale ? demanda le docteur. Pour stabiliser la pression, on peut toujours ajuster les shunts. Et peut-être utiliser un agent chimique similaire aux corticostéroïdes pour réduire l'intumescence.

— Il faudra également un apport de protéines pour faciliter la régénération du tissu, ajouta Kes.

Janeway se rendit compte que le problème était plus grave que ce qu'elle avait initialement pensé.

— Quand nous aurons récupéré notre processeur pourrons-nous le rebrancher aux réservoirs de nutriment colloïde du bloc central ? demanda-t-elle.

— Ce n'est pas certain, dit le docteur. Les fibres neuronales sont susceptibles de se régénérer, mais d'habitude seuls les nerfs périphériques retrouvent leur fonctionnalité, pas ceux du système nerveux central ou du cerveau.

# INFRACTIONS

Un désagréable silence suivit. Même Torres semblait désarçonnée par le sinistre diagnostic. Janeway préférait la voir embarrassée que franchement agressive comme avant.

— Mais je verrai ce que je peux faire, ajouta Zimmerman avec ce ton faussement enjoué qu'utilisent les médecins pour essayer de remonter le moral de leurs malades en phase terminale. Il faut d'abord tester chaque module de stockage des contenants de colloïde neuronal pour en vérifier la teneur ionique. Et j'ai besoin aussi d'échantillons du fluide nutritif.

— Vous voulez que nous *testions* le tissu ? répéta Torres. Avec quoi ? Un tricordeur médical ?

— Et il faudra bien sûr aussi du personnel qualifié pour effectuer les tests, dit Zimmerman en faisant la moue et en levant le nez vers l'ingénieur en chef.

— Je me propose, offrit rapidement Kes.

Le regard de Janeway passa du visage plein d'espoir de Kim à celui renfrogné de Torres qui se tenait le plus loin possible du médecin.

— Enseigne Kim, vous travaillez avec l'équipe médicale pour remettre en état nos systèmes informatiques — avec ou sans le processeur, dit-elle. Vous, Torres, vous venez avec moi.

— Où allons-nous ? demanda l'ingénieur.

— À Min-Tutopa. Récupérer notre processeur, dit Janeway qui sentit Tuvok se raidir dans son dos.

# CHAPITRE
# 7

Tuvok s'arrêta devant la porte des quartiers du capitaine Janeway. D'habitude, quand il avait quelque chose à discuter avec elle, il attendait qu'elle soit dans son bureau pour solliciter une audience. Mais les circonstances présentes étaient inhabituelles, et Janeway ne retournerait sans doute pas sur la passerelle avant de partir pour Min-Tutopa. Il était bien forcé d'admettre qu'il avait hésité à la déranger dans son sanctuaire privé, mais il aurait manqué à son devoir s'il ne l'avertissait pas des risques qu'elle courait à se rendre dans un endroit inconnu sans qu'un membre de la sécurité n'assure sa protection.

Cette pensée l'incita à actionner le dispositif qui demandait l'entrée. La réponse fut immédiate.

— Entrez !

Tuvok entra et se raidit au garde-à-vous à quelques mètres de la porte.

— Capitaine, pardonnez-moi de vous déranger…

— Je suis contente que vous soyez venu, Tuvok, dit Janeway qui préparait un petit sac d'effets personnels. Vous m'aiderez à porter ce générateur de stase. Kim a suggéré que nous transportions le processeur sous stase pour éviter de l'endommager .

— C'est plus prudent, en effet, répondit Tuvok en soulevant avec précaution la valise rectangulaire du générateur.

— Le vaisseau d'Andross est-il arrivé ?

— Pas encore. Mais monsieur Kim m'a demandé de vous informer que les turbolifts étaient redevenus opérationnels.

La joie de Janeway faisait plaisir à voir après tant de stress.

— Comment a-t-il réussi ?

— L'enseigne a établi qu'il pouvait isoler en toute sécurité du réseau optique numérique les systèmes dépourvus de modules de stockage neuronal dans leurs sous-processeurs spécifiques, dit Tuvok en se remettant au garde-à-vous avec le générateur de stase accroché à l'épaule. Il a jusqu'ici isolé avec succès les turbolifts et le hangar des navettes.

— Au moins quelque chose qui marche, dit Janeway en poussant un soupir de soulagement. La perspective de descendre cinq étages à pied avec tous ces bagages ne me souriait guère.

— Kim essaie actuellement d'isoler la Salle de téléportation deux. Mais le bio-filtre ne fonctionnera pas, et braquer seulement les scanneurs ne suffira sans doute pas à créer un verrouillage de téléportation suffisant.

— Alors n'utilisez les téléporteurs qu'en cas d'absolue nécessité.

Tuvok détourna les yeux quand il vit Janeway plier sa chemise de nuit de soie et la ranger dans un coin de son sac.

— Vous n'êtes pas venu juste pour me dire cela, n'est-ce pas ? demanda-t-elle.

— Non, capitaine, répondit Tuvok en levant le menton. Je me vois obligé d'exprimer ma réticence à vous voir partir pour Min-Tutopa sans protection adéquate de la sécurité.

— Ne vous inquiétez pas, Tuvok. B'Elanna Torres m'accompagne, et vous savez que rien ni personne ne s'approchera de moi sans avoir d'abord affaire à elle.

— Elle est précisément un de mes sujets d'inquiétude, dit le Vulcain en pesant soigneusement ses mots. Le lieutenant Torres est un excellent ingénieur, mais je ne la considère pas comme un officier digne de confiance.

— J'ai besoin d'un technicien d'entretien d'ordinateur. C'était Kim ou elle. Et vous avez vu comment Torres traitait Zimmerman. Ils en seraient venus aux coups avant d'être capables de résoudre quoi que ce soit, dit Janeway en verrouillant son sac. Non, il faut que ce soit Torres qui m'accompagne. Je sais la mettre au pas.

— Je préférerais y aller moi-même, et me faire accompagner du lieutenant Torres, l'informa Tuvok. L'équipe de premier contact sera isolée et totalement tributaire des communications avec l'extérieur.

— Vous essayez de me dire que je ne devrai compter sur personne d'autre que moi-même, dit le capitaine qui leva la main pour lui tapoter le bras, mais se retint au dernier moment. Je sais, Tuvok. Mais l'occasion de négocier se présente à nous et il est essentiel que j'y aille.

— L'agent Andross ne m'inspire aucune confiance non plus. Il a coopéré avec nous, uniquement parce qu'il y était contraint.

Janeway passa la sangle de son sac sur son épaule.

— C'est vrai, dit-elle. Nous avons eu la chance de découvrir un moyen de faire pression sur lui.

Tuvok la regarda avec attention et détermina que sa décision était définitive.

— Les Théolsiens ont un dicton, lui dit-il. « Réfléchissez à la vulnérabilité de vos arrières avant de coincer un homme désespéré ».

— J'essaierai d'être prudente, soupira le capitaine. Mais quel autre choix s'offre à nous ? Nous devons récupérer le processeur, et le récupérer au plus vite.

Tuvok inclina la tête pour marquer son accord. Il s'était douté que le capitaine ne renoncerait pas à cette mission et avait prévu, dans cette éventualité, une mesure de sécurité spéciale. Sa main se serra sur l'hypospray qu'il avait dans la poche.

— Les inhibiteurs nerveux chimiques semblent l'arme offensive principale des Tutopans. J'ai pris la liberté de consulter Kes et de collaborer avec elle pour créer un agent inoculant capable de neutraliser tout gaz utilisé contre vous ou contre le lieutenant Torres.

— Voilà qui est mieux, chef de la sécurité ! dit Janeway en levant les sourcils. Quelque chose de concret ! Quelque chose en laquelle je peux avoir confiance.

Tuvok s'approcha pour l'injecter.

— C'est peut-être la seule chose en laquelle vous pourrez avoir confiance pendant vos négociations avec les Tutopans.

— Je m'en souviendrai.

Elle se toucha le cou, comme si elle ressentait une légère brûlure au moment où son système sanguin absorba la médication.

Janeway s'arrêta devant le turbolift et ajusta la sangle de son sac. Elle était contente que Tuvok transporte le bagage le plus lourd.

— Êtes-vous certain que le système du turbolift soit fiable ? demanda-t-elle. Je ne veux pas commencer à jouer au premier qui se dégonfle avec d'autres ascenseurs.

— Au premier qui se dégonfle ? demanda Tuvok en détachant les syllabes, comme s'il ne comprenait pas bien.

# INFRACTIONS

— Une vieille expression pour un jeu de bravade encore plus ancien, expliqua Janeway. Je veux juste m'assurer que nous ne nous écraserons pas, tête première, dans un autre ascenseur.

Tuvok fit signe que non.

— C'est l'ordinateur de gestion de réseau qui commande le système des turbolifts. Il n'existe aucune connexion avec le réseau de fibres optiques, sauf par les nœuds audio directs.

— Alors, parfait, concéda Janeway, en s'avançant dans l'espace restreint. Nous essayerons de ne parler à personne.

Rejetant dans le fond de sa mémoire le souvenir des pannes récentes, Janeway se força à se détendre et à savourer le plaisir d'être transportée à toute allure jusqu'au hangar des navettes. Elle avait presque l'impression d'être de nouveau le capitaine d'un vaisseau stellaire, et non plus quelque minable rongeur obligé de se frayer un chemin dans des galeries ménagées sous les planchers.

Mais l'aéronef d'Andross lui donna un choc désagréable. Il était posé dans le hangar exactement à la même place que le yacht du *Kapon* — des siècles plus tôt, pensa-t-elle, mais en fait ce n'était pas plus tard que le matin même. Elle essaya de se persuader que la similarité de design des deux vaisseaux était de nature tutopanne, et pas nécessairement un mauvais présage, mais les mises en garde répétées de Tuvok lui restaient dans la tête.

Le regard du chef de la sécurité croisa le sien. Il avait noté la même chose et avait l'air aussi contrarié qu'il était donné à un Vulcain d'exprimer la contrariété, même si Janeway savait que personne d'autre qu'elle ne se serait rendu compte de son inquiétude.

Torres attendait à côté de la rampe de chargement, un encombrant coffre à outils dans une main et un havresac cylindrique dans l'autre. En dépit des protestations de l'ingénieur, Tuvok prit le coffre à outils et les précéda à bord.

Le vaisseau était petit, mais d'un luxe extrême. Le plancher ouatiné absorbait le bruit, tout en restant ferme sous le pas. Les parois en arc de cercle étaient d'un bleu froid qui passait au blanc à hauteur d'épaules où une source de lumière diffuse les éclairait. Dans un coin, disposés sans ordre apparent, quelques sièges inclinables et quelques bancs munis de coussins n'encombraient pas l'espace. À l'avant, l'équipage procédait aux préparatifs de décollage. Une jeune et souriante hôtesse leur indiqua d'un geste de la main l'arrière de l'appareil.

— Bienvenue à bord ! dit-elle. Je m'appelle Milla. Je suis l'assistante de l'agent Andross.

Janeway se présenta brièvement et présenta les autres, tout en notant l'apparence soignée de la femme et la coupe de sa robe chasuble qui épousait parfaitement les formes de son corps mince. Milla les conduisit vers l'arrière.

— Ces quartiers vous sont réservés, dit-elle.

Tuvok entra le premier. À l'intérieur de l'étroit compartiment, il y avait deux divans surbaissés qui, pensa Janeway sans en être certaine, allaient leur servir de lits. Elle passa la main sur le sompteux tissu bleu sarcelle, pendant que Tuvok déposait leurs bagages.

Torres entra en trébuchant sur leurs talons.

— Cela ressemble à un coffre à bijoux grand luxe. J'espère juste que ça vole, dit-elle en regardant bouche bée les spirales argentées des moulures.

— Cela suffit, lieutenant.

Janeway se promit de faire plus tard à la Klingonne un exposé sur la bienséance et la discrétion. Tuvok plissa les yeux devant plusieurs points de la pièce qui lui semblaient suspects et Janeway s'efforça de mémoriser ses discrètes indications — c'étaient les endroits où les scanneurs et les systèmes d'enregistrement optique étaient sans doute dissimulés.

Andross apparut dans le couloir d'en face qui menait à ses quartiers personnels.

— Mon équipage me signale que nous sommes prêts à partir. Veuillez suivre mon assistante, monsieur Tuvok. Nous allons fermer le sas.

Le capitaine raccompagna Tuvok. Dans le compartiment principal, elle observa les yeux du Vulcain et nota les autres emplacements que le chef de la sécurité trouvait également suspects. L'écoutille se referma, et quand elle vit Tuvok, debout dans le hangar les mains jointes derrière le dos, elle regretta de n'avoir pas pu suivre ses conseils. Le claquement sourd du sas à air la sépara de son vaisseau.

Quand Tuvok revint sur la passerelle, il se rendit compte que le commander avait convoqué une réunion des officiers supérieurs du *Voyageur*. Chakotay le salua d'un geste de la tête quand il entra dans la salle de conférences.

— Prenez place, Tuvok. J'informais tout le monde de notre dernier problème.

Tuvok accepta sans sourciller l'annonce de nouvelles difficultés et s'assit à côté de Tom Paris. Il y avait un autre siège libre à côté de Neelix, mais le Vulcain évitait d'habitude autant que possible de se retrouver trop près du petit extraterrestre. Kes et l'enseigne Kim entouraient Chakotay.

— J'ai parlé aux Services d'approvisionnement du Cartel, dit le commander. Ils sont disposés à nous fournir les composants chimiques dont nous avons besoin. Mais, en échange, ils veulent de l'information sur ce qui se passe sur Min-Tutopa.

— Qu'est-ce qui se passe ? demanda Kim.

— L'agent Andross a fait allusion à une crise au sein de son gouvernement. Il semblerait que le choix d'un « Arbitre Suprême » pose problème, dit Tuvok.

— J'ai lu votre rapport, répondit Chakotay en hochant la tête. Le Cartel en sait probablement plus long que nous, mais ses représentants ont l'impression que nous sommes intimement mêlés aux intrigues politiques qui se déroulent sur cette planète.

— Nous le sommes peut-être, marmonna Paris. Que nous le voulions ou non.

— Même après l'ajustement des bio-shunts, leur dit Kim, la pression dans les contenants de nutriment colloïdal ne baisse pas. Le docteur croit qu'il sera nécessaire de traiter chimiquement le tissu, en commençant par lui injecter une dose massive de corticostéroïdes.

— Les synthétiseurs médicaux ne sont pas fiables, ajouta Kes. Ils étaient à peine capables de fabriquer en quantité suffisante le sérum que j'ai administré à l'équipage, et le nombre d'erreurs moléculaires portant sur un seul bit était anormalement élevé. Comme nous avons affaire à un tissu neuronal, tout écart par rapport à la formule chimique précise causerait un tort irréparable.

— Je comprends, leur dit Chakotay. J'ai essayé de négocier avec les Maisons, mais elles m'ont toutes dit de m'adresser au Cartel.

Tuvok croyait savoir pourquoi.

— Le Cartel fait peut-être pression sur les Maisons pour nous obliger à traiter directement avec lui, dit-il.

— C'est aussi mon opinion et cela ne me plaît pas, dit Chakotay d'une voix posée. Je veux trouver un autre moyen d'obtenir les composants chimiques dont nous avons besoin.

— Je vous l'ai déjà dit, intervint Neelix qui se balançait dans son fauteuil. À part les Maisons ou le Cartel, il ne reste que les clandestins.

— Encore ! grogna Paris. On ne peut pas dire que ce fut une réussite la dernière fois.

— Il n'est pas nécessaire de retourner dans la ceinture d'astéroïdes, dit Neelix. Il y a des clandestins à l'Axe même. Il suffit de les trouver.

— Alors il vaut mieux que ce soit moi qui y aille, dit Paris en poussant un soupir exagéré. Je trouverai un contact qui nous conduira à un fournisseur.

Tuvok ne fut pas dupe un seul instant. Il savait que Paris voulait à tout prix visiter l'Axe.

— Ce ne sera pas nécessaire, dit-il. Je m'appliquerai à localiser moi-même les produits chimiques requis.

— Vous ? s'esclaffa Paris, avec un rire qui aurait été insultant si un Vulcain pouvait être insulté. Ce n'est pas exactement le genre de territoire qui vous est familier.

— Au contraire, mon poste me désigne pour assumer la responsabilité d'une mission de cette nature, dit Tuvok qui n'était pas disposé à expliquer ses états de service à Paris. Donnez-moi la formule et je trouverai un fournisseur.

— Vous n'allez pas envoyer un Vulcain marchander au marché noir ! s'exclama Paris en s'adressant directement à Chakotay. Ce serait comme jeter Kes dans une salle remplie de Cardassiens…

— Hé, attendez une minute ! intervint Neelix en jetant un regard noir à Paris. Personne ne jette Kes nulle part.

— C'était juste une comparaison, essaya d'expliquer Paris.

— Eh bien, abstenez-vous de comparaisons de ce genre, dit Neelix en serrant le bras de Kes. Je n'aime pas les entendre. Même si je ne sais pas ce qu'est un Cardasse… dachien ou peu importe quoi.

Chakotay leva les bras.

— Je vous en prie ! Réglons cette question. Nous devons absolument nous procurer ce qu'il faut pour poursuivre les réparations.

— Nous nous préparions, Kes et moi, à tester le tissu bio-neuronal, intervint Kim, mais je suis disposé à donner un coup de main pour trouver les produits requis…

— Non, vous concentrez tous vos efforts sur le système informatique, dit Chakotay avant de se tourner vers l'autre bout de la table. Tuvok, je veux que vous établissiez le contact avec ces clandestins et localisiez une source d'approvisionnement en produits chimiques. Paris vous accompagnera. À vous deux, vous devriez être capables de réussir.

— Si vous le dites, dit Paris de mauvaise grâce.

Seule une vie entière de contrôle de soi permit à Tuvok de hocher de la tête pour marquer son assentiment sans laisser transparaître d'irritation. Même l'expression désabusée de Paris semblait destinée à le provoquer.

— Nous reviendrons sous peu, après avoir établi le contact, dit Tuvok à Chakotay en essayant de donner le bon exemple. Si vous me permettez une suggestion, j'aimerais, puisque notre système de communication est déconnecté, équiper de balises radioélectriques à faisceau étroit tout membre du personnel qui quitte le vaisseau, au cas où une téléportation d'urgence serait nécessaire.

— Bonne idée, concéda Chakotay. Mais n'y recourez qu'en cas de nécessité. Je ne veux pas que le Cartel vienne ensuite nous poser des questions sur nos systèmes de téléportation.

Le commander repoussa son fauteuil et se leva.

— Alors, très bien, dit-il. Au travail.

# CHAPITRE
# 8

Paris ne parvenait pas à y croire — Il avait fini par réussir à se débrouiller pour venir sur l'Axe, et qui lui avait-on collé comme compagnon ? Un Vulcain guindé qui n'avait qu'une idée en tête : éviter tous les endroits vraiment intéressants. En ce moment même, Paris aurait pu se promener dans la foule qui se pressait en contrebas; mais non, il avait reçu l'ordre de rester sur une des terrasses supérieures et il y était bloqué jusqu'au retour de Tuvok.

Paris, les bras appuyés sur la balustrade délabrée, savourait par procuration le bourdonnement et l'animation qui se réverbéraient très haut jusqu'au plafond en pointe de la vaste salle. Il y avait des voix de camelots qui vantaient leurs produits, des bribes de musique, des chants, des cris et des rires. Une bien meilleure ambiance que celle, déprimante, du hall à la base du pylône d'amarrage du *Voyageur*. Pourtant, même si ce marché semblait plein de promesses, il n'était pas encore assez à l'écart, d'après Paris, pour que s'y concluent des transactions illégales vraiment sérieuses.

— J'ai établi le contact avec un individu susceptible de nous aider, annonça Tuvok quand il rejoignit Paris.

Il y avait juste Tuvok pour transformer un trafic de drogue en un commerce banal et ennuyeux.

— Félicitations, dit sèchement Paris. Où est-il ?

S'il avait été possible à un Vulcain d'avoir l'air fier de lui, c'est exactement cette expression qui se serait lue sur le visage de Tuvok.

— Il sera là bientôt, dit-il.

Quelqu'un chuchota dans leur dos : « Psst ! ».

Paris se retourna, l'air désinvolte, et sortit ostensiblement son tricordeur. Aucun Tutopan ne pouvait savoir que ce n'était pas une arme, et tout appareil complexe les tiendrait en respect au moins pour un temps.

Une forme vague s'enfonça d'un pas nonchalant dans la pénombre d'un couloir, l'un des nombreux passages qui menaient à l'interminable dédale de corridors aménagés dans les murs obliques de l'Axe. *C'est là* que Paris aurait débuté ses recherches, s'il avait été responsable de cette mission.

— C'est lui votre bonhomme ? demanda Paris du coin des lèvres.

— Monsieur Ippi ? dit Tuvok en s'avançant d'un pas décidé.

— Ippi ? répéta Paris, incrédule.

La silhouette fit un signe de la tête et s'enfonça plus loin dans le noir. Ippi était un humanoïde, mais il n'était manifestement pas tutopan, et dans cette pénombre, Paris était incapable d'en déterminer la race.

— C'est le contact, annonça Tuvok d'une voix calme. Soyez prudent.

— Tu parles ! s'exclama Paris avant de suivre Tuvok et de marquer une pause sur un des côtés du couloir jusqu'à ce que sa vue s'ajuste à l'obscurité.

Même de loin, le pilote sentait la sueur de nervosité qui couvrait le corps de Ippi, et son visage était gris, couvert de la crasse de la station spatiale. Il n'était manifestement pas un des chanceux qui avaient les moyens de s'offrir régulièrement des rations d'eau pour se laver.

— Avez-vous les corticostéroïdes ? demanda poliment Tuvok.

Ippi tendit les mains, paumes ouvertes.

— Hein!… Tu t'imagines que je transporte quatre-vingt-dix quants de médicaments sur moi ?

— Alors, où sont-ils ?

— Je vais les chercher, dit Ippi d'une voix nasillarde, en passant une main sur le bout de son visage pointu terminé par un bec. Tu es certain d'en vouloir quatre-vingt-dix quants ? C'est un paquet de médicaments, ça, spationaute.

— Au moins quatre-vingt-dix quants, dit Paris d'une voix ferme. Pour commencer.

— Quatre-vingt-dix quants devraient suffire, le contredit Tuvok.

Paris serra les lèvres. Tuvok n'avait pas la moindre idée de la manière de mener une négociation dans le monde interlope. Il fallait toujours laisser croire à son contact qu'on aurait encore besoin de lui, encore et encore…

— Dis nous où te contacter plus tard. Juste en cas, ajouta Paris, sans tenir compte du regard de Tuvok.

Ippi sourit, et Paris aurait préféré qu'il s'en abstienne. Sa bouche était édentée et ses gencives étaient noires.

— Hein!… Vous projetez de bourrer de médicaments le système de distribution d'eau de votre vaisseau ? Peut-être un jour que vous n'y serez pas, un jour que vous vous ennuierez à mourir et que vous voudrez déserter ? Peut-être que vous voulez mettre le bordel ?

— À vrai dire, répondit Tuvok avant que Paris n'ait le temps de répliquer, nous avons besoin de ces produits chimiques pour le traitement de notre unité informatique centrale. On nous a volé notre processeur.

— Des affaires d'ordinateur, dit Ippi d'une voix traînante. Hein ? J'ai des petites nouvelles pour vous. Il s'est passé des choses bizarres avec les ordinateurs ces derniers temps, si vous voyez ce que je veux dire.

— Non, s'empressa de répondre Paris. Qu'est-ce que tu veux dire ?

— Qu'est-ce que tu me donnes en échange ? répliqua tout de suite Ippi.

Tuvok intervint de nouveau.

— Nous rétribuerons à sa juste valeur toute information que vous voudrez bien nous donner. Mais nous aimerions prendre d'abord livraison des quatre-vingt-dix quants de corticostéroïde.

Ippi jeta un regard de biais à Paris, comme s'il avait décrété que c'était lui le plus influent des deux.

— Je dois aller les chercher chez Hummer, mais il me faut les crédits *d'abord*, dit-il de sa voix nasillarde.

— Pas question, répondit Paris.

— Alors, pas de médicaments, répondit Ippi en écho. Hein!… Tu veux que je me fasse lyncher pour avoir dérangé Hummer, les mains vides et sans le moindre crédit. Pas question. Si tu veux tes quatre-vingt-dix quants, tu me donnes d'abord de la vraie information.

— Je vous fournirai la liste de ce que contient notre catalogue désoxyribonucléique, dit Tuvok d'une voix calme.

— Pas suffisant, répondit Ippi en secouant la tête. Je veux des échantillons d'info pour les montrer à Hummer.

— Je vous donnerai un échantillon d'ADN, dit Tuvok en levant la main pour couper court aux protestations de Paris. C'est ainsi que se mènent les négociations commerciales sur l'Axe, n'est-ce pas?.

Ippi réfléchit sans enthousiasme à la proposition.

— Hmmm, dit-il. J'imagine que cela fera l'affaire.

Tuvok enregistra l'information et retira de son tricordeur une pastille isolinéaire.

— Les données optiques sont-elles compatibles avec vos systèmes ?

— Pourquoi pas ? répondit Ippi qui prit la pastille avec précaution, puis l'agita en direction de Paris. Vous m'attendez ici. Je reviens.

Ippi disparut comme une flèche dans le noir. Son sourire édenté fut la dernière chose que Paris en vit. C'était criminel de se laisser berner ainsi, mais il n'y avait rien à faire tant que le Vulcain dirigerait les négociations. Le pilote fit demi tour et donna un coup de pied dans un débris qui traînait dans le couloir.

— Aussi bien y aller, dit-il.

Tuvok plissa les yeux et le regarda.

— Monsieur Ippi nous a demandé de rester ici jusqu'à son retour.

Paris n'avait aucune envie de tenter d'expliquer quoi que ce soit.

— Ouais, répondit-il. Croyez-moi. Nous ne reverrons jamais votre monsieur Ippi.

Kim avait du mal à le croire : Paris et Tuvok avaient réussi à se débrouiller pour se faire envoyer sur l'Axe, où ils rencontreraient toutes sortes de gens intéressants, et B'Elanna était partie avec le capitaine récupérer, sur une planète exotique, le processeur de leur ordinateur — tandis que lui restait coincé à ramper dans les entrailles du vaisseau. S'il avait, comme Torres, piqué une crise contre l'holodoc, on lui aurait peut-être assigné à lui aussi une mission passionnante.

— C'est fascinant, murmura Kes avec déférence. Je ne me serais jamais doutée que des tunnels s'enfonçaient de la sorte dans tout le vaisseau.

— Aïe ! s'exclama Kim en se cognant le front contre un conduit plus bas que les autres.

Il s'assit et frotta son crâne endolori.

— Je ne vois pas ce que cela a de si fascinant, ajouta-t-il. Tous les vaisseaux stellaires sont équipés de tubes de Jeffries. Si vous voulez mon avis, quand vous en avez vu un, vous les avez tous vus.

Kes s'étira le cou pour regarder le haut du tube vertical qui menait aux réservoirs deuterium-matière.

— Je pense que c'est fascinant. On peut se rendre n'importe où dans le vaisseau sans jamais emprunter les couloirs, dit-elle.

— Certain, si vous souhaitez ne plus jamais être capable de vous redresser, dit Kim en se remettant en route. Voici le module où sont logées les masses bio-neuronales au bas du bloc informatique central. Les modules supérieurs se trouvent dans la cabine de contrôle.

— Comment accède-t-on au tissu ?

Kim, après avoir ouvert les compresseurs magnétiques de la cloison, montra le bio-shunt principal, un conduit à collier muni de son propre système de commande logé dans le joint principal.

— Il y a moyen d'extraire un échantillon de nutriment à partir d'ici, dit Kim.

— Et on pourrait en prendre un peu de celui qui s'est répandu, suggéra Kes. Si les cellules neuronales ont été stimulées, le nutriment devrait contenir une abondance d'ions de potassium.

— Dans moins d'une minute, nous aurons terminé, dit Kim.

Il raccorda un siphon au shunt, après s'être assuré que l'autre extrémité du tube collecteur était hermétiquement insérée dans le bocal récepteur. Il n'avait vraiment pas envie qu'une plus grande quantité de matière visqueuse bleue dégouline partout. Sa chemise grise en était déjà barbouillée et il ne cessait de se passer les doigts dans les cheveux pour en séparer les mèches collées. Très désagréable…

— Est-il possible d'avoir un contact direct avec le tissu ? demanda Kes.

— Uniquement si le champ sub-spatial est désactivé — et la dernière fois que cela s'est produit, le vaisseau en a été réduit à l'alimentation de secours, répondit Kim en regardant le colloïde bleu couler lentement dans le tube. Il serait théoriquement possible de créer un champ de stase et d'isoler une section où nous pourrions entrer et prélever des échantillons.

— Cela inhiberait-il les transmissions d'impulsions provenant du reste de la masse bio-neuronale ?

— À coup sûr, répondit Kim presque en riant.

Kes plissa le front, puis secoua la tête.

— Cela n'ira pas, dit-elle. Je veux mesurer les courants qui circulent dans la membrane fibro-nerveuse. Il me faut établir un contact direct et me servir d'un stimulateur à électrodes.

— Y arriverez-vous à travers les joints d'étanchéité du caisson ?

— Je n'en suis pas certaine. Le spectre sera sans doute plus large, plus semblable à celui d'un électroencéphalogramme, mais l'information pourrait être précieuse quand même.

Elle prépara son équipement et disposa de petits nodules sur la paroi claire du caisson. Les clignotants du stimulateur s'allumèrent. Kim vérifia son récipient. Il ne lui manquait plus que quelques décigrammes de colloïde.

— Je laisserai peut-être une de ces unités en place ici pour obtenir des relevés permanents, dit Kes en actionnant le tricordeur qu'elle avait à la ceinture. Je devrais être en mesure de scanner le tissu pour en mesurer le taux de glucose et de saccharose et en vérifier la teneur en oxygène. B'Elanna a eu une idée géniale quand elle nous a suggéré d'utiliser un tricordeur médical.

Kim, sans se compromettre, se contenta de soupirer pour ne pas lui enlever ses illusions — La seule intention de Torres, quand elle avait fait cette suggestion, était de ridiculiser le médecin. Mais Kes surprotégeait tellement l'holoprogramme ! Et il ne servait à rien de l'indisposer avec quelque chose qui n'avait plus d'importance.

Des heures plus tard, ils étaient tous les deux à l'Ingénierie. Kim était adossé contre un des bras-support du gros ordinateur du cœur du réacteur de distorsion et Kes achevait de tester les contenants de colloïde neuronal connectés au sous-processeur. Ils avaient eu une longue journée, même avant de commencer à procéder aux examens, mais Kes avait insisté pour inspecter toutes les masses bio-neuronales du *Voyageur*, y compris le noyau de l'ordinateur auxiliaire dont les tubes d'accès étaient les pires de tout le vaisseau.

Kim avait envie de se glisser dans un bain chaud et de s'y laisser tremper jusqu'au matin. Cela l'empêcherait peut-être de rester courbaturé pour le reste de sa vie. De la manière dont les choses se déroulaient, il n'aurait malheureusement pas de si tôt la chance de revoir les concepteurs de ces fameux tubes de Jeffries pour leur dire sa façon de penser.

Kes, penchée sur le module, se redressa.

— Cela devrait suffire, dit-elle.

— Bon, répondit Kim en poussant un soupir de soulagement. Allons porter ces relevés au docteur pour qu'il les analyse…

Les sirènes d'alerte rouge l'interrompirent, en même temps qu'un enregistrement informatisé : « Attention ! Attention ! Rupture imminente du champ de confinement de l'anti-matière. Isolation immédiate du secteur. »

— Décampons, Kes ! cria Kim en lui saisissant le bras.

# INFRACTIONS

— Le champ de confinement est intact, protesta-t-elle. Le moteur de distorsion n'est même pas en ligne.

La porte à double blindage de l'enceinte isolatrice commença à descendre juste devant eux. Kim se mit à courir.

— Vous voulez rester et continuer à discuter ?

Kes se précipita derrière lui sans dire un mot. Kim se glissa sous la porte, les pieds d'abord. Sa tête faillit cogner le bord inférieur qui ne cessait de baisser. Il se retourna pour tirer Kes, mais déjà la porte de l'enceinte était fermée juste au bout de ses doigts.

— Kes !

— Je suis ici, dit-elle, derrière lui.

Étendu de tout son long sur le plancher du pont, Kim se retourna.

— Vous avez réussi !

— J'ai plongé, tête première — Je me suis dit que c'était la partie la plus importante.

Elle eut un pâle sourire et brandit le tricordeur sur lequel étaient enregistrées des heures d'information.

— Ma tête, et le tricordeur, ajouta-t-elle.

Les oreilles de Kim bourdonnèrent sous l'effet d'une dépressurisation subite de la section ingénierie. Il pressa instinctivement ses paumes contre ses tempes pour protéger la fragile membrane de ses tympans.

Les sirènes d'alerte rouge s'éteignirent entre deux hurlements et l'éclairage normal se ralluma. L'ordinateur entonna : « Champ de confinement de l'anti-matière intact. Éjections terminées. »

Un carillon clair signala que la porte de l'enceinte était prête à être réouverte manuellement. Le personnel de l'ingénierie recommença à circuler prudemment dans le secteur, prêt à fuir au premier signe de problème.

Kim, haletant, roula sur le dos.

— J'ai besoin d'un bain chaud, dit-il.

L'enseigne déposa le bocal rempli de colloïde sur la table à côté de Zimmerman et s'affala sur une chaise. C'était leur dernier arrêt.

Pendant que le médecin corrélait les données du tricordeur et les diagrammes schématiques de l'ordinateur, Kim, pris de frissons, serra les bras autour de son torse. L'infirmerie était glaciale, malgré les câbles ombilicaux, et il avait laissé sa veste dans la cabine de contrôle du système informatique.

— Intéressant, murmura le médecin. Les relevés d'électroencéphalogramme montrent d'importantes fluctuations du niveau d'activité électrique spontanée du tissu bio-neuronal.

Kim n'était pas certain de comprendre.

— Est-ce normal ?

— Comment je le saurais ? répliqua le médecin. Où est l'information expérimentale que je vous avais demandée ?

— Je vous ai transmis tout ce que j'ai obtenu jusqu'ici, dit Kim sur la défensive. Je fouille toujours les bancs de mémoire. Il n'est pas facile de dépouiller le contenu des puces isolinéaires avec un processeur à distance.

Zimmerman émit un son de désapprobation.

— Bien, dit-il, d'après mes premières conclusions, les lectures électriques sont analogues aux rythmes circadiens et à l'alternance veille-sommeil des ondes cervicales animales. Certaines ondes synchronisées de basse amplitude imitent les patterns du sommeil, tandis que l'activité rapide et de bas voltage reflète les patterns de veille.

— Existe-t-il un rapport de cause à effet entre ces fluctuations et les impulsions erratiques…

Zimmerman clignota et disparut et Kim se retrouva sans interlocuteur. Il se releva d'un bond, les poings serrés.

# INFRACTIONS

— Où est-il passé ?

— Il ne le fait pas exprès, lui rappela Kes. Ordinateur, initiez le programme.

Zimmerman réapparut, les mains croisées devant lui

— En quoi puis-je vous être utile ? demanda-t-il.

Kim soupira et retomba sur sa chaise.

— Si cela continue de la sorte, nous n'aboutirons jamais à rien.

Zimmerman porta une main à son front. Kim se rendit compte que le médecin tremblait et que des gouttes de sueur lui coulaient de chaque côté du visage.

— Quelque chose ne va pas ? demanda Kes.

— Je ne suis pas certain, répondit le médecin, l'air désemparé. Accélération du rythme respiratoire, peau froide et moite… Je souffre peut-être d'identification à mes patients. Il me semble que j'ai tous les symptômes d'une personne en état de choc.

— Vous n'avez pas de patients, fit remarquer Kim.

Le médecin regarda autour de lui, de plus en plus troublé.

— Vous avez raison. Je ne comprends pas.

— Pourquoi ne pas vous allonger un peu ? demanda Kes en lui tapotant le bras.

— Je ne fais que manifester les signes extérieurs d'un état de choc. Je n'en ressens pas les symptômes, répondit Zimmerman en essayant de la repousser.

— Je ne vois aucune différence, rétorqua gentiment Kes.

Kim s'assit près du terminal. Au moins les données étaient toujours à l'écran.

— Le niveau d'ions de potassium dans la solution nutritive augmente, dit-il. Et il y a aussi évidence d'une accumulation de déchets non traités. C'est peut-être ce qui affecte l'ordinateur.

Zimmerman s'assit à côté de Kim, avec deux doigts dans son cou comme pour prendre son propre pouls.

— Je pensais que nous n'avions plus d'ordinateur, dit-il.

Kim grogna à l'idée de devoir tout reprendre à zéro une autre fois.

— Vous analysiez la solution nutritive de la circuiterie bio-neuronale, dit Kes sans se décourager.

— Ah oui, dit le médecin en relevant les yeux. J'ai créé un fichier de mémoire spécial pour y stocker les résultats de nos travaux, en cas d'interruption accidentelle. L'accès… Oui… Maintenant, je me souviens. Je procédais à une pneumo-encéphalographie afin de déterminer la présence éventuelle d'un hématome intracérébral.

Zimmerman semblait reprendre du mieux à mesure qu'il parlait. Kim passa une main dans ses cheveux poisseux. Il en venait presque à comprendre Torres et sa crise de colère contre le médecin.

— Eh bien, doc, faites-nous part de vos idées brillantes.

Le médecin s'éloigna du terminal et arpenta l'infirmerie, une main sous le menton.

— Une fois la pression stabilisée, notre objectif premier sera de réduire la conduction des impulsions nerveuses. Voyons!… Si nous trouvions un moyen de bloquer les membranes des cellules pour empêcher les flux d'ions de les traverser, nous empêcherions la propagation de l'excitation. Il faudrait pour y arriver neutraliser la salinité de la solution nutritive. Ou peut-être y ajouter des ions de calcium…

— Un simple apport ionique, opina Kim. Je pourrais y parvenir avec un opthiographe.

— Pas à travers les joints d'étanchéité, fit remarquer Kes. Ils sont conçus pour empêcher les fuites ioniques.

— Alors, la seule méthode sans effraction tissulaire reste la solution nutritive. En d'autres termes, nous tenterons une anesthésie locale, dit Zimmerman.

# INFRACTIONS

Il se rassit. Ses doigts bougeaient de plus en plus vite sur le clavier pour annuler les erreurs qui surgissaient à l'écran.

— Et qu'en est-il de la sensibilité à la dénervation ? demanda Kim.

— Les cellules nerveuses endommagées, lui expliqua le médecin, sont particulièrement sensibles aux produits thérapeutiques circulant, de même qu'aux médicaments qui y sont directement appliqués.

— Tuvok et Paris sont sur l'Axe en ce moment pour trouver un fournisseur de produits chimiques, dit Kim qui se prit à penser avec envie à ses deux collègues.

Le médecin ignora son intervention.

— Maintenant, quel serait l'anesthésique le plus approprié ? Son affect doit être local. Sinon, il arrêtera le réseau optique numérique en entier. Le chlorhydrate de lidocaïne pourrait être compatible.

— Et la tétrodontoxine ? demanda Kes.

— Peut-être, concéda le médecin. C'est un poison puissant; mais en concentrations infinitésimales, il bloque la conduction nerveuse des courants d'ions de sodium. L'histoire de la tétrodontoxine est assez exceptionnelle, ajouta Zimmerman en plissant les yeux. Elle se retrouve à l'état naturel sur Terre dans un organisme appelé poisson-globe ou tétraodontidé. J'ai, dans mes bancs de mémoire, des informations sur certains peuples qui consomment ces poissons venimeux, malgré des centaines de mortalités tous les ans. Alors, je vous le demande, manger est-il, pour les êtres organiques, un plaisir sensoriel si puissant que certains sont prêts à courir le risque d'en mourir ? demanda le médecin dont l'expression marquait l'étonnement.

— Pas moi, dit Kes avec sérieux.

— Ne l'encouragez pas, lui murmura Kim à l'oreille. Il radote de nouveau, et nous n'avons pas de temps à perdre…

— Je vous entends, lui dit Zimmerman. Ne formulez plus jamais ce genre de remarques déplacées en présence d'un être animé par ordinateur.

— Je suis navré, mais je suis fatigué, j'ai faim et je me sens sale, dit Kim en guise d'excuse.

— Que choisissez-vous, doc, la tétrodontoxine ou le chlorhydrate de lidocaïne ? demanda Kes.

L'image du médecin se mit à vaciller, mais il parvint à écrire quelques notes dans son tricordeur, et Kes le retira de sa main ballante.

— Voici le produit chimique dont nous avons besoin et la quantité requise pour traiter toutes les masses bio-neuronales du vaisseau…

Kes voulut attraper le médecin, mais le bras de Zimmerman s'effaçait et réapparaissait.

— Vous avez besoin de vous étendre, insista-t-elle, en tirant sur les parties encore visibles de son corps.

— Je suis un hologramme, protesta Zimmerman. Je n'ai pas besoin de m'étendre.

— Vous êtes un hologramme malade, dit-elle, en le poussant dans un lit. Et vous avez besoin de vous étendre.

Kim avait envie d'en rester là et de se coucher dans un lit à côté du médecin, mais il se demandait, fasciné, pourquoi la simulation holographique montrait des signes de détresse.

— Je me demande si ce sont les impulsions erratiques qui l'amènent à réagir ainsi, dit-il.

— Une réaction biologique normale, marmonna le médecin après avoir posé une de ses mains sur son front.

— Ce serait magnifique si vous étiez un être biologique, lui dit Kim.

— L'ordinateur a du tissu biologique, dit Kes en couvrant Zimmerman d'une couverture argent. Et notre ordinateur est malade. Pas étonnant que le docteur ne se sente pas bien.

# INFRACTIONS

Kim remarqua que c'étaient les extrémités des membres de l'holodoc qui s'estompaient — les bras, les jambes et les pieds.

— Pourquoi ne pas simplement l'éteindre ? demanda-t-il.

— Non ! cria soudain Zimmerman en s'agrippant à Kes. Il est possible que je ne réapparaisse plus jamais.

— Chut… l'apaisa Kes, en secouant la tête en direction de Kim. Nous ne vous éteindrons pas.

Kim détestait s'avouer moins résistant qu'un petit bout de femme, mais assez c'était assez.

— J'ai mon compte, dit-il. Je vous reverrai demain matin.

Au moment de quitter l'infirmerie, il entendit Kes dire au médecin : « Ne vous inquiétez pas. Je m'occuperai de l'analyse. Restez couché et reposez-vous. »

Au retour de Paris et de Tuvok, une équipe de sécurité les attendait de l'autre côté du sas à air du *Voyageur*.

— Ne bougez pas, ordonna Tuvok.

Un des membres de l'équipe fit le tour des deux officiers en pointant vers eux un volumineux tricordeur de sécurité. Paris leva les yeux au ciel.

— Je suis correct…

Le garde de sécurité montra l'afficheur à Tuvok et le Vulcain enfonça plusieurs touches.

— Certain que vous l'êtes. Vous aviez juste deux microscanneurs dissimulés sur votre personne. Nous les avons désactivés.

Paris écarta les bras de chaque côté de son corps et se dirigea vers le turbolift.

— Je vais enlever ces vêtements avant qu'ils ne s'autodétruisent, dit-il.

— Monsieur ! cria l'une des femmes de l'équipe de sécurité. Le commander Chakotay veut que vous vous présentiez immédiatement au rapport dans son bureau.

Paris soupira, mais attendit que Tuvok le rattrape.

— Toute une journée, dit le pilote.

Dès qu'ils franchirent la porte du bureau, Chakotay, assis dans son siège habituel près de la grande table et non dans le fauteuil du capitaine, demanda : « Avez-vous réussi ? »

— Pas vraiment, dit Paris d'une voix maussade.

— Localiser un fournisseur de produits chimiques s'est avéré plus difficile que nous ne l'avions prévu, expliqua Tuvok. Cependant, notre prochaine tentative devrait être plus fructueuse.

— J'ai mis la main sur ceci, dit Paris en sortant de sa poche une pleine poignée de jetons argentés. Ce sont des laissez-passer de certains clubs privés.

Tuvok rompit son garde-à-vous.

— Je n'ai pas eu connaissance que vous achetiez ces objets, dit-il.

— Il fallait bien que je m'occupe en vous attendant, rétorqua Paris. J'ai joué une partie de *bratil* avec quelques mineurs de la station et j'ai gagné.

— Comment avez-vous appris à jouer au *bratil* ? demanda Chakotay.

— Je n'avais rien à faire pendant que j'étais sur la passerelle, sinon regarder les différentes chaînes de télévision diffusées sur les canaux de communication de l'Axe. Le *bratil* ressemble à n'importe quel autre jeu de dés… et à part ça, j'ai triché, dit Paris, en haussant les épaules et en se disant qu'il valait aussi bien dire la vérité.

Tuvok prit la chose comme un affront personnel.

— Nous avions pour mission de repérer un fournisseur de produits chimiques, pas de nous comporter comme des marins en goguette, monsieur Paris, dit le Vulcain.

— D'importantes informations s'échangent dans des endroits comme ces clubs, insista Paris. C'est là que les gens se rencontrent et négocient des affaires illicites. Et c'est pendant ma partie de *bratil* que j'ai entendu parler de vols récents d'ordinateurs.

— Quels vols d'ordinateurs ? demanda Chakotay.

Après avoir lancé un regard de biais à Tuvok, Paris répondit.

— Une bande d'humanoïdes au visage pointu et à la bouche en forme de bec traîne partout dans l'Axe. Ils ont l'air d'être les yeux et les oreilles de la pègre locale. J'en ai rencontré un qui s'appelait Rep. Il m'a dit qu'au moins trois autres vaisseaux avaient gagné vaille que vaille la station après le vol de leurs ordinateurs. La plupart de ces vaisseaux étaient plus petits que le nôtre et, dans un cas au moins, l'abordage a été meurtrier.

— Pourquoi quelqu'un voudrait-il voler de vieux ordinateurs ? demanda Chakotay en plissant les yeux.

— Ce qui rend la chose plus étrange encore, c'est que les Tutopans disposent d'une forme de technologie de synthèse chimique à meilleur rendement énergétique que la nôtre. Il leur serait plus facile de fabriquer de nouveaux ordinateurs que de les voler.

— Les biens matériels ont donc peu d'importance, murmura Chakotay. Pas étonnant que l'information soit le produit qui, dans leur société, ait la plus grande valeur.

— D'après Rep, la vogue du commerce des produits de récupération s'explique par le fait qu'ils sont beaucoup plus difficiles à retracer que le matériel de synthèse. Les biens récupérés échappent au contrôle des fonctionnaires et se faufilent entre les canaux officiels.

— On dirait bien que nous sommes impliqués dans une vaste conspiration, dit Tuvok dont les lèvres ne formaient plus qu'une ligne serrée.

— J'espère que le capitaine n'est pas en danger, dit Chakotay en jetant un regard à son fauteuil vide.

— Nous n'en saurons rien avant de découvrir ce qui se trame vraiment, l'avertit Paris.

— Très bien, dit Chakotay. Tâchez de dormir un peu et vous y retournerez demain. Kes m'a communiqué la formule de l'anesthésique qui éliminerait les impulsions erratiques de nos systèmes.

Tuvok, après un bref hochement de tête, fit demi-tour et se dirigea vers la porte. C'est alors que Chakotay ajouta : « Paris, j'aimerais vous dire un mot. »

Paris était soulagé de n'être pas obligé de demander lui-même cet entretien privé. La porte se referma sur Tuvok. Le Vulcain n'était pas de bonne humeur. Paris ne parvenait pas à déterminer la part exacte de sa « non expression » qui le trahissait. Mais c'était peut-être encore l'imagination du pilote qui lui jouait des tours.

— Pourquoi n'avez-vous pas consulté Tuvok quand vous avez eu l'idée de jouer au *bratil* pour en apprendre plus ? Il était le responsable de cette mission, dit Chakotay.

Paris ne voulait pas saper l'autorité du chef de la sécurité, mais il devait dire ce qu'il avait sur le cœur.

— Parce que chaque fois que je l'ai *effectivement* consulté, sa manière d'agir à tout gâché, monsieur. Avec tout le respect que je lui dois et sans remettre un instant en doute la compétence de Tuvok, il est absolument incapable de négocier dans le monde interlope. Il est trop… *Starfleet*.

— Ne faites-vous pas partie de Starfleet, vous aussi ? rétorqua Chakotay.

Paris lui jeta un regard.

— Certainement. J'ai reçu l'entraînement de Starfleet — tout comme *vous*. Mais si vous me permettez de m'exprimer ainsi, monsieur, nous avons tous les deux vu l'envers du décor de l'espace fédéral. Et nous y avons beaucoup appris.

— C'est vrai, dit Chakotay en baissant la tête pour tenter de dissimuler son sourire. Que suggérez-vous ?

— Commander, vous devez me laisser retourner seul. Si Tuvok n'avait pas été là, j'aurais pu établir les contacts en un clin d'œil.

— Il est trop risqué de vous rendre tout seul sur l'Axe, dit Chakotay en secouant la tête.

— Alors j'amènerai Neelix. Il me sera peut-être utile. N'importe qui, sauf Tuvok.

— Ce n'est peut-être qu'un moyen pour vous de visiter les bas-fonds de l'Axe, hasarda Chakotay.

Paris ne put s'empêcher de sourire.

— Je suis sûr que je verrai des choses palpitantes, monsieur. Mais je trouverai aussi vos produits chimiques et j'en découvrirai plus sur ces vols d'ordinateur. N'est-ce pas ce que vous voulez ?

Paris essaya de prendre un air innocent et de rester le plus calme possible pendant que Chakotay réfléchissait à sa suggestion.

— Très bien, lieutenant, essayez à votre manière. Mais il me faut des résultats.

— Comptez sur moi.

Chakotay n'avait pas l'air très rassuré.

— Ne prenez pas de risques inutiles, Tom. Et amenez Neelix. Vous aurez peut-être besoin de quelqu'un pour couvrir vos arrières.

Cela ne dérangeait pas Paris que Neelix l'accompagne. Il attendit d'être sorti du bureau avant de lancer en l'air un des laissez-passer argentés et de le rattraper avec son autre main. Le cliquetis du jeton de métal lui rappela le bruit des marqueurs Dabo, et il sifflota en entrant dans le turbolift. Finalement, les choses s'amélioraient.

# CHAPITRE
# 9

Janeway ne s'était pas trompée — Les divans avaient été des lits parfaits. Milla avait poussé la gentillesse jusqu'à leur apporter de légères couvertures, même si la température ambiante était tout à fait confortable.

Quand Torres et le capitaine se réveillèrent, Milla leur offrit la « nourriture de leur choix. » Janeway, le plus sérieusement du monde, demanda du café. Elle ne s'attendait pas à ce que Milla revienne avec une cafetière fumante du meilleur mélange de café viennois qu'elle ait jamais goûté.

— C'est signe que d'autres personnes du Quadrant Alpha sont venues dans les parages. Sinon, il leur aurait été impossible d'avoir les spécifications chimiques du café, fit remarquer Torres, l'air songeur, profondément plongée dans une version tutopanne du steak-omelette.

— J'imagine.

Janeway, qui tenait sa tasse près de son nez, en respirait l'arôme et le savourait au maximum pendant qu'elle en avait la chance. Elle se demandait parfois comment faisait Torres pour rester si mince avec tout ce qu'elle ingurgitait. Ce devait être cette extraordinaire physiologie klingonne — ou bien les interminables exercices physiques qu'elle faisait pour brûler son agressivité.

L'agent Andross n'émergea de ses quartiers personnels qu'au moment où ils entamèrent la phase d'approche de leur atterrissage vertical. Janeway regarda vers le bas et vit le quadrillage de toit d'un énorme ensemble architectural au centre d'une ville encore plus énorme. Des chaînes de transport convergeaient, à partir de huit directions différentes, vers le complexe, manifestement construit au fil des siècles, avec des aiguilles démesurées qui marquaient chaque changement de niveau et chaque coin. Le mouvement du vaisseau était si régulier que Janeway se rendait à peine compte qu'ils descendaient, même si les pointes des aiguilles se dressaient de plus en plus nombreuses autour d'eux.

Elle attendit qu'Andross se soit lui-même assis pour l'atterrissage. Il était resté absent pendant tout le voyage, mais ses petites manœuvres étaient évidentes — l'éclairage intérieur avait été réduit jusqu'à une intensité acceptable pour la vue humaine, et la veille au soir son assistante avait servi à Janeway la même mixture de protéines qu'elle avait choisie dans le véhicule personnel du fonctionnaire. Janeway n'était pas prête à faire confiance à un homme qui, l'air de rien, observait, avec une telle discrète efficacité et sans jamais perdre de vue ses objectifs personnels, ses moindres faits et gestes. Elle trouvait donc suspect chacun de ses agissements.

— Quel est cet endroit ? demanda-t-elle à Andross.

— Le Siège de la Maison Min-Tutopa, Province Seanss.

Quand elle les entendit parler, Torres sortit d'un pas nonchalant du compartiment arrière et s'assit près d'eux.

— Quand rencontrerons-nous l'administratrice Fee ? demanda Janeway.

— Votre rendez-vous est prévu pour ce soir, après l'ajournement du Conseil.

— Et pourquoi pas tout de suite ? demanda carrément Janeway.

Le vaisseau se posa avec un léger choc. Le vrombissement des moteurs s'estompa et les propulseurs s'éteignirent. La souriante assistante ouvrit le sas à air et se posta sur un des côtés de la porte.

— L'administratrice Fee ne sera pas disponible avant que j'aie pris les arrangements pour une rencontre, expliqua Andross. D'habitude, les requérants prennent rendez-vous plusieurs mois d'avance.

— Mais vous avez vous-même convenu que la situation était urgente.

Janeway se leva et Torres se plaça derrière elle pour la soutenir silencieusement.

— C'est la raison pour laquelle je vous ai amenées.

Janeway se posta juste devant Andross pour l'empêcher de quitter le vaisseau.

— Non, dit-elle. Je ne pense pas que ce soit la raison pour laquelle vous nous avez amenées. Et à moins de vous décider à dire la vérité, je poserai mes questions à tous les Tutopans que je croiserai et j'obtiendrai des réponses par moi-même.

— Je ne comprends pas…

— Vous comprenez très bien.

L'agent Andross respirait plus vite, contrarié d'être de nouveau coincé.

— Si vous insistez, dit-il.

Il fit un geste à Milla pour lui indiquer de sortir, puis referma le panneau qui les séparait de l'équipage.

— Sur Min-Tutopa, tout est strictement réglementé, dit l'agent, mais il existe aussi un moyen de contourner chaque règlement. *Vous* êtes mon moyen de contourner un règlement qui…m'importune.

— Expliquez, ordonna Janeway.

— Les agents en poste sur l'Axe ne sont pas autorisés à revenir à Min-Tutopa, sauf en cas de circonstances exceptionnelles. Sinon il faut, pour obtenir un permis de retour, déposer une requête auprès de la Maison. Et dans les conditions actuelles — avec la paralysie de notre Conseil tant que la question du choix d'un Arbitre Suprême n'est pas réglée — ma demande n'aurait même pas été prise en considération.

L'amertume sous-jacente à ses propos convainquit presque Janeway. Il avait jusqu'à présent scrupuleusement gardé sa façade de distance professionnelle et s'était servi de sa politesse presque comme d'un bouclier.

— Vous n'avez pas l'air d'apprécier les procédures de votre administration, ne put s'empêcher de lui faire remarquer Torres.

Andross haussa les épaules.

— Des fois… je dois avouer que je me sens frustré. Nous perdons de vue le bien-fondé de certains règlements. Pourquoi, par exemple n'autoriser que deux d'entre vous à m'accompagner. Mais j'ai fait le serment de faire respecter les lois de notre société.

— Vous venez juste de dire que vous vous serviez de nous pour contourner un de ces règlements, lui rappela Janeway.

— Je m'applique à changer le système de l'intérieur, dit Andross d'une voix neutre. Je n'ai pas d'excuse à saisir les occasions qui se présentent, même si j'admets que je n'ai pas le droit de le faire. Je sers, au meilleur de ma capacité.

Janeway s'étonna de la manière dont il venait de s'exprimer…

— Qui servez-vous ? demanda-t-elle.

Sa question fit naître sur les lèvres d'Andross un réel sourire.

— Je sers le Conseil. Même si ma patronne à l'Agence est l'administratrice Fee et si la Province

Seanss est ma patrie. Vous amener ici me donne l'occasion de rendre visite à mes amis et de revoir ma famille — Je ne les ai plus vus depuis pratiquement une rotation. Vous voyez, vous me prenez en flagrant délit d'égoïsme, dit-il en ouvrant grand les mains.

Janeway, dissimulant son incrédulité, sourit à son tour.

— Un désir bien compréhensible. Mais nous aussi, nous avons nos besoins. L'administratrice Fee a-t-elle été informée de notre situation ?

— Si vous me permettiez de partir, dit Andross avec un geste vers la porte, je lui dirais que vous êtes arrivées.

— J'aimerais vous accompagner, dit Janeway après l'avoir gratifié de son sourire le plus charmeur.

— Je souhaiterais que ce soit possible, répondit Andross avec regret. Mais je ne pourrai lui dérober que quelques secondes de son temps avant l'ajournement des travaux du Conseil. Soyez assurée que je lui soulignerai la gravité de votre cas.

— Je vois, dit Janeway qui réalisa qu'elle n'en tirerait rien de plus à ce stade.

Elle fit donc semblant d'avoir été convaincue et laissa Andross les faire descendre du vaisseau et les guider dans le déroutant labyrinthe des couloirs du complexe. Les couloirs étaient blancs et nus, interrompus seulement par une enfilade de portes identiques, disposées les unes après les autres. Ils marchèrent pendant longtemps. Milla, l'assistante d'Andross, et plusieurs domestiques trottinaient derrière eux, transportant leurs bagages. Torres ne cessait de se retourner, comme pour s'assurer que les Tutopans ne disparaissaient pas avec leurs effets.

Andross finit par ouvrir une des portes et leur fit signe d'entrer. De chaque côté de la pièce principale, Janeway entrevit des chambres semblables à celle aménagée dans le luxueux vaisseau personnel de l'agent.

— Nous veillerons à combler tous vos besoins, leur dit-il en leur montrant le panneau du dispositif de communication installé à côté de la porte. N'hésitez pas à appeler un de mes assistants si vous avez besoin de quoi que ce soit.

Andross leur sourit et, avant de se retirer, joignit brièvement les mains en forme de triangle. Sans doute un geste tutopan de respect. Janeway se demanda pourquoi c'était la première fois qu'il le leur faisait. Après son départ, Torres se tourna tout de suite vers Janeway.

— Tout ceci est absurde ! s'exclama l'ingénieur. Pourquoi ne pas acquérir un nouveau processeur ? Ce serait plus facile que tout ce *cirque*.

— Toutes les opérations du vaisseau dépendent de notre processeur, rétorqua Janeway. Il nous reste une longue route avant d'arriver chez nous et je ne veux pas avoir à me fier à un équipement dont nous ne savons rien. Non, j'ai l'intention de faire tout ce que je peux pour récupérer notre propre processeur.

— Alors pourquoi avez-vous laissé filer Andross ? demanda Torres.

— Que pensez-vous qu'il soit en train de faire ? répondit le capitaine.

— Il parle comme s'il voulait nous aider, se lamenta Torres. Mais il finit toujours par dire non.

— Oui, il sait parfaitement comment manipuler le système pour parvenir à ses propres fins.

Torres, dans un geste de colère, saisit un délicat vase bleu et le regarda, l'air furieux, avant de le redéposer.

— Je ne comprends pas pourquoi vous n'avez pas…

— Je n'ai pas fait quoi ? Si j'avais continué à protester, je suis certaine qu'il nous aurait enfermées ici. Mais parce que j'ai agi comme j'ai agi…

Janeway s'approcha de la porte et enfonça le bouton d'obturation du senseur. La porte s'ouvrit sur le vide du couloir.

# INFRACTIONS

— Nous irons, par nous-mêmes, jeter un coup d'œil sur ce qui se passe.

Le regard de Torres s'illumina.

— Voilà qui a de l'allure !

Paris examina le bar des yeux. L'obscurité ambiante était la meilleure garante de la discrétion. Il fit prudemment le tour de la grande salle triangulaire, en prenant soin d'éviter les coins et sans perdre de vue les recoins plus sombres. Il y avait beaucoup d'activité à l'arrière, près de portes qui donnaient apparemment sur des chambres privées enfoncées plus loin dans les murs. Il ne voyait pas le haut du plafond en pointe, mais présumait que des dispositifs enregistreurs et des scanneurs suivaient, depuis là-haut, le moindre de ses mouvements.

Paris avait traîné Neelix dans ce bar après avoir découvert que c'était le lieu de rendez-vous du petit personnel de l'Axe et de tous les laissés pour compte des diverses Maisons. Ce tripot était du genre qu'il aimait, beaucoup plus que les autres clubs qu'ils avaient essayés. Un bar à l'ancienne, style « Assomme le client et fous-le dehors à coups de pied dans le cul, s'il ne tient pas la boisson. » Aucune fille qui s'escrimait à chanter ou à danser sur la scène minable, juste des gagne-petit locaux attablés pour se saouler. Paris avait réussi, dans une luxueuse boîte pour touristes, à établir un contact pour les produits chimiques. Il passait maintenant le temps jusqu'à ce que son contact lui confirme leur marché et était venu aux potins sur les vols d'ordinateur.

Comme pour répondre à ses pensées, la microplaquette réceptrice que son contact lui avait donnée bourdonna contre sa paume. Il se glissa dans une cabine et fit signe à Neelix, de l'autre côté de la salle, de venir le rejoindre.

Paris s'assura que la porte de plasto-métal soit solidement fermée avant de glisser la microplaquette dans la rainure du connecteur. Une voix nasillarde tutopanne l'informa : « Votre offre a été acceptée. Quatre-vingt-dix quants de corticostéroïde et trois quants de texteroxide seront livrés au *Voyageur* par aéroglisseur, ponton d'amarrage BVO-neuf-cents. » Puis la voix lui communiqua une série de mots qui serviraient de vérification de code. Le moment de la livraison restait vague. Paris donna quand même son accord car c'était ce qu'il pouvait obtenir de mieux.

Le connecteur éjecta la microplaquette qui tomba sur le sol et se carbonisa instantanément. Paris, occupé à se répéter la vérification de code pour être certain de la mémoriser, ne prit pas la peine de ramasser le minuscule récepteur. Il avait vu des petits voyous au visage pointu s'empresser de récupérer ces microplaquettes usagées pour les échanger contre des crédits de recyclage. Paris n'en était pas rendu à cette extrémité, pas encore. Il lui restait quelques crédits de sa dernière partie de *bratil*. La porte s'ouvrit d'un coup.

— Alors, vous l'avez ? demanda Neelix en chantonnant.

Paris tira violemment le petit Talaxien à l'intérieur de la cabine.

— Vous feriez un piètre agent secret, lui dit le pilote.

— Le marché ne s'est pas conclu ? demanda Neelix, l'air complètement déphasé.

— Si.

Paris répéta la formule de vérification de code.

— Êtes-vous capable de vous en souvenir ?

— Pas de problème, répondit Neelix en agitant la main pour lui indiquer de ne pas s'en faire. Voyons... C'est bien : « Ouvi sentix denar »?...Non, c'est plutôt : « Ouvi denar sentix ».

Paris, d'une voix impatiente, redit la formule et Neelix la répéta à son tour en marmonnant.

— C'est notre vérification de code pour la livraison des produits chimiques, dit le pilote.

Neelix, un grand sourire aux lèvres, frappa ses mains l'une contre l'autre.

— Alors qu'est-ce que nous attendons ? Déguerpissons d'ici ! Le *Voyageur* peut nous *téléporter* depuis cette cabine. Personne ne nous verra.

Neelix porta la main à sa poche poitrine où le cylindre de la minuscule balise radioélectrique faisait une bosse, mais Paris l'arrêta.

— Nous n'avons accompli qu'une partie de notre mission.

— Tuvok nous a ordonné de faire les arrangements pour la livraison des produits chimiques, protesta Neelix.

— Nous devons aussi en découvrir plus sur cette épidémie de vols d'ordinateurs. Vous ne voulez pas savoir pourquoi ces vols se produisent ? Le capitaine Janeway et le lieutenant Torres sont peut-être en danger.

— Bien… Considéré sous cet angle, admit Neelix à contrecœur.

— Bon, vous restez dans l'ombre et vous gardez un œil sur tout ce qui se passe, dit Paris en plissant les yeux. J'ai vu un concierge du Cartel qui buvait seul. C'est exactement ce dont j'ai besoin — si nous pouvions accéder pendant quelques minutes à l'un de leurs terminaux, il nous serait facile de pénétrer dans leurs réseaux informatiques et leurs banques de données…

— Si nous pouvions… Nous ? demanda Neelix en le dévisageant. Lequel de nous deux est supposé faire ça ?

— D'accord, répondit Paris en plissant le front. Il faudra se décarcasser un peu pour réaliser mon plan. Mais vous saisissez l'idée… avoir accès à leurs fichiers. Vous avez vu ce qui se passait quand j'essayais d'acheter de l'information concernant les vaisseaux amarrés et leurs manifestes de cargaison; les gens nous fuyaient comme si nous étions des espions. Vous n'aurez qu'à surveiller mes arrières. C'est un ordre, dit Paris en ouvrant la porte de la cabine du connecteur.

— Certain, opina Neelix. J'espère juste que vous savez ce que vous faites.

Paris inspecta une nouvelle fois la salle du bar — on ne pouvait jamais se montrer assez prudent dans ce genre d'endroit. Puis il se dirigea d'un pas nonchalant vers le comptoir. Il ignora les têtes qui se tournaient sur son passage et se glissa furtivement vers un des côtés de la salle; il avait attiré énormément de curiosité ce soir. Neelix avait eu la part plus belle — les Tutopans avaient déjà vu des Talaxiens dans les parages.

Paris échangea quelques propos anodins avec la serveuse pendant qu'elle lui versait sa consommation. Elle était presque jolie, selon les critères de beauté tutopans, avec une peau pêche pâle et des cheveux blancs et fins. Ses traits aplatis ressemblaient, aux yeux de Paris, à un masque stylisé, mais un certain charme émanait de son visage.

Le pilote lui donna un pourboire excessif. Puis il fit un geste du menton en direction du Tutopan qui, avec son insigne de concierge, était affalé à une table proche.

— On dirait qu'il s'agit d'un client régulier

Le léger mouvement de recul révéla la répugnance de la jeune femme.

— Qu'est-ce que vous voulez à Tracer ?

— Quelqu'un m'a dit que Tracer avait peut-être ce dont j'ai besoin.

— Tracer n'a rien. Ce sera tout ? demanda la serveuse de sa voix monocorde qui écorchait les oreilles de Paris.

— Oui, merci.

Paris but une gorgée de sa consommation. Neelix avait pris place dans le fond de la salle, un siège d'où il voyait à la fois le comptoir et la table du concierge. Le sourire du Talaxien était manifestement nerveux.

*Je n'aime pas cet endroit, mais alors pas du tout*, se disait Neelix. Il y avait beaucoup de mouvement. Des silhouettes indistinctes se succédaient aux meilleures places du bar. Et il y avait trop d'yeux qui les observaient, Paris et lui. Les deux détonaient manifestement dans le décor, malgré les grossières combinaisons industrielles noires que Tuvok leur avait suggéré de porter pour passer inaperçu parmi les employés de l'Axe.

Neelix renifla. Un reniflement qui lui fit beaucoup de bien.

Puis il vit un des êtres à bec pointu qui infestaient les bas-fonds de l'Axe. La créature examina la salle des yeux. Il aperçut Paris, trépigna d'excitation et ressortit du bar à toute vitesse.

Quand Paris arriva à hauteur de la table du concierge, l'humanoïde à bec revint, flanqué d'un énorme Tutopan dont les bras et le visage étaient couverts de taches noires de poussière de métal et qui semblait venir de terminer son quart de travail dans les mines de l'Axe.

Neelix se leva rapidement. C'était un des Tutopans avec qui Paris avait joué ce jeu étrange quelques heures plus tôt et le pilote les intéressait trop pour qu'ils lui veuillent du bien.

\* \* \*

Paris s'arrêta près de la table du concierge, son verre à la main.

— Salut, Tracer. Qu'est-ce que tu dirais d'une petite partie ?

Tracer leva son regard vide de la version holographique de quelque jeu de patience étalé devant lui.

— Je ne te connais pas. En fait, je n'ai jamais rien vu qui te ressemblait.

— Je suis un humain. Je viens d'une planète distante de soixante-dix mille années-lumière.

— Est-ce que c'est loin ? demanda Tracer, l'air absent. Tu sais, tu ressembles à un Crestien. Il y a juste que tes yeux et ton nez sont trop ratatinés et tu n'es pas assez poilu.

— Vraiment ? dit Paris en clignant des yeux.

— Ouais. C'est bizarre.

— Ben, oui ! Merci.

Paris s'assit. Tracer semblait plus curieux que malveillant. Le pilote se dit que leur échange était une forme de présentations mutuelles.

— Je parie que tu vois passer toutes sortes de créatures dans le coin, dit-il.

— Pas des créatures comme toi. Tu es différent.

Paris le regarda plus attentivement. L'insistance de Tracer à répéter l'évidence était due soit à son quotient intellectuel peu développé ou à la mixture hautement alcoolisée qui se trouvait dans le verre presque vide posé devant lui. Puis Paris se rendit compte que Tracer ne ressemblait pas au Tutopan typique — sa peau rougeaude était mouchetée de taches de diverses couleurs depuis le brun foncé au blanc. Même dans le très faible éclairage du bar, les décolorations étaient évidentes. Paris rapprocha sa chaise.

— Tu ne sais pas ce que c'est d'être différent, confia-t-il. Quand je traverse une pièce, les gens se retournent et me regardent. Quand j'essaie de leur parler, j'ai l'impression qu'ils me dévisagent sans vraiment m'écouter, et pendant ce temps il pensent que je suis étrange et se disent que ça doit être affreux d'être comme je suis.

Les yeux de Tracer s'ouvrirent tout grands. Une vive et pathétique émotion se lut sur son visage plat.

— Ouais… Tout le monde qui te regarde toujours. Tout le monde qui se tient assez loin pour ne pas se laisser contaminer…

— Comme si on risquait de les infecter, termina Paris. Comme si on était atteint d'une sorte de maladie.

— Ouais… marmonna Tracer, hébété par l'alcool. Personne ne te donne une chance.

Paris posa sa main sur le bras de Tracer, sans tenir compte des taches de graisse qui maculaient sa manche usée.

— Il faut regarder les choses en face, Tracer. L'Univers est plein d'imbéciles. L'Axe est plein d'imbéciles, ajouta Paris en baissant la voix.

Tracer leva son verre et en but une gorgée.

— C'est juste ! Les Tutopans sont des têteux de vide ! Il y a juste les étrangers qui valent quelque chose. Même les étrangers bizarres comme toi.

— C'est juste, répéta Paris en écho d'un air amène, ignorant le sarcasme — Il trouverait peut-être un jour l'occasion de se servir de l'expression « têteux de vide » — Nous devons nous aider…

— Hé, spationaute !

Paris jeta un regard mauvais au grand Tutopan, fâché d'être interrompu pendant ses tentatives d'amadouer Tracer. Puis il aperçut Neelix qui trébuchait entre les tables et montrait frénétiquement du doigt quelque chose qui se trouvait derrière lui. Paris se retourna et vit un des humanoïdes à bec sur lequel il était tombé la veille au soir — quel était son nom déjà ? Rep. Celui qui lui avait parlé des vols d'ordinateurs.

— Je te parle, spationaute, dit le Tutopan la voix lourde de menaces. As-tu escroqué quelqu'un d'autre au *bratil* ?

Paris se rendit compte qu'il était dans le pétrin.

— Je te connais… Tu es Bladdyn, pas vrai ?

Le visage hargneux de Bladdyn était en soi une réponse. Quand Paris se leva, sa chaise bascula. « Relaxe, mon gros. Allons quelque part où nous serons tranquilles pour causer de tout cela. » Paris agrippa le bras de Tracer et le hissa sur ses pieds. « Viens, mon pote. »

Tracer, surpris, marmonna quelque chose, mais fit quelque pas avec le pilote avant d'essayer de se dégager.

— Hé, je n'ai rien à faire, moi, dans toute cette histoire !

Neelix poussait le concierge par derrière, pressé par Bladdyn dont il sentait la respiration dans son cou.

— C'est une occasion unique, murmura Paris à Tracer.

— Tu as triché, siffla Bladdyn derrière Neelix en agitant son gros poing vers Paris. Toute une nuit de congé gaspillée.

— Tout cela peut s'arranger, dit Paris d'un ton apaisant, espérant franchir les quelques pas qui le séparaient de la cabine du connecteur avant que Bladdyn n'explose.

— Je vais te montrer, moi ! dit le Tutopan dont le visage plat se plissa à hauteur du nez.

Paris n'était pas certain de la suite des événements — de nouvelles menaces de Bladdyn ou une explosion de rage folle qui le réduirait en bouillie sur le plancher du bar. Il n'attendit pas de le découvrir. Il plongea la main dans la poche de Neelix, saisit la balise cylindrique qui s'y trouvait et déchira du même coup la combinaison du Talaxien.

Neelix perdit l'équilibre et trébucha devant Bladdyn, ce qui donna à Paris le temps de pousser Tracer dans la cabine du connecteur, puis d'y plonger par-dessus le corps du concierge. Le pilote referma la porte d'un coup de pied et il activa les deux balises. Avant que le verrouillage ne soit effectif, il en posa une des deux au bas du cou de Tracer, tout en essayant de garder la porte fermée, malgré les martèlements furieux de Bladdyn.

# INFRACTIONS

Paris se dématérialisa en espérant que Neelix ait la présence d'esprit de quitter le bar pendant que Bladdyn essayait de comprendre où il avait disparu.

Paris et Tracer se matérialisèrent sur la plate-forme du téléporteur du *Voyageur*.

Paris, heureux de revoir un visage familier, adressa son plus beau sourire à Tala, l'enseigne bajoranne à la console de téléportation. Il n'avait jamais remarqué, avant sa surdose récente de visages plats tutopans, à quel point les nez plissés bajorans étaient jolis.

— Une chance que le téléporteur fonctionne malgré le différentiel des plates-formes à embase-poids de la station, dit-il.

— Où est Neelix ? demanda Tala.

— Il reviendra bientôt, répondit Paris sans autre explication.

— Qui est-ce ? demanda-t-elle ensuite en montrant Tracer.

Le Tutopan avançait d'un pas traînant vers le bord de la plate-forme, le regard trouble et la bouche si serrée qu'elle n'était plus qu'une petite ouverture arrondie.

— Je pense que je vais être malade, dit Tracer.

— Assieds-toi avant que tu tombes, lui dit Paris, en espérant que ce soit une fausse alerte.

Tracer eut beaucoup de mal à se baisser. Puis, d'un coup, ses pieds le trahirent et il atterrit durement sur le derrière.

— Je dois avoir mon compte. Je me meurs de sommeil. Où suis-je ?

— Tu es venu avec moi sur mon vaisseau, lui dit Paris. Tu ne te rappelles pas le petit tour de transport express ?

Tracer titubait légèrement et essayait manifestement de réfléchir.

— Allonge-toi et ferme les yeux quelques minutes.

Tracer fit comme le pilote lui disait, pendant que Paris s'approchait de la console du téléporteur.

— Avez-vous une carte de l'Axe ?

— Oui, Tuvok en a enregistré un diagramme tridimensionnel lors de sa mission sur la station avec le capitaine.

Tala fit apparaître le diagramme avant que Paris ne le demande.

— J'ai besoin d'aller là, indiqua-t-il. Gardez un œil sur Tracer. Je reviens tout de suite.

— N'oubliez pas de faire rapport à Tuvok ! cria la Bajoranne alors que la porte se refermait en glissant sur lui.

Paris émit un bulletin adressable en tous points sur le canal ouvert du tricordeur et finit par localiser Harry Kim dans la cabine de contrôle du système informatique. L'enseigne grattait le colloïde bleu collé aux murs.

— Travail intéressant que vous faites là, Harry !

— Ne me demandez pas ce que je faisais ce matin, lui répondit Kim en plissant le front, vous ne voudrez pas le savoir.

— J'ai trouvé quelque chose qui vous réjouira, lui dit Paris.

— Ah, ouais ? demanda Kim. J'espère que c'est l'anesthésique.

— Il est en route. Ce qui me fait penser à quelque chose. Avez-vous un tricordeur ?

Harry émergea du trou béant du centre du bloc informatique et tendit son tricordeur au pilote. Paris y récita la formule du code de vérification avant de l'oublier.

— Vous donnerez ça à Chakotay. Il en aura besoin quand la vedette livrera les produits chimiques.

— Il vaudrait mieux qu'ils arrivent vite…

— Cessez de vous plaindre, Harry, lui dit Paris en lui donnant une petite tape dans le dos. Vous venez avec moi sur l'Axe.

Le jeune le regardait, incrédule.

— Moi ? Pourquoi ?

— J'ai besoin d'un expert en informatique. Venez.

— Maintenant ? demanda Kim. Nous sommes à peine capables de garder le réseau optique numérique opérationnel.

— J'essaie de récupérer notre processeur, lui dit Paris. Mais si vous préférez ce…

Kim essuya sa main sur un chiffon.

— Je viens, dit-il.


Quand ils arrivèrent à la salle de téléportation, Tracer ronflait doucement sur les marches de la plate-forme. Paris regarda Tala qui haussa les épaules.

— Il n'a pas bougé.

— Qui est-ce ? demanda Kim.

Paris secoua Tracer, le réveilla et l'aida à se relever.

— Un contact local disposé à nous amener dans un bureau où se trouve un terminal relié à l'ordinateur central de l'Axe. Mais il faut y retourner avant qu'il ne commence à dessaouler.

Kim examina le Tutopan qui ronflait, hébété.

— Vous l'avez téléporté ici ?

— Il est ivre. Il ne se souviendra de rien.

Paris installa Tracer sur un des disques rotor du téléporteur.

— Allons-y.

— J'ai besoin de la clairance de Tuvok, protesta la Bajoranne.

— Tout est autorisé, dit Paris d'une voix catégorique. Énergie, enseigne !

— Oui, monsieur.

La légère insistance de Paris sur la différence de grade fit son effet et les doigts de Tala pianotèrent le tableau de commande.

— Hé, demanda Kim, ne suis-je pas supposé avoir une balise électromagnétique ?

Paris fit un geste en direction de Tracer qui se dématérialisait.

— Votre balise est accrochée à sa chemise. Ne vous faites pas de souci...

# CHAPITRE
# 10

B'Elanna Torres se rappelait avoir eu des cauchemars identiques à ce qu'elle vivait en ce moment. Elle
errait dans un labyrinthe de couloirs lisses, percés d'in-
nombrables portes qui menaient à d'interminables halls
et passages voûtés. Une source de lumière invisible qui
ne jetait pas d'ombre et lui laissait peu de points de repè-
re éclairait les murs granulés. Tout était si répétitif et si
semblable qu'elle se demandait si elles ne tournaient pas
en rond. Même les Tutopans qu'elles croisaient semblaient tous pareils avec leurs visages inexpressifs et
leurs toges beiges drapées sur le corps. Les cheveux noirs
et les arêtes frontales de Torres attiraient beaucoup l'attention. Elle éprouvait la même sensation qu'à l'école,
jadis, quand les autres enfants la traitaient de mutante et
lui disaient qu'elle était laide à mourir. C'était avant
qu'elle n'ait appris à cogner la première, à frapper avant
d'être blessée.

Janeway n'avait pas l'air découragée. Quand Torres
lui exprima ses doutes, le capitaine sourit.

— Tuvok et moi, nous avons bien réussi à trouver notre chemin sur l'Axe, et rien n'était plus difficile, lui dit-elle.

— Voilà des heures que nous marchons. Êtes-vous certaine de savoir où nous allons ?

— Absolument, répondit Janeway. Nous allons tout droit où les choses se passent.

— Comment savez-vous que c'est par là ? demanda Torres après quelques moments de réflexion.

— Parce que les Tutopans ont une conception de l'Univers remarquablement symétrique. Si nous parvenons à atteindre le centre de ce complexe, je suis certaine d'y trouver ce que nous cherchons.

Torres se tut et se contenta de suivre le capitaine. Malgré leur étonnement de croiser ces deux étrangères, aucun des Tutopans n'essaya de leur adresser la parole. Elles atteignirent un vaste hall, bourré de monde, qui hébergeait un service d'accueil et d'information. Après avoir discuté avec le préposé qui leur interdit de passer, Janeway déduisit que c'était l'endroit où les Tutopans menaient leurs « tests d'aptitude ». Elle renonça à essayer de le persuader.

— Demi-tour, dit-elle avec un soupir.

Elles grimpèrent presque jusqu'au sommet du complexe pour contourner la zone d'accès limité. Leur persévérance fut finalement récompensée. Les couloirs s'élargirent et devinrent graduellement moins déserts. Le pas de promenade des Tutopans énervait Torres, mais comme Janeway s'était mise au rythme de la foule, elle était bien obligée de suivre.

Une légère cohue dans un des passages voûtés leur bloqua momentanément la vue; Torres s'avança sur une terrasse qui surplombait un vaste atrium. Les nombreux autres couloirs, à tous les niveaux, débouchaient tous sur cet espace vide et les terrasses grouillaient de monde. Il y avait une petite structure au centre du rez-de-chaussée dont elle ne parvinrent pas à déterminer l'utilité.

— Regardez ! s'exclama Torres en montrant du doigt l'espace ouvert, beaucoup plus bas. N'est-ce pas Andross ?

— C'est lui ! Vous avez raison, dit Janeway en plissant les yeux.

Les jambes courtes de l'agent allaient et venaient, comme de rapides ciseaux. Il faisait partie d'un groupe de personnes qui s'éloignaient de la structure centrale. Le petit Tutopan était difficile à suivre, au contraire de la femme qui se trouvait au milieu du groupe. Elle était plus grande que presque tout le monde, et son port droit et élancé la distinguait, de même que la détermination qui se lisait sur son visage.

— Comment lui parler ? demanda Janeway en essayant de repérer les escaliers qui débouchaient sur le rez-de-chaussée.

— Facile, dit Torres.

Penchée par-dessus la balustrade, elle mit ses mains en porte-voix autour de sa bouche.

— Andross ! hurla-t-elle. Hé, Andross ! Nous sommes là-haut !

Janeway saisit le bras de Torres, mais c'était trop tard. Le niveau de bruit dans l'atrium chuta d'un coup. Tous les Tutopans se tournèrent vers Torres, désarçonnée par l'effet de son cri.

Andross regarda en l'air, comme frappé de stupeur. Ses compatriotes commençaient à faire le lien entre les deux étrangères et lui, et des murmures s'élevèrent quand ils se mirent à commenter les bizarres relations de l'agent.

— Venez, dit Janeway, les dents serrées. Aussi bien saisir le taureau par les cornes.

— Je pensais que c'était ce que vous vouliez, dit Torres sur la défensive.

— Pas tout à fait, répondit sèchement le capitaine.

Andross les attendait au bas des marches.

— Que fabriquez-vous dans la Chambre du Conseil ? demanda-t-il.

— Nous sommes curieuses, dit Janeway d'un ton désinvolte. Alors nous avons décidé de nous promener un peu.

— Vous avez réussi à venir de vos quartiers à la Chambre sans être arrêtées ? Je n'en crois pas mes oreilles !

Son regard incrédule allait du capitaine à Torres.

— Nous avons fait semblant de savoir où nous allions, dit Torres avec un haussement d'épaules.

Il était drôle de voir l'agent se débattre pour garder son sang-froid.

— Je sais où vous allez maintenant, dit-il. Vous retournez à vos quartiers.

— Ne sommes-nous pas libres de nos faits et gestes ? demanda innocemment Janeway.

— Personne ne l'est ! répondit Andross d'un ton acerbe.

— Je pense que je vous préfère comme ça, dit le capitaine en le regardant avec attention. Quand vous n'essayez pas de nous rouler dans la farine.

Andross se raidit, une réaction de défense qui alerta tout de suite Torres et que Janeway perçut aussi.

— Était-ce l'administratrice Fee ? demanda-t-elle.

— Oui, et vous n'avez pas à vous tracasser ! Vous avez réussi à vous faire remarquer.

Il baissa la voix et ajouta, après avoir regardé autour de lui : « Savez-vous combien de règlements vous avez violés ? Si quelqu'un décidait de vous emprisonner, je ne pourrais rien pour vous. »

— Quand verrons-nous Fee ?

— Pas avant demain…

— Demain ! Vous aviez dit ce soir, dit Janeway en se départissant de toute affabilité.

— C'est impossible. Elle a des rendez-vous plus importants.

Un homme maigre, à peu près de la même taille qu'Andross, mais beaucoup plus âgé, approchait. La petite canne noire sur laquelle il s'appuyait accentuait son air suffisant, et il était entouré, comme l'avait été tout à l'heure l'administratrice Fee, d'une petite troupe de Tutopans.

— Oh, non, dit Andross, voilà Hamilt ! Montons sur la terrasse. Je vous expliquerai.

Il essaya d'entraîner les deux femmes, mais Janeway résista et Torres savait que le capitaine ne bougerait pas d'un centimètre avant que le petit agent retors ne se décide à tenir ses promesses. Quand Andross réalisa qu'il ne serait pas capable d'éviter Hamilt, les traits aplatis de son visage se firent amènes.

— Membre du Conseil, dit-il. Comme c'est aimable à vous de prendre le temps de me parler.

Les lèvres d'Hamilt s'étirèrent et sa main délicate lissa ses maigres cheveux contre sa tête. Le regard méfiant de Torres croisa la fente étroite et noire de ses yeux. Elle n'aima pas la manière dont il renvoya, d'un geste négligent de sa canne, ceux qui l'escortaient et qui se dispersèrent immédiatement.

— J'ai entendu parler de votre retour, dit Hamilt à son jeune compatriote.

— J'avais certains problèmes à régler, expliqua Andross avec un geste vague en direction de Janeway et de Torres.

— Des problèmes, il y en a, bien sûr, concéda Hamilt en fixant Andross. Et je n'ai pas l'intention de vous laisser aggraver la situation, mon garçon. Vous êtes arrivé à vos fins quand vous avez persuadé l'Ancien de cautionner les débats.

— Je suis ici à la demande du capitaine Janeway, l'informa Andross. Je n'avais pas l'intention de prendre rendez-vous avec l'Ancien.

Janeway profita du bref silence qui suivit pour s'avancer.

— Je suis le capitaine Janeway, de la Fédération Unie des Planètes. J'essaie de retrouver le processeur de mon ordinateur de bord qui a été volé. Nous nous trouvions dans le système secondaire…

— La demande a suivi les filières habituelles du Cartel, l'interrompit Andross, en ouvrant les mains et en adressant un grand sourire à Hamilt. Je ne fais que mon travail.

— Le rachat et le recyclage des déchets, c'est ça ? demanda Hamilt. Mon garçon, il me semble que vous auriez intérêt à vous concentrer un peu plus sur les affaires et à vous occuper un peu moins de politique. Sinon vous risquez d'être obligé de ramasser de la ferraille pour un salaire de misère pendant tout le reste de votre vie.

— De la ferraille ! explosa Torres.

Mais Janeway secoua la tête et la Klingonne parvint à garder pour elle la suite de ses protestations.

Hamilt, qui semblait se moquer d'Andross, ignora les deux femmes.

— Je suis certain, dit-il, que l'affaire qui vous occupe est de la plus haute importance. Comme tout ce que vous faites.

— Je la traite avec diligence, membre Hamilt, dit Andross en se raidissant légèrement.

— J'en suis certain.

Andross se contenta de sourire et essaya de pousser Janeway, comme pour poursuivre leur chemin.

Le capitaine résista de nouveau et se campa résolument devant le membre du Conseil.

— Nous avions l'intention de rencontrer l'administratrice Fee ce soir, mais apparemment elle est occupée.

— Vraiment ? L'administratrice Fee ? demanda Hamilt, soudain très attentif, en se tournant vers Janeway et en lui adressant directement la parole pour la première fois. Vous faites affaire avec Fee ?

— Le processeur de notre ordinateur est en sa possession.

— Imaginez ça, dit Hamilt d'un ton désinvolte, mais avec un regard pensif et lourd de sous-entendus en direction d'Andross. L'administratrice Fee participera au tournoi ce soir. Peut-être aimeriez-vous venir aussi. Je suis certain que vous trouverez l'occasion de lui parler.

Andross ouvrit la bouche, mais ne dit pas un mot.

— Certainement, j'apprécierais beaucoup, accepta Janeway.

— Mais c'est un tournoi, dit Andross.

— Cela ne dérange pas, l'assura Hamilt. Je veux que vous veniez également, mon garçon. Et que vous ameniez votre jolie assistante. Cela fait trop longtemps que je ne l'ai pas vue.

La respiration d'Andross s'accéléra et Torres y reconnut, de par son expérience personnelle, le signe de quelqu'un qui tentait de garder le contrôle de soi.

— Comment refuser ? dit-il.

— Alors, bien ! Vous viendrez et j'insiste pour que vous ameniez vos importants collègues, dit Hamilt en hochant la tête vers Janeway. Fédération des Planètes, avez-vous dit ? Vous serez toujours les bienvenues, n'importe quand…

Le membre du Conseil s'éloigna et se perdit dans la foule. La rapidité avec laquelle ses courtisans s'étaient rassemblés de nouveau autour de lui dégoûta Torres.

— Pourquoi avez-vous menti à Hamilt ? demanda tout de suite le capitaine. Le Cartel n'est pas intervenu en notre faveur.

Andross détendit ses épaules, comme s'il renonçait à lutter, mais Torres n'en fut pas dupe un seul instant.

— Non, le Cartel n'est pas intervenu, dit l'agent. La situation de notre Maison est désespérée. Le Conseil ne parvient pas à s'entendre sur le choix d'un Arbitre Suprême. Il est complètement paralysé et je n'ai pu résister à l'occasion que vous m'avez offerte de revenir.

— Je me contrefiche de vos motivations, lui dit Janeway. Je veux juste savoir si vous avez l'intention de nous aider à récupérer notre ordinateur. Ou bien était-ce un stratagème, cela aussi ?

— Nous ne sommes même pas certaines qu'il est ici, intervint Torres.

— Je vous l'ai dit, répondit sèchement Andross. Demain, je vous amènerai voir votre précieux ordinateur. Je fais mon possible pour qu'il vous soit remis — mais vous devez coopérer. Vous risquez de tout faire rater. Vous accumulez les bévues depuis votre arrivée au Siège. Vous ne vous aidez pas en laissant un personnage officiel comme Hamilt savoir exactement ce que vous voulez.

— Pourquoi nous empêcherait-il de récupérer notre processeur ?

— Pour des centaines de raisons différentes, dit Andross comme si c'était évident. Du moment qu'il en tire profit. Il ferait n'importe quoi pour nuire à Fee. Et comme j'ai ouvertement supporté la candidature de Fee au poste d'Arbitre, et non la sienne, Hamilt a commencé à me mettre des bâtons dans les roues dans mon travail aussi.

— C'est dégoûtant, dit Torres en secouant la tête.

— Ce sont les affaires, corrigea Andross. Tout le monde manipule l'information pour arriver à ses fins. *Vous* comprenez cela, capitaine.

— Vous avez raison, je le comprends, lui dit Janeway. Mais la question qui se pose est la suivante : allez-vous nous aider ou non ?

# INFRACTIONS

— Je prendrai les arrangements pour que vous parliez à Fee demain à la première heure. N'assistez pas au tournoi ce soir.

Torres fit un bruit dans le fond de sa gorge, mais Janeway n'avait pas besoin de ses réactions intempestives pour insister.

— Cela ne suffit pas, dit-elle. Vous nous avez promis que nous verrions Fee ce soir, et comme vous n'avez pas été capable de nous ménager un rendez-vous, j'accepte l'offre du membre Hamilt.

— Vous avez vu la réaction d'Hamilt, protesta Andross. Les affaires qui vous occupent n'ont aucun intérêt pour un officiel de haut niveau comme lui. Il a juste l'intention de m'humilier devant mes collègues qui font toujours de la politique active, alors que moi j'ai été relégué dans une Agence sur l'Axe. Si je perds du pouvoir, mes possibilités de vous aider en seront directement affectées.

— Je veux parler à Fee ce soir, insista Janeway. Et trouver un moyen de récupérer mon processeur le plus vite possible.

Andross leva les mains.

— Si c'est ce que vous voulez, dit-il. Mais s'il vous plaît, faites-moi le plaisir de ne souffler mot de cette opération de récupération de matériel informatique à personne d'autre. Particulièrement pas aux membres Hobbs et Sprecenspire, les supporters du Cartel. Votre démarche aura l'air plus fondée si vous restez vague concernant vos objectifs réels. Dites simplement que vous avez à traiter avec Fee d'affaires provinciales, vous comprenez ce que je veux dire.

— Est-ce tellement important ? demanda Janeway, le front plissé, en regardant l'agent.

— Vous vous trouvez maintenant au Siège de la Maison, et les mises à l'épreuve que l'on risque de vous faire subir pourraient avoir de graves conséquences, dit

Andross en se reculant de quelques pas pour les examiner de la tête aux pieds. N'avez-vous rien de plus… raffiné à vous mettre ?

— C'est *ça* que vous appelez des considérations sérieuses ? dit Torres en poussant un grognement.

Le regard d'Andross s'attarda un moment sur l'arête de son front, avant de se détourner avec un léger frisson.

— Je demanderai à Milla de vous trouver, à toutes les deux, quelque chose de convenable à vous mettre. Sinon, vous vous ferez terriblement remarquer.

— Nous nous ferons remarquer de toute façon, souligna Janeway. Vous ne laissez pas beaucoup d'étrangers venir sur votre planète, n'est-ce pas ?

— Non, répondit sèchement Andross. Et je commence à comprendre pourquoi.


Quand les murs inclinés de l'Axe se matérialisèrent autour d'eux, Tracer poussa un hurlement de terreur.

— Non ! Non ! Je m'excuse, gémit-il en dissimulant son visage derrière ses mains mouchetées. Je ne le ferai plus ! Je le jure sur les trois Kisars. Je ne boirai plus jamais de wisto…

— Ne t'en fais pas, mon pote. Tu viens juste de perdre connaissance encore une fois, lui dit Paris en le traînant par le bras le long du couloir tout en scannant rapidement les sceaux des portes.

— Que cherchons-nous ? murmura Kim après un coup d'œil inquiet vers l'arrière du couloir vide.

— Cette porte-ci, dit Paris, qui s'était arrêté devant le bon symbole. Récupération des déchets, contrôle auxiliaire.

— Des déchets ? demanda Kim. Pourquoi cette porte-là ?

Paris tira Tracer plus près de la porte et pressa la plaque qu'il portait au poignet contre le dispositif d'iden-

INFRACTIONS

tification. Un tintement aigu suivi d'un éclair bleu signala que la porte était déverrouillée.

— Ce n'est pas un secteur de sécurité renforcée,
mais les terminaux y sont quand même reliés à l'ordinateur central pour assurer la coordination avec les autres
systèmes.

— Bien pensé, dit Kim. Du moins, je crois, ajouta-t-
il, l'air sceptique.

Paris ouvrit la porte et une bouffée d'air pollué par
une odeur chimique les frappa en plein visage.

— C'est parfait, insista Paris. D'ici, vous devriez
pouvoir accéder aux registres des manifestes et à tout ce
qui concerne la récupération du matériel informatique.

Il faisait noir à l'intérieur de la pièce, à part le brasillement bleu et ambre des tableaux de commande. Kim
repéra rapidement le terminal du réseau principal.

— J'espère que vous savez ce que vous faites, dit-il.

Paris fit la grimace. Neelix avait dit exactement la
même chose. Où était-il maintenant ? Mais Paris se
contenta de répondre : « J'ai réussi à nous faire entrer ici,
pas vrai ? » puis il poussa Tracer plus loin dans la pièce.
Le Tutopan écarquillait les yeux et regardait autour de
lui, comme s'il commençait à reprendre ses esprits.

— Comment êtes-vous entrés ? C'est une zone d'accès limité…

— C'est toi qui nous as fait entrer. Tu ne t'en souviens pas ? Tu voulais nous aider, dit Paris en vérifiant
plusieurs portes, jusqu'à ce qu'il tombe sur un placard.

— Moi ?

Les yeux surpris de Tracer montraient qu'il ne comprenait toujours pas. Paris le poussa violemment dans le
petit placard et referma la porte sur lui. Puis le pilote se
retourna et donna un bon coup de coude dans le panneau
de touches à effleurement. Une gerbe d'étincelles éclaira
la pièce. La plaque-couvercle se fracassa et provoqua un
court-circuit dans le champ électromagnétique.

Après un moment de silence accablé, des bruits de coups assourdis s'élevèrent de l'intérieur du placard, de plus en plus frénétiques à mesure que Tracer réalisait qu'il était prisonnier.

— Étiez-vous vraiment obligé de l'enfermer ? demanda Kim sans lever les yeux du terminal.

— Vous l'avez entendu. Il allait nous causer des ennuis. Pressez-vous, s'il vous plait, dit Paris avant d'aller jeter un coup d'œil dans le couloir.

— J'essaie.

— Essayez plus vite.

Kim scannait les affichages de sortie avec son tricordeur.

— Je copie tout. Je ferai le tri plus tard.

Le bruit des coups contre la porte devenait de plus en plus fort.

— Faites quelque chose, pressa Kim. Quelqu'un va finir par l'entendre.

Paris cogna du poing contre le placard, plus fort que le tapage de Tracer.

— Ta gueule là-dedans. Ta gueule ou je… je tire !

— Vous n'avez pas de fuseur, fit remarquer Kim.

Tracer en était sans doute venu à la même conclusion car il recommença à marteler la porte de coups rythmés. Chaque martèlement l'ébranlait un peu plus.

— Harry, la porte va lâcher d'un moment à l'autre… On ne pourra pas le garder là-dedans indéfiniment.

— J'ai presque terminé…

Tracer lançait maintenant tout son corps contre la porte. Paris se prit à espérer qu'il ne se blesserait pas. Un crissement de métal tordu le fit soudain reculer. La porte du placard s'ouvrit d'un coup et Tracer culbuta sur le sol.

Paris et Kim s'immobilisèrent, surpris, les yeux fixés sur le Tutopan étendu sur le plancher.

Quand Paris s'avança vers lui, Tracer émit un glapissement de terreur. Il bondit sur ses pieds. L'étrange

glapissement accompagnait chacune de ses respirations.
Il se précipita vers la porte extérieure.

Paris essaya d'attraper le concierge, mais il avait pris
ses jambes à son cou, comme si sa fuite était devenue une
affaire de vie ou de mort.

— Nous devons foutre le camp d'ici, cria Paris à
Kim quand il vit les talons de Tracer détaler dans le couloir.

— Attendez ! s'exclama Kim. J'ai trouvé quelque
chose…

Paris pencha son corps de l'autre côté de la porte.
L'écho des cris de Tracer s'estompait. Mais il lui sembla
entendre arriver les Exécuteurs.

— Un rapport du Cartel sur Andross, dit Kim en
scannant le dossier. Ils ont enregistré toutes ses communications…

— Tu me raconteras ça plus tard, mon grand, l'interrompit Paris. Les Exécuteurs arrivent.

Le martèlement des bottes antigrav devenait de plus
en plus perceptible.

— Voilà, j'ai tous les manifestes de la dernière demi-
rotation, dit Kim. Je pense que tout y est. Et maintenant
quoi ?

— Maintenant vous retournez au vaisseau.

Paris activa sa micro-balise et la lança à Kim.

Kim l'attrapa et son regard croisa celui du pilote.
Paris lui fit une parodie de salut militaire pendant que le
jeune se dématérialisait, avec son tricordeur bourré d'informations.

*Aussi bien tâcher d'en rire.*

Paris afficha son sourire le plus sûr de soi et se tourna pour affronter les Exécuteurs de face. Leurs armures
rouges les faisaient paraître deux fois plus grands qu'ils
ne l'étaient en réalité.

— Je pensais que vous n'arriveriez jamais, les gars,
leur dit Paris.

Un des Exécuteurs leva le poing et Paris reçut en plein visage un nuage de gaz brûlant, en guise de réponse à sa spirituelle remarque.

# CHAPITRE
# 11

Chakotay puisa dans le récipient que Neelix avait apporté sur la passerelle une tasse du puissant remontant concocté par le Talaxien. Cette version était aussi épaisse que la dernière, mais il manquait toujours quelque chose à l'horrible mixture. Chakotay s'arrangea quand même pour être reconnaissant d'en boire parce que c'est tout ce qu'ils avaient — il était strictement interdit de se servir des synthétiseurs jusqu'à la remise en état complète du réseau optique numérique. Le lieutenant Collins avait détruit celui de ses quartiers quand il avait commandé un sandwich au fromage fondant et obtenu à la place une masse de substance indéfinissable que l'appareil n'avait cessé de vomir au point où il se demandait si Collins parviendrait jamais à nettoyer la pièce.

Chakotay n'avait parlé à personne de ses rêves, mais il avait rêvé la nuit passée de synthétiseurs qui explosaient. Il n'avait parlé à personne de ses autres rêves non plus, celui où il avait vu Janeway et Torres qui, prisonnières d'une bulle dans le ciel, appelaient au secours, ou celui où Paris fouillait tout le vaisseau, en suppliant qu'on lui donne un peu d'eau. Mais l'Indien les considérait comme de sérieux avertissements.

— Message entrant du Quartier général de la Force de Sécurité des Exécuteurs du Cartel, annonça Tuvok. Ils demandent à parler au capitaine Janeway.

— Ignorent-ils donc qu'elle est partie sur Min-Tutopa ? Je pensais qu'ils surveillaient tout ce qui se passait dans les parages.

Chakotay tourna l'unité portable. Il ne s'attendait pas vraiment à une communication visuelle, mais cela ne coûtait rien d'espérer

— Ici le commander Chakotay. En quoi puis-je vous être utile ?

— Je vous informe, dit l'Exécuteur sans autre préambule, qu'un membre de votre équipage, le lieutenant Tom Paris, a été arrêté pour avoir essayé d'infiltrer les systèmes informatiques du Cartel.

Chakotay fut soudain content que l'Exécuteur ne voie pas son visage.

— Paris ? En êtes-vous certain ?

— Ne feignez pas l'ignorance, dit la voix monocorde sans changer d'intonation. Un signal subspatial a été émis du site de l'infraction et votre vaisseau y a répondu par un faisceau de rayons de conversion de niveau subatomique. Expliquez, je vous prie, la raison de cette émission.

— Je n'étais au courant de rien, dit Chakotay après avoir jeté un regard à Tuvok.

— Avez-vous un membre d'équipage dénommé Tom Paris ?

— Oui. Il a été autorisé à se rendre sur l'Axe avec un autre membre de mon personnel. Où est-il en ce moment ?

— Le prévenu 07119 est actuellement détenu et mis à l'épreuve, en attendant son interrogatoire.

# INFRACTIONS

— Attendez une minute, dit Chakotay à la voix désincarnée. Donnez-nous une chance de découvrir ce qui s'est passé. Il s'agit sans doute d'une simple erreur.

— Il n'y a pas d'erreur, dit la voix avant de se taire pendant un long moment. Êtes-vous disposé à nous fournir de l'information concernant ce faisceau de rayons de conversion ?

Chakotay trouvait que mentir ne servait qu'à embrouiller les situations et, en cet instant précis, il avait plus que jamais besoin de clarté.

— Non, cela m'est impossible.

— Alors je dois vous informer que conformément au règlement 5569, section A, tous les contrats entre le Cartel et les contrevenants sont annulés. Votre vaisseau n'est plus habilité à recevoir de soutien vital de niveau A. Un représentant des Services ombilicaux débranchera sous peu vos câbles d'alimentation.

— Vous n'avez pas le droit de nous débrancher ! s'exclama Chakotay en se rapprochant du micro. Nous avons payé pour trois jours. Il nous reste un jour et demi.

— Les accords passés avec vous sont suspendus jusqu'au règlement de la question en litige.

— Suspendus ?! Nous vous avons déjà livrés les semences et l'ADN…

— Cet accord a été suspendu, répéta l'Exécuteur. Tout commerce est interdit avec les personnes qui menacent la sécurité du Cartel. C'est la pratique commerciale habituelle.

— Pas d'où je viens, dit Chakotay d'une voix mécontente. Nos systèmes de protection de la vie dépendent de ces liaison ombilicales.

— Le Cartel est conscient que votre vaisseau a subi des avaries. Si vous souhaitez résoudre ce problème, il vous est loisible de transmettre à nos services l'information demandée. Votre coopération aura pour effet de réactiver vos accords avec le Cartel.

— Laissez-moi parler au lieutenant Paris, insista Chakotay.

— C'est impossible. Ce membre de votre équipage doit subir la mise à l'épreuve.

— De quoi s'agit-il?…

— Êtes-vous disposé à nous fournir l'information concernant ce faisceau de rayons de conversion ?

— Non, répondit Chakotay en plissant le front.

— Alors cette transmission est terminée.

Quand Kim arriva sur la passerelle, Chakotay essayait toujours de rejoindre le Quartier général des Exécuteurs. Le visage de l'enseigne était rouge et il avait un tricordeur à la main. Sa gorge se serra quand Chakotay se retourna.

— Commander ! Je suis navré. Je n'avais pas l'intention de le laisser là.

— Je présume que vous parlez de Paris.

Chakotay, qui sentait la présence de Tuvok dans son dos, se rendit jusqu'au garde-corps dont il serra la rampe à deux mains.

— Qu'avez-vous à voir avec toute cette affaire ? demanda-t-il.

Kim écarquilla les yeux.

— Vous ne le saviez pas ? Paris est venu et m'a demandé de l'accompagner…

— Vous vous êtes téléporté de ce vaisseau sans autorisation ? demanda Chakotay.

— Je pensais que vous étiez au courant. Il a dit que nous devions agir vite.

Comme si son calme arracherait plus vite à Kim le reste de son histoire, Chakotay ne broncha presque pas.

— Paris a été autorisé à établir le contact avec un fournisseur de produits chimiques, dit-il. Accompagné de Neelix. Il n'avait pas reçu l'ordre de pirater le système informatique du Cartel, et surtout, on ne lui a jamais demandé de *vous* amener avec lui.

— À vrai dire, répondit Kim en se léchant les lèvres, c'est moi qui me suis introduit dans leur système. J'ai obtenu l'information que j'ai ici.

— Quelle information, enseigne ? demanda Tuvok.

— Les vols d'ordinateurs. Paris disait que c'était important et il avait raison, ajouta Kim en s'approchant de Chakotay et en activant le tricordeur. J'ai trouvé un dossier sur Andross… Les autorités du Cartel le surveillent depuis un certain temps. Ils pensent qu'il prépare quelque chose, avec la complicité de l'administratrice Fee que le capitaine est allé rencontrer.

Chakotay prit le tricordeur.

— Cela n'explique pas le fait que vous ayez quitté le vaisseau sans ordres directs, dit Tuvok à Kim.

L'enseigne n'essaya pas de se défendre. Il baissa les yeux et regarda son commbadge qui ne fonctionnait pas.

— Pour empirer les choses, le Cartel sait maintenant que nous possédons la technologie de la téléportation, dit Chakotay en s'éloignant du garde-corps. Et il menace de nous enlever nos liaisons ombilicales…

Le commander sentit une chute de la pression interne. L'éclairage faiblit et le système de secours s'alluma. Pendant un instant, il eut l'impression que son corps flottait dans l'air, même s'il sentait toujours le plancher du pont sous ses pieds.

L'enseigne Yarro, au poste d'accès de la station environnementale, tomba et poussa un cri.

— Les liaisons ombilicales ont été déconnectées, parvint-elle à dire, toujours étendue sur le sol.

Chakotay prit un moment pour se réciter mentalement une formule incantatoire qui l'aidait toujours à retrouver son calme.

— Ils ne perdent pas une minute, pas vrai ?

— Conduits d'alimentation énergétique activés, annonça Kim au poste de commande de la station des opérations. J'essaie de commuter au système de réserve. Gravité artificielle défaillante depuis les ponts un à six.

— Nous fonctionnons sur nos réserves d'urgence, fit remarquer Chakotay. Nos systèmes de protection de la vie tiendront-ils ?

— Je n'en suis pas certain, dit Kim, après avoir examiné les affichages de sa console.

Yarro se releva et reprit place à sa station.

— N'êtes-vous pas capable d'isoler du réseau optique numérique les systèmes de protection de la vie, comme vous avez isolé le téléporteur ? demanda-t-elle.

Kim secoua la tête.

— Vous savez qu'ils ont été conçus avec une duplication maximale des éléments essentiels à leur fonctionnement. Les systèmes de protection de la vie sont reliés aux sous-processeurs et au réseau optique par le réseau de distribution énergétique, les senseurs internes, tout.

— Nous risquons de multiples défaillances de système, dit Yarro au commander.

— Je tente de nous remettre en Mode réduction d'énergie, ajouta Kim. Au moins comme ça, les systèmes accéderont par défaut à l'ensemble d'alimentation de secours jusqu'à la correction manuelle des erreurs d'entrée.

— Et pendant tout ce temps nous n'aurons aucun système de secours, dit Chakotay, l'air sombre. Exactement comme en ce moment.

— Il nous reste les abris, lui rappela Tuvok.

— Jamais de mon vivant, siffla Chakotay entre ses dents serrées. Je ne suis pas disposé à me recroqueviller dans un abri en attendant que le Cartel décide si nous valons ou non la peine d'être aidés. Je veux revenir en Mode réduction d'énergie…

— Commander, l'interrompit Tuvok. Quelqu'un essaie d'entrer en contact avec nous sur le canal de communication Axe-vaisseau.

# INFRACTIONS

— Le Cartel ? demanda Chakotay, surpris, en vérifiant son unité de communication portable. Je ne comprends pas ces symboles. Ouvi… sentix… denar…

— Commander, je détecte la présence d'un petit appareil juste au-dessus de nous, l'informa Tuvok.

— Je sais ce que c'est ! s'exclama Kim. Le fournisseur de produits chimiques qui essaie de nous livrer l'anesthésique. Paris m'a donné un code de vérification.

Kim se précipita le long de la rampe et tendit le tricordeur à Chakotay.

— Je l'ai ici quelque part, dit l'enseigne.

— Ce vaisseau a l'intention de se poser dans notre hangar de navettes, dit le chef de la sécurité d'un ton désapprobateur.

Chakotay regarda Kim qui, à travers l'unité de communication, relayait un contre-code élaboré.

— Je sais ce que vous pensez, Tuvok, mais il vaut mieux nous conformer aux ententes conclues par Paris, sinon nous risquons de ne jamais prendre livraison des produits chimiques dont nous avons besoin.

— À votre guise, monsieur.

Chakotay examina l'expression du Vulcain et prit sa décision.

— Tuvok, vous venez avec moi. Nous allons procéder nous-mêmes à la transaction.

Tuvok suivit Chakotay vers le turbolift.

— Je n'utiliserais pas l'ascenseur, monsieur, dit Kim d'une voix hésitante. Des variations de tension excessives affectent les systèmes d'urgence…

Chakotay regarda le tube de Jeffries et poussa un soupir.

— Remettez le réseau optique numérique en ligne, monsieur Kim, dit-il. Peu m'importe comment.

— Je ferai de mon mieux, commander. Mais je ne suis pas spécialiste de la chirurgie du cerveau.

— Alors vous aurez peut-être intérêt à consulter notre médecin. Je vous retrouverai à l'infirmerie après avoir pris livraison de l'anesthésique.

— Oui, monsieur, dit Kim avec un triste hochement de tête.

Une surtension soudaine d'énergie provoqua une brusque accélération de la pesanteur. Chakotay vacilla et Tuvok dut l'attraper par le bras pour l'empêcher de basculer dans le tube. Le commander remit sa veste en place et s'engagea avec précaution sur les traverses de l'échelle, se demandant si ses pires cauchemars n'étaient pas en train de se concrétiser.

— Je n'ai pas obtenu la communication avec mon vaisseau, dit Janeway à Milla.

— Cela arrive, dit l'assistante d'un air distrait. Le Cartel contrôle toutes les fréquences dans le secteur de l'Axe, et on ne sait jamais ce qu'il laisse passer.

— Voilà près d'un jour que je n'ai pas parlé à mon état-major. Êtes-vous capable de faire quelque chose ?

— Pendant le tournoi ?

Milla leva une sorte de long bâton au bout duquel était installé un miroir et regarda par une des lentilles de l'objet. Sa chevelure crème, ornée de torsade compliquées, lui tombait en boucles dans le dos.

— Je verrai après le tournoi, dit-elle. Pourquoi ne pas vous amuser ? Très peu d'étrangers ont la chance de participer à l'un de nos jeux.

Janeway soupira et, après avoir effectué presque un tour complet sur elle-même pour voir la salle ronde dans son entier, examina les lieux. Le plafond était légèrement concave, comme le plancher, et le capitaine trouvait difficile d'y garder son équilibre, à moins de faire face au centre directement.

La pente du plancher ne dérangeait apparemment pas les Tutopans. Ils étaient rassemblés par petits groupes et suivaient la partie en se promenant dans le hall ou allongés sur le banc rembourré qui courait tout le long du grand mur incurvé.

Janeway, avant de regarder dans le visor qu'Andross lui avait prêté, aurait eu du mal à savoir qu'un tournoi était en cours. Dans le visor, la salle se parait de couleurs vives et des faisceaux de lumière bougeaient et formaient de vastes cercles imbriqués. Au centre, il y avait un îlot de lumière blanche. Avec le visor, Janeway voyait aussi les icônes holographiques mobiles changer de place chaque fois qu'un participant se plaçait sur un chaînon entre les cercles. Janeway prit position sur un des chaînons, mais l'icône dans le cercle à côté d'elle ne bougea pas.

— Pourquoi ? demanda Janeway à l'assistante de l'agent.

Milla enleva sa lentille d'un geste gracieux.

— Elle ne bougera pas tant que vous ne serez pas la seule debout sur le chaînon. Certains joueurs attendent indéfiniment et font semblant de ne pas jouer pour tromper les autres participants, dit Milla avec un délicat haussement d'épaules, après avoir laissé retomber sa lentille. Je ne joue jamais d'habitude avec les courtisans d'Hamilt. Ces gens-là prennent le tournoi beaucoup trop au sérieux.

Milla s'éloigna d'un pas nonchalant. Le drapé de sa robe de gaze lui donnait l'air de glisser sur le plancher. Janeway enleva son visor qui, attaché au cordon de soie qu'elle portait autour du cou, retomba sur sa poitrine. La salle du tournoi retrouva ses couleurs normales. Les Tutopans se mêlaient les uns aux autres, ceux qui jouaient et ceux qui ne jouaient pas. Certains étaient plongés dans de vives discussions, debout en plein milieu des cercles et des icônes, sans se soucier des images qui se reflétaient sur leurs vêtements. Elle comprenait maintenant pourquoi Andross avait insisté pour que Torres et elle portent ces robes beiges. Elle n'avait peut-être pas l'air particulièrement élégante, mais décida qu'elle pouvait avoir l'air déterminée — donner l'impression de représenter une force avec laquelle il faudrait compter.

Torres, empêtrée dans sa longue jupe, s'approchait sans se presser, son visor sur le nez.

— Je n'y comprends rien, dit-elle.

— Allons, lieutenant, dit Janeway en réprimant un sourire. Pensez à quel point certains de nos jeux paraîtraient ridicules aux yeux d'extra-terrestres.

— Au moins dans une partie de croquet il y a un gagnant, fit remarquer Torres.

— Dans ce tournoi aussi, il doit y avoir des gagnants. Même si la façon de gagner ne nous est pas évidente.

— Ce jeu me paraît absurde. Pour des gens tellement fanatiques des règlements, il se joue complètement au hasard. Personne même ne sait quel joueur sera le prochain à bouger.

— C'est peut-être l'antidote obligé de leur mode de vie hyperstructuré. Ils doivent avoir besoin d'une forme de loisir chaotique. Et ce jeu, comparé à d'autres, est vraiment très civil. Il y a une autre raison à cet agencement, dit Janeway en baissant la voix, après lui avoir montré un groupe de Tutopans proche d'elles. Avez-vous remarqué que le son ne porte pas dans cette salle ?

— Je ne l'avais pas remarqué, répondit Torres en secouant la tête. Mais c'est vrai. J'entends des bruits de voix, mais ils se perdent dans le brouhaha. Je ne distingue aucune parole.

— Chaque cercle agit comme un amortisseur de bruit. Les joueurs, même collés les uns contre les autres, sont capables de tenir des conversations complètement privées. Cela doit être très utile dans une société qui accorde tant de valeur à l'information.

Torres hocha la tête et regarda autour d'elle avec un regain d'intérêt.

# INFRACTIONS

— Considérez ce tournoi comme une leçon de diplomatie, lui dit Janeway.

— Et un test pour mesurer nos chances de survie, répliqua Torres sans mettre de gants. Ces gens se regardent d'un air amical, puis s'attaquent.

Janeway sourit à la jeune femme. Tuvok était incapable de comprendre à quel point Torres la complétait, comme si la part plus spontanée d'elle-même recevait la latitude d'exprimer les choses qu'elle-même était contrainte de taire.

— Peu importe. Gardez ces deux-là à l'œil, dit Janeway en faisant un geste vers deux Tutopans qui portaient sur le front l'insigne distinctif des membres du Conseil.

— Milla m'a dit qu'ils étaient les supporters du Cartel au sein du Conseil, Hobbs et Sprecenspire.

— Ils ne se mêlent pas aux autres, commenta Torres. Et se tiennent très loin du membre Hamilt.

— En plus de quelqu'un qu'ils appellent l'Ancien, le Conseil compte un cinquième membre : Calvert.

Janeway regarda Calvert. Il était courbé, presque comme s'il ne voulait pas se montrer plus grand qu'Hamilt, et opinait vigoureusement à ce que disait ce dernier, avant de partir précipitamment attraper Andross et le ramener à côté d'Hamilt.

— Suivez-moi, dit Janeway à Torres.

Elle n'aimait pas en être réduite au niveau des intrigues politiques tutopannes, mais comme Fee était toujours introuvable, elle présumait qu'Andross les manipulait de nouveau et voulait se servir d'Hamilt pour soutirer plus d'informations à l'agent.

Elle ignora les marmonnements de Torres qui ronchonnait contre le caractère peu pratique des robes pendant tout le temps où elles traversèrent la salle et intercepta Andross avant qu'il ne s'éloigne d'Hamilt.

— Où est l'administratrice Fee ? demanda Janeway sans perdre de temps. Je pensais la trouver ici.

— Elle arrivera bientôt.

Andross semblait préoccupé. Ses yeux se déplaçaient sans cesse, comme s'il calculait l'effet de chaque mouvement et notait qui parlait à qui, qui surveillait qui, qui jouait, qui ne jouait pas…

Janeway remarqua qu'il devint plus attentif quand Hamilt la salua.

— Vous ne participez pas au tournoi ? demanda Hamilt.

— Pas pour le moment, répondit Janeway.

— Pas plus que notre ami Andross, dit Hamilt que sa lentille enfoncée dans un œil faisait légèrement loucher.

— Le jeu n'est plus ce qu'il était, dit Calvert comme pour faire écho au triste constat de son collègue.

— Je jouerai peut-être plus tard, dit Andross en baissant la tête dans un geste de respect.

— Je constate qu'une de vos importantes associées a décidé d'y participer, ajouta Hamilt, avec un hochement de tête poli en direction de Torres.

La Klingonne garda son visor sur les yeux. Un petit ricanement releva sa lèvre supérieure. Au grand soulagement de Janeway, Torres, cette fois, s'abstint de tout commentaire.

— Tous les membres du Conseil participent-ils au jeu ? demanda Janeway au membre Calvert.

— La plupart des officiels de haut niveau jouent, répondit Hamilt à la place de son collègue. Même l'Ancien. Il lui était impossible d'être physiquement présent ce soir, mais je crois que son image projetée était juste à côté de nous il y a un moment.

— L'Ancien est très malade, dit Andross, irrité. Il ne devrait pas faire acte de présence après avoir siégé au Conseil toute la journée.

— Qu'est-ce que cela implique, siéger au Conseil ? demanda Janeway en ignorant Andross pour s'adresser directement à Hamilt.

— Le Conseil, lorsqu'il siège en Chambre, prend toutes les décisions administratives qui concernent la Maison. Nous interfaçons en direct avec le réseau, dit Hamilt avec un geste vers le disque argenté implanté derrière sa petite oreille.

— Tous les administrateurs d'un grade supérieur à celui d'agent ont le privilège d'interfacer en direct, intervint Andross. Un privilège qu'on refuse aux autres citoyens.

— Faux, mon garçon, le réprimanda doucement Hamilt. De nombreux chercheurs et scientifiques ont accès à l'interface direct, ainsi d'ailleurs que les concepteurs de nos épreuves…

— Juste ceux qui ont l'approbation du Conseil, rétorqua Andross.

Hamilt, l'air solennel, enleva la lentille de son œil.

— L'Ancien lui-même a évoqué le danger d'élargir l'accès à l'interface direct à toute la plèbe. Nos plus récents rapports indiquent un accroissement du taux d'accoutumance et nous sommes obligés d'envoyer chaque jour dans nos quartiers de détention des têtes brûlées qui profitent du système pour lancer des opérations illégales.

— Vous parlez des criminels. Je plaide en faveur de l'interface pour les honnêtes travailleurs dont la vie serait améliorée de cent pour cent, à la fois dans leurs activités professionnelles et dans leurs objectifs d'épanouissement personnel.

Janeway suivait l'échange avec intérêt. Andross était passionné comme il ne l'avait jamais été. Hamilt agita sa canne, comme pour signifier que les récriminations de l'agent n'avaient pas d'importance.

— Si vous souhaitez faire connaître votre opinion, dit-il, il vous est loisible de soumettre au Conseil une critique du rapport de l'Ancien. Mais, d'après les critiques que nous avons reçues jusqu'ici, un large pourcentage de la population appuie la fermeté de la Maison sur cette question d'interface.

— Naturellement ! répondit Andross d'un ton brusque. Qui oserait rédiger une critique favorable à l'interface ? Les opposants risquent d'être envoyés sur Harn-Tutopa pour y vivre le reste de leurs jours au milieu de nuées d'insectes ou, pire, d'être exilés à la Crevasse d'Alleganey.

— Agent Andross ! le réprimanda Hamilt avec un mouvement de recul. Les implications de votre déclaration me choquent.

Même Calvert avait l'air stupéfait. Cette conversation, pensait Janeway, était très révélatrice.

— Voulez-vous dire, agent Andross, demanda-t-elle, que votre gouvernement neutralise les dissidents en leur coupant leurs sources de revenu ? Je pensais que la carrière de chaque Tutopan était déterminée en fonction de tests d'aptitudes et d'examens psychologiques rigoureux.

— C'est le système qui conçoit les tests, dit Andross d'une voix indignée. Notre gouvernement favorise ceux qui s'adaptent au système et écarte ceux qui sortent des normes ou qui se montrent trop créatifs.

— Vous les avez magnifiquement réussis, vous-même, murmura presque à regret Hamilt. Même si, pendant votre période de formation, vous avez souffert parfois de désordres nerveux. Vous vous êtes toujours surmené inutilement, mon garçon. Profitez de votre poste actuel sur l'Axe pour mieux connaître les politiques du Cartel, lui conseilla le vieux Tutopan.

— J'en sais assez déjà. Nous devons contrôler nos liens avec le Cartel avant qu'il ne soit trop tard.

Les éclats de voix d'Andross commençaient à attirer l'attention sur eux.

— Nous avons effectivement besoin d'agents comme vous pour empêcher la Maison de tomber entre les mains du Cartel, mon garçon. N'est-ce pas votre avis, administratrice Fee ? demanda le membre Hamilt en se tournant vers la femme qui approchait.

Janeway la reconnut. C'était la grande femme qu'Andross suivait dans la Chambre du Conseil. Elle était musclée sous le drapé de sa robe, avec ses coudes et son cou qui dépassaient peu élégamment, comme si tout son corps n'était rien d'autre que de gros os et des muscles tendus. Son salut protocolaire, le geste du triangle avec ses deux énormes mains, n'avait pas l'élégance du salut qu'Hamilt lui fit en retour.

— Je pense que l'agent Andross sera toujours un atout pour la Maison Min-Tutopa, répondit l'administratrice Fee. Il a déjà accompli de grandes choses pour un être aussi jeune.

— Bien sûr, concéda Hamilt. Comme organiser des centres de formation dans ses domaines ou dilapider ses capitaux pour aider les bons à rien qui se plaignent que le système les opprime, alors que la Maison offre une chance égale à tous.

— C'est faux ! protesta Andross.

— Égale, j'insiste, rétorqua Hamilt. Fee en est la preuve vivante. Elle est née de rien, dans la vase d'un trou perdu des régions frontalières. Pourtant, le système l'a élevée et elle a pu devenir administratrice d'une province.

Les traits de Fee, relativement anguleux pour une Tutopanne, trahirent le sentiment de gêne douloureuse que la remarque d'Hamilt déclenchait en elle, tandis que le visage d'Andross exprima sa colère contenue.

— C'est vrai. Je suis partie de rien, dit Fee d'une voix calme. Mais c'est vrai aussi qu'à certains moments de ma vie ma personnalité a simplement correspondu à certains critères du système. J'ai été capable de me développer et d'atteindre mon plein potentiel, mais cela ne signifie pas nécessairement que d'autres ont la même chance.

— Votre idéal d'individualisme ruinera notre Maison, insista Hamilt. Vous conspirez avec l'Ancien pour détruire la structure même qui nous protège. Nous devons rester unis si nous voulons empêcher le Cartel de prendre le contrôle de nos affaires.

— Priver notre peuple de son droit naturel de choisir par lui-même est la seule chose qui risque de détruire la Maison, dit Fee en secouant la tête, l'air catégorique.

— Nous verrons, répondit froidement Hamilt. L'impasse actuelle ne peut pas s'éterniser.

Fee sourit en voyant l'image projetée de l'Ancien.

— L'Ancien refuse de mourir et je lui en suis reconnaissante, dit-elle. Je ne voudrais pas que notre différend se résolve grâce à la mort d'un être sage et plein de compassion. Il sait mieux que vous et moi que c'est l'individu qui constitue le cœur de notre Maison.

Hamilt se retourna brusquement.

— Je ne voudrais pas prendre plus de votre précieux temps, administratrice, dit-il. Ces personnes ont fait tout le voyage depuis l'Axe pour vous parler — une importante question d'affaires, m'a assuré l'agent Andross. Une négociation qui l'oblige même à négliger son travail.

— J'ai compris qu'il s'agissait d'une question urgente, dit Fee en adressa à Janeway un surprenant sourire de sympathie.

— Effectivement.

Janeway regarda le membre Hamilt, qui ouvrait grand les oreilles dans l'espoir d'en apprendre plus. Calvert traînait derrière lui et les observait aussi.

— Auriez-vous l'obligeance de m'accorder un entretien privé, administratrice ? demanda Janeway.

— Avec plaisir, consentit Fee. Marchons un peu...

# INFRACTIONS

— Agent Andross ! appela Milla, qui arrivait d'un pas pressé avec une hâte inconvenante. Nous avons reçu un message concernant l'ordinateur. Prog dit que c'est urgent.

— Veuillez m'excuser. Je dois prendre la communication, dit Andross à Fee.

Janeway l'arrêta.

— S'agit-il de *notre* ordinateur ?

— On m'a laissé entendre, avant le tournoi, qu'il y aurait peut-être un problème de connexion, dit Andross en jetant un regard à Milla.

— Prog dit qu'ils font leur possible, mais qu'ils risquent de perdre tout le système, répondit Milla, plus préoccupée par une mèche de cheveux qui ne restait pas en place que par tout le reste.

— J'espère que vous n'essayez pas de faire fonctionner le processeur ! protesta Torres.

— Je... je n'en suis pas certain. Il faut que je parle à Prog.

— Amenez-nous là-bas tout de suite, dit Janeway, heureuse que trois membres du conseil soient témoins.

— Avons-nous votre autorisation, administratrice Fee ? demanda Andross. Le processeur est installé dans la tour des communications du Siège.

Fee retint son souffle un moment et regarda Hamilt qui écoutait sans parvenir à comprendre. Après une brève hésitation, elle donna son accord.

— Vous avez mon autorisation.

— Je fais venir tout de suite un véhicule aéroporté, dit Andross, le visage radieux.

— Juste au moment cette conversation devenait intéressante, commenta Hamilt, manifestement intrigué.

Janeway aurait aimé décrypter tous ces sous-entendus, mais il était plus urgent de s'assurer que leur processeur reste intact.

— Nous avons besoin de notre équipement, dit-elle à Andross qui, avant de quitter la salle du tournoi, donna une série d'ordres à Milla.

Torres les suivit au pas de course.

— Comment peuvent-ils installer le processeur sans l'ordinogramme des séquences procédurales ? À moins qu'ils n'aient modifié le système d'exploitation…

— J'espère que votre véhicule est rapide, Andross, dit Janeway, les lèvres serrées.

# CHAPITRE
# 12

« Je savais que c'était une mauvaise idée de venir à Tutopa, dit Neelix tout bas. Je le leur avais dit, mais m'ont-ils écouté ? Bien sûr que non. Pourquoi m'auraient-ils écouté ? Je ne suis que Neelix après tout — juste *l'expert* de ce secteur de l'espace. Mais quelle importance ? Aucune... »

Neelix pointa la tête pour regarder de l'autre côté du coin, tout en essayant d'empêcher sa respiration de lui racler le fond de la gorge. Il pensait avoir semé Bladdyn et Rep, mais la dernière fois qu'il avait commencé à relaxer, ils étaient apparus tous les deux juste devant lui pour lui bloquer la seule sortie du marché. Il s'était échappé à la dernière seconde en sautant dans le transport rapide, après s'être presque brisé le doigt pour ouvrir la porte de la rame et s'y glisser. Le wagon l'avait amené à l'autre bout de l'Axe, et depuis plusieurs heures Neelix cherchait son chemin pour revenir au vaisseau.

Il avançait petit à petit, certain d'être presque arrivé. Il avait l'impression de sentir pratiquement l'odeur des cheveux de Kes et de ressentir ses lèvres sur sa peau. Il ne lui restait qu'à franchir le passage qui menait à une autre salle au plafond pointu, le Hall cinq-huit, où l'ascenseur le conduirait jusqu'au sommet du pylône d'amarrage. Il voyait le hall, si sûr et si calme, à l'autre bout du tunnel toroïdal. Quelques Exécuteurs dans leurs uniformes rouges se promenaient même dans la foule des touristes, mais il ne voulait pas non plus attirer sur lui l'attention du Cartel.

Neelix redressa les épaules et s'avança vers le passage.

Rep jaillit d'un local de recyclage des ordures pour lui barrer le chemin. Neelix sentit une autre présence dans son dos. Il se retourna et eut juste le temps d'entrevoir l'arc de cercle flou d'un projectile lancé dans sa direction. La pointe du couteau lui frôla l'épaule.

Complètement paniqué, le Talaxien courut droit sur l'humanoïde à bec. Le passage vers le hall était son seul but, son seul espoir. Il bouscula Rep et réussit à passer malgré ses frénétiques coups de poing.

La bouche de Neelix était ouverte mais il ne réalisait pas que le hurlement aigu qui accompagnait sa fuite éperdue dans le hall émanait de sa propre gorge. Il dérapa devant le terminal des ascenseurs. Un des Exécuteurs cria : « Hé, vous ! Il est défendu de courir dans les lieux publics ! »

Neelix plongea dans la porte ouverte de l'ascenseur, avec assez de présence d'esprit quand même pour crier en guise de réponse : « Je suis pressé ! Mon amie m'attend. Séjour très agréable… Séjour très agréable, merci… »

La porte se referma juste devant lui et l'isola du reste de l'Axe.

Neelix s'effondra contre la paroi. *Je ne peux pas croire que j'ai réussi !* Il avait passé des heures perdu dans la station à tenter de regagner le vaisseau et le passage qui menait au hall était le seul chemin par lequel il pouvait revenir. Il revoyait la rage dans le regard de Rep, basculé à terre, et la manière dont l'humanoïde dardait le bec pour lui mordre la poitrine.

Neelix, les jambes molles, soupira et tâta l'arrière de sa veste. C'est bien ce qu'il pensait. Le couteau de Bladdyn l'avait coupée. Il avait senti sa présence derrière lui, une sorte de sixième sens qui lui avait déjà sauvé la vie. Heureusement qu'il n'avait pas essayé de battre en retraite cette fois. Ils avaient *failli* le découper en rondelles. Tout cela parce que Paris l'avait laissé tomber.

Il allait lui dire sa façon de penser, à celui-là !


Paris reprit conscience, avec des douleurs dans tout le corps, et légèrement nauséeux. Il s'étira et se cogna contre les murs.

— La poisse ! s'exclama-t-il en se frottant la main.

Sa main avait heurté le volant d'un sas à air. Le pilote s'assit. Il ne pouvait se déplier plus — Le globe métallique dans lequel il était emprisonné avait à peine trois mètres de diamètre, avec une écoutille de chaque côté.

Quand il réalisa ce que sa situation impliquait, une poussée d'adrénaline lui traversa tout le corps. Il tapa instinctivement le commbadge épinglé sur sa poitrine. Un canal s'ouvrit mais personne ne lui répondit.

— *Voyageur* ! Ici Paris. Me localisez-vous ?

Paris se tourna pour regarder par la minuscule fenêtre aménagée dans un des côtés de sa prison. Sa respiration embua la moitié inférieure de la surface transparente. Il était clair qu'il se trouvait dans une petite bulle à l'extérieur de l'Axe. Des pylônes d'amarrage qui dépassaient de la structure de la station spatiale lui bloquaient la vue.

— Verrouillez mes coordonnées et sortez moi d'ici ! cria Paris avec frénésie, en gardant un œil sur l'extérieur.

Il y eut, dans le commbadge, une explosion de grésillements, comme il n'en avait jamais entendu.

— *Voyageur*, ici le lieutenant Paris. Me localisez-vous ? répéta-t-il en tapant une autre fois son communicateur.

Une autre vague de grésillements lui répondit.

Paris cogna du poing contre la paroi à côté de la fenêtre. Même si les systèmes de communication fonctionnaient, les plates-formes à embase-poids de l'Axe distordaient l'électroacoustique subspatiale et empêchaient la diffusion d'un signal clair.

Le pilote s'affaissa, le dos de nouveau appuyé contre une des parois incurvées. Il avait des élancements dans le cou, ses yeux brûlaient, et les deux sas l'inquiétaient vraiment. L'un avait l'air de mener à l'Axe et l'autre donnait apparemment sur l'espace. L'écoutille était plus petite que celle de la plupart des sas des vaisseaux, et il était incapable de voir si des grappins ou des câbles prolongateurs amarraient sa cellule à la structure de la station. Il essaya de se persuader qu'il était détenu dans une sorte de prison temporaire et qu'il allait être transféré bientôt ailleurs sur l'Axe. Il avait entendu dire que le Cartel « attachait » certaines personnes à leur travail pendant certaines périodes de leur vie. D'habitude, pour qu'elles remboursent les frais de leur formation ou leurs dettes, mais d'après ce qu'en savait Paris, c'était la vaste majorité des Tutopans qui étaient « attachés » jusqu'à leur mort.

Il n'aimerait pas passer les plus belles années de sa vie, condamné à piloter un vaisseau cargo dans les ceintures d'astéroïdes…

En réalité, ce sort-là était encore plus enviable que le sien, même s'il essayait d'occulter dans sa tête la raison la plus évidente de sa présence ici. L'automatisation du sas extérieur laissait peu de doute. On lui avait donné un aller simple pour le vide et la dépressurisation instantanée — la seule manière de mourir.

# INFRACTIONS

Il se souvint de la fois où il avait été piégé dans une nacelle de survie tellarite après la combustion soudaine et spontanée de la plupart des systèmes essentiels de l'antique cargo qu'il pilotait, lors d'un trajet qui devait être sans histoires. Le vaisseau se désintégra si vite que Paris, qui s'attendait à subir le même sort que son vaisseau, avait eu à peine le temps de gagner la nacelle. Il avait fallu deux jours avant que quelqu'un vienne sans se presser à son secours. L'armateur était apparemment trop occupé à essayer d'empocher l'argent des assurances pour se soucier de lui.

En attendant les secours, la peur de Paris avait eu tout le temps de se résorber. Elle s'était transformée en réflexions philosophiques sur la futilité de la vie, avant de sombrer dans un morne ennui. Après avoir finalement réussi à regagner la planète, Paris s'était empressé de retrouver le propriétaire de cette coque de noix sans valeur et quand le Tellarite avait essayé d'acheter son silence et de le dédommager pour son « dévouement », le pilote lui avait flanqué un bon coup de poing dans son museau velu.

Paris secoua la tête et sourit presque. Cette fois-là, il s'en était bien sorti. Il avait même réussi à convaincre la compagnie d'assurances de lui payer le trajet pour une autre planète. Il avait pris un billet pour Malhalla, où il avait rencontré une Palusionne qui était restée en poste, solitaire, dans une station-relais de télécommunications pendant plus d'un an. Et, mon dieu, qu'est-ce qu'elle avait *envie* de s'amuser…

Mais ces souvenirs ne l'aidaient pas à sortir du pétrin où il se trouvait maintenant. Il enleva son commmbadge et le retourna pour en examiner l'arrière. Et s'il parvenait à le survolter ? Peut-être provoquerait-il un blip sur les senseurs du *Voyageur* ? À l'heure qu'il était, Kim devait avoir dit à Chakotay et à Tuvok ce qui était arrivé et ils devaient le chercher.

Paris vérifia ses poches — il avait un petit fibrocanif et il lui restait deux jetons argentés. Pas grand-chose comme outils, mais c'était mieux que rien. Il fouilla rapidement la cabine pour trouver autre chose dont il pourrait se servir. L'écoutille intérieure était plate, entourée par une soudure rainurée dans laquelle il était capable de glisser son canif. L'écoutille extérieure avait un système de verrouillage automatisé et un volant de manœuvre manuel, mais Paris n'était pas prêt à la saboter tout de suite. Pas encore. C'était tout, à part un petit système de traitement des déchets, aménagé dans le mur juste en face de la fenêtre.

— Formidable, marmonna Paris. Vous aviez l'intention de me garder ici un bout de temps ?

Il ne repérait aucun dispositif de scannage, mais cela ne voulait rien dire. Le volant de fermeture manuel dissimulait peut-être tout un ensemble d'équipements de surveillance. Le miroir dépoli au centre était parfait pour cacher des systèmes d'enregistrement optiques.

Paris se pencha et parla devant le volant.

— J'espère que vous jouissez, bande de sadiques !

Il essaya encore une fois le communicateur, mais n'obtint de nouveau que des grésillements. Avec son fibrocanif, il en enleva le boîtier extérieur. Ce n'était pas une tâche évidente, mais un moment donné, il comprit exactement où appliquer la pression. Quand le boîtier finalement se sépara, Paris se demanda pourquoi, pendant les cours de survie à l'Académie, on n'apprenait pas ce genre de truc aux cadets.

Paris scruta les microprocesseurs et la circuiterie étalés dans ses paumes; un enchevêtrement complexe de transferts électroniques gravés sur des lamelles de silicone qu'il avait peine à voir. Le communicateur était si banal quand il était épinglé sur son uniforme, son poids léger si familier et si rassurant…

— À qui j'essaie de raconter des histoire ? soupira-t-il.

S'il avait été un de ces héros légendaires de Starfleet dont on leur rabâchait sans cesse les oreilles à l'Académie, il aurait su précisément quels circuits dérouter pour transformer le petit appareil en une micro-balise capable d'ameuter la Fédération entière depuis l'autre bout de la Galaxie. Mais il n'était pas un héros. Il était Tom Paris et avait autant de chances de bricoler le commbadge que de réussir sur lui-même une opération chirurgicale à cœur ouvert.

Quand il voulut refermer les deux parties du boîtier qu'il avait dû gauchir, elles refusèrent de s'ajuster. Quand il tapait maintenant le communicateur, il n'avait plus accès à aucune fréquence. Ce devait être la raison pour laquelle on n'enseignait pas aux cadets à ouvrir leurs commbadges.

Paris en jeta les morceaux sur le sol et, déprimé, se croisa les bras. Il n'avait voulu qu'une petite excitation, quelque chose d'intéressant à faire, mais certainement pas démolir un si précieux appareil.

Après un bout de temps, il réalisa qu'il avait oublié à quel point il était épouvantable d'être enfermé dans une bulle de trois pieds de diamètre sans avoir rien à faire. S'il voulait compliquer la vie à ses geôliers, il lui restait toujours la possibilité de se couper les poignets avec son fibrocanif. Juste pour attirer leur attention…

Après avoir décidé qu'infliger des dégâts matériels à sa cellule serait moins nocif pour lui-même, il enfonça les deux morceaux de son commbadge dans le dispositif de traitement des déchets. Avec la pointe de son fibrocanif, il ouvrit le minuscule générateur subspatial. Il n'avait besoin que d'un peu d'eau pour court-circuiter le champ. Cela ferait jaillir des étincelles et détraquerait peut-être l'appareil de traitement des déchets. Mais ce n'était pas sûr.

— Et puis zut, dit-il tout haut.

Il cracha sur le commbadge. Le générateur grésilla et un mince filet de fumée bleue s'éleva lentement. *Formidable ! Ça marche !* Il s'humecta la langue et cracha de nouveau. Peut-être s'il parvenait à le mouiller vraiment…

Le verrou automatique de l'écoutille extérieure se déclencha soudain. Paris entendit le bruit sourd des crans de sûreté qui se desserraient à l'intérieur de la charpente de sa cellule. Il agrippa le volant manuel pour l'empêcher de tourner, mais le volant glissait et bougeait de quelques centimètres à la fois.

— Non ! cria-t-il, suspendu de tout son poids au volant, en essayant d'arc-bouter ses pieds contre la paroi.

Le volant continua de tourner et le leva comme s'il ne pesait rien. Les joints d'étanchéité se desserrèrent et la porte s'entrouvrit. Paris maudit le destin qui l'avait conduit dans ce sinistre endroit.

*Après tout ce que j'ai vécu, ma dernière heure a-t-elle sonné ?!*

Paris n'était pas du genre à refuser l'inévitable. Il laissa la porte qui s'ouvrait l'entraîner avec elle. Il s'attendait au noir de l'espace et à une mort instantanée. Aussi cligna-t-il stupidement des yeux quand il vit les visages de deux Tutopans.

— Asperge-le, dit l'un des deux.

Le corps de Paris se recroquevilla quand le gaz l'atteignit, mais un énorme soulagement le fit presque éclater de rire. Il n'avait jamais béni à ce point le spectacle d'un couloir blanc et nu et avait envie d'embrasser les deux garde-chiourme, même quand ils décoincèrent sans ménagement ses doigts du volant du dispositif de verrouillage de la cellule.

Étourdi par le gaz, Paris entendit l'un des deux Tutopans dire : « Il a crié, lui aussi. L'as-tu entendu ? Il a dit quelque chose quand il pensait qu'il allait mourir. »

— Il appelait simplement au secours, répondit l'autre, tout en s'assurant d'agripper mieux le bras trempé de sueur de Paris qu'ils traînèrent, visage contre terre.

— Non, c'était plus que cela, insista le premier. La plupart se comportent comme s'ils étaient furieux, comme si on les avait trompés. Comme s'ils avaient quelque chose d'important à dire avant de mourir…

L'autre émit un grognement.

— Laisse donc les considérations psychologiques aux experts. Toi et moi, on a juste réussi les tests pour traîner les pourris dans son genre.

Paris essaya de lever la tête pour protester contre leur inutile brutalité.

— Attention ! Il est encore conscient ! cria l'un des deux.

Ils laissèrent tomber Paris sur le sol. Il sentit une brûlure encore plus cuisante dans son cou et une substance chimique paralysa son système. Tout s'embrouilla et il perdit conscience.

— Il m'a laissé en plan ! gémit Neelix en poussant la porte de l'infirmerie.

Il était un peu déçu que seule Kes soit présente pour assister à sa théâtrale entrée, mais le souci qu'il lisait dans ses beaux yeux compensait largement l'absence de public.

Elle accourut pour l'aider, plaça son épaule sous le bras de son ami et supporta sa démarche titubante.

— Qu'est-il arrivé ?

Neelix la laissa le conduire jusqu'à la salle d'examens.

— J'ai été courageux, ma chérie. Tu aurais été fière de moi. Mais ils étaient trop nombreux pour que je m'en occupe tout seul.

Il se laissa tomber sur le lit et roula sur le côté pour lui montrer sa combinaison déchirée à l'épaule.

— Est-ce grave ? Ne crains pas de me dire la vérité. Je suis capable de la supporter.

Kes découpa rapidement la combinaison. La peau délicatement mouchetée de Neelix était marquée par une mince estafilade qui s'incurvait sur la chair de son épaule.

— Ce n'est pas grave, dit-elle d'une voix apaisante. Celui qui t'attaquait par derrière n'a pas réussi à te blesser.

— Il a pourtant essayé, laisse-moi te le dire.

— Je vais chercher un régénérateur. En un clin d'œil, tu seras guéri.

Neelix se redressa, trop indigné pour se calmer.

— Cet imbécile de pilote m'a laissé tomber ! Il m'a laissé aux mains de deux brutes, des assassins qu'il a escroqués. Ils m'ont attaqué ! Comme si j'avais quelque chose à voir avec les fumeuses combines de Paris…

— Du calme, chéri. Les nouvelles sont mauvaises, dit Kes en maintenant le régénérateur sur son épaule. Paris a été surpris à pirater le système informatique du Cartel et les Exécuteurs l'ont jeté en prison.

— Bien ! C'est tout ce qu'il mérite.

— Neelix ! Ne dis pas cela, s'écria-t-elle avec un regard de reproche. Chakotay ne sait même pas où il est détenu, et les Tutopans ont l'intention de lui faire subir un terrible interrogatoire pour obtenir notre technologie de téléportation.

Neelix roula sur le ventre, avec une grimace de douleur à cause de son épaule.

— Je m'en fiche. Ce gros mineur m'a presque étripé. J'ai eu une chance inouïe de m'échapper. Il avait des biceps gros comme mes cuisses, je le jure…

— Eh bien ! Eh bien ! De quoi s'agit-il ? demanda le docteur Zimmerman en entrant dans la salle d'examens et en humant délicatement l'air.

# INFRACTIONS

— Kes, je pense que votre blessé a besoin d'un bain, dit-il.

Neelix n'était pas disposé à se laisser critiquer par un programme informatique. Car Kes lui avait expliqué qu'il ne s'agissait que d'un programme informatique quand Neelix s'était inquiété de la voir passer toutes ses journées aux côtés de cet homme.

— Vous ne connaissez rien aux stations spatiales, dit le Talaxien pour l'envoyer promener. Ce ne sont pas les endroits les plus propres de la Galaxie.

— Peut-être, répondit le médecin en examinant l'épaule nue de Neelix. Ce n'est qu'une éraflure. Nettoyez-la et renvoyez-le dans ses quartiers.

— J'ai presque terminé, l'assura Kes, qui secoua la tête pour que Neelix continue de se taire.

Le médecin examina les relevés diagnostiques pendant un moment. Il enregistra quelques notes, puis se tourna de nouveau vers Neelix.

— Eh bien ! Eh bien ! De quoi s'agit-il ?

— Vous me l'avez déjà demandé, dit le Talaxien en lui jetant un regard de biais.

— Vraiment ? demanda le médecin en détournant le visage, l'air confus. Ah, oui, je vous ai déjà posé la question.

Zimmerman sortit de la salle d'examens d'un pas lent, sans cesser de marmonner.

— Ce médecin est malade, dit Neelix.

— Je sais. Il est dans cet état depuis que nous avons administré l'anesthésique. Il ne se souvient jamais de rien.

— Est-ce dangereux ?

— Juste s'il soigne quelqu'un.

— Mais pour toi ? demanda Neelix en se rasseyant et en entourant Kes d'un bras protecteur. C'est dangereux pour toi de rester seule avec lui. On ne sait pas ce qu'il pourrait faire.

— Neelix, il n'y a aucune raison de s'inquiéter. Le docteur ne me fera jamais de mal.

— Je reste à l'infirmerie un bout de temps, juste en cas, dit Neelix en jetant un regard circonspect vers le bureau de Zimmerman.

— Vraiment, je ne risque rien, l'assura-t-elle. En plus, l'enseigne Kim est là. Il restera tout le temps près de moi.

Neelix, quand il se rendit soudain compte que Kes portait une de ses plus belles toilettes, était encore moins rassuré. Elle était toujours belle, mais il lui avait dit souvent que cette robe mettait en valeur ses yeux et le rose de ses joues. Pourquoi avait-elle choisi de la porter aujourd'hui ? Elle avait passé beaucoup de temps, ces derniers jours, avec ce jeune officier…

— Je viens chercher la liste des produits chimiques, dit l'enseigne Kim en pointant la tête dans la salle d'examens.

— J'ai fini de dépouiller les plus récentes lectures, lui dit Kes avec un sourire, après avoir déposé le régénérateur.

Neelix était encore plus convaincu qu'il devait rester. Il faisait entièrement confiance à Kes mais, en présence d'une femme aussi magnifique, même d'honnêtes jeunes gens pouvaient se mettre de drôles d'idées dans la tête.

— Vous vous en allez ? lui demanda Kim.

Neelix plissa les yeux et se laissa glisser du lit.

— Non. Je ne vous dérangerai pas.

Kim haussa les épaules et se tourna vers le médecin.

— Selon mon plus récent rapport d'état, les impulsions erratiques se poursuivent et les dysfonctionnements majeurs du système continuent de se répéter, dit-il.

— L'anesthésique ne semble pas faire effet. À part affamer le tissu neuronal, convint le médecin, préoccupé par les données que Kes lui avait soumises.

# INFRACTIONS

Kim siffla quand il vit les chiffres.

— Si nous ajustons encore le nutriment, nous n'aurons bientôt plus de problèmes — et nous n'aurons plus de réseau optique numérique non plus.

— Tout ceci est vraiment embarrassant, concéda Zimmerman.

Neelix fronça le front quand Kim se rapprocha de Kes pour montrer quelque chose du doigt sur le moniteur.

— Regardez cela, dit-il. Et si nous avions affaire à un effet d'addition latente. Un choc infraliminaire peut affecter les conduits du bloc central sans provoquer d'impulsion directe, suppose-t-on. Mais si ces chocs infraliminaires se répètent, l'effet cumulatif est un artefact de choc — que rien ne permet de distinguer d'une impulsion excito-motrice.

— Qu'est-ce qui fournit l'énergie nécessaire à ces chocs infraliminaires ? demanda Kes.

— Peut-être est-ce l'énergie inhérente du réseau optique numérique. Elle stimule peut-être le tissu neuronal jusqu'à ce que se crée un de ces artefacts de choc.

— Vous auriez intérêt à vous en tenir aux manuels techniques, lui conseilla sèchement le docteur. Et me laisser le diagnostic.

Kim ne dit pas un mot. Le ton péremptoire du médecin déclencha juste un froncement de ses sourcils. Neelix se demanda si l'enseigne finirait par dire à Zimmerman sa façon de penser, même s'il n'était qu'un hologramme. Kes attira leur attention sur une autre partie de l'analyse.

— Selon ce diagramme, dit-elle, les transmissions ne sont plus polarisées. Le mouvement des impulsions dans les conduits est maintenant bidirectionnel.

— C'est peut-être une des raisons pour lesquelles nous avons des délais. Quand un écho croise un signal contraire, les deux s'annulent.

Zimmerman ramena vivement ses mains l'une contre l'autre et le claquement fit sursauter Neelix.

— Des échos ! s'exclama le médecin. Cela ressemble à la douleur d'un membre fantôme.

— De quoi s'agit-il ? demanda Kim.

— En gros, lui dit le médecin, c'est une illusion que connaissent les amputés. Ils ont l'impression d'avoir des sensations dans des membres qui n'existent plus.

— De quoi parlez-vous ? demanda Neelix en dévisageant le médecin. Quels amputés ?

— La douleur fantôme se produit quand les extrémités nerveuses blessées continuent d'être stimulées, opina Kes, exactement comme le réseau optique numérique qui continue de réagir comme s'il recevait des impulsions du processeur.

— Comment ? demanda Kim, qui venait enfin de réussir à placer un mot.

— Le phénomène se produit dans le système nerveux sympathique... Je veux dire, il existe une cellule réflexe dans la moelle épinière, dit Zimmerman, avant de s'éloigner lentement en secouant la tête... Qu'est-ce que je disais ? demanda-t-il.

— Vous expliquiez la douleur fantôme, lui rappela Kes.

— Ah, oui, la douleur fantôme... un des mystères du monde médical pendant des siècles. En 2246, Paskallon a rédigé toute une série de communications scientifiques sur la douleur fantôme. Il a postulé qu'elle était causée par une suractivation de la neuromatrice du membre réel amputé.

— Existe-t-il un autre programme médical ? demanda Neelix en secouant la tête.

— Malheureusement non, lui répondit Kim. C'est le seul.

— Il s'agit d'un phénomène biophysique compliqué ! leur dit sèchement Zimmerman.

— La question qui nous concerne est de savoir si un inhibiteur de l'effecteur détruirait l'impulsion pendant sa transmission, dit Kes d'une voix patiente.

— Je comprends… Exactement comme les enzymes dans le bio-nutriment, convint Kim. Ils détruisent le composé chimique qui transmet l'impulsion. Peut-être faudrait-il augmenter l'efficacité d'une de ces enzymes.

— Moi, je ne comprends rien, dit Neelix, mais les autres l'ignorèrent.

Le médecin consultait son moniteur comme si rien de malencontreux ne s'était produit.

— Il y a les amines biogènes, comme la noradrénaline, l'adrénaline, l'isoprénaline et la dopamine. Leur base chimique est très similaire à celle du gaz innervant utilisé pour neutraliser l'équipage.

— Bien, au moins nous savons qu'il est possible de nous approvisionner, dit Kim en examinant la longue liste des composés. Lequel devrions-nous choisir ?

— Lequel…

Le médecin fit défiler l'information, l'air embarrassé.

— Des médicaments qui provoquent un blocage synaptique et un blocage de l'effecteur. Les composés d'ammoniaque, et aussi l'éther, la nicotine en forte concentration. La réserpine, un inhibiteur de la monoamine-oxydase. La guanéthidine. Elle combat l'hypertension artérielle grave et joue un rôle de faux neurotransmetteur. Les alcaloïdes ont un effet alphabloquant local direct, ainsi d'ailleurs que la thymoxamine. Ou bien le Pranolol…

— Quel produit ? demanda de nouveau Kim, plus insistant.

Le médecin se figea, le regard fixe et la bouche entrouverte, comme sur le point de parler.

— Je pense que vous avez surchargé ses circuits, dit Neelix.

STAR TREK : VOYAGEUR

— Cela se produit régulièrement. Il se ressaisira dans un instant, répondit Kes.

L'hologramme clignota. Il disparut de sa chaise et réapparut au milieu de la salle, comme si son programme venait juste d'être activé.

— Énoncez, je vous prie, la nature de l'urgence médicale ! demanda Zimmerman, d'une voix qui rappela à Neelix la manière d'agir du médecin avant que Kes lui conseille d'adopter une attitude plus humaine.

— Nous travaillions sur un inhibiteur d'effecteur pour l'ordinateur.

— Je ne suis pas technicien, répondit instantanément le médecin. Pour la réparation du système informatique, adressez-vous, je vous prie, à la section ingénierie.

— Il est foutu, leur dit Neelix. Mieux vaut trouver quelqu'un d'autre pour vous aider.

— Accédez à votre fichier de mémoire spécial, suggéra Kim. Nous vous avons déjà expliqué la situation.

Le médecin recommençait à avoir l'air confus. Kes lui tapota le bras.

— Détendez-vous, dit-elle. Le réseau informatique connaît des dysfonctionnements et ils interfèrent avec vos systèmes…

Nous n'avons pas de temps à perdre avec tout ça ! s'exclama Kim.

Il se leva d'un bond et renversa presque sa chaise.

— Hé ! Ne parlez pas à Kes sur ce ton, dit Neelix qui se plaça devant elle comme pour la protéger.

— Il est important de rassurer les victimes de concussion. Leur confusion mentale risque d'aggraver la situation, essaya de dire Kes en poussant Neelix pour s'adresser à Kim qui se trouvait de l'autre côté du Talaxien.

— Franchement, *sa* situation n'est pas une priorité pour moi en ce moment ! cria presque Kim.

— Cela suffit ! dit Neelix.

Il voulut ajouter quelque chose, mais Kes l'interrompit. « Attends, chéri. » Elle se tourna vers Kim. « Il y a autre chose, pas vrai ? »

— Comment le savez-vous ? demanda Kim qui s'arrêta et regarda Kes.

— D'habitude les situations difficiles ne vous énervent pas à ce point-là, lui dit Kes.

Neelix se demanda comment il se faisait que Kes connaissait si bien cet homme.

— Vous avez raison, soupira Kim. J'ai analysé l'information que j'ai obtenue des systèmes informatiques du Cartel et j'ai peur que le capitaine et B'Elanna soient dans le pétrin. J'ai trouvé des preuves qui incriminent Andross et l'impliquent dans tous les autres vols d'ordinateur. Pour une raison que j'ignore, il paralyse des vaisseaux depuis un an.

— Pourquoi le ferait-il ? demanda Neelix.

— Je n'en suis pas certain, dit Kim, avec une pointe d'irritation dans la voix. C'est pourquoi je n'ai pas de temps à perdre avec tout ceci. Il faut que j'aille voir Chakotay et que je termine mon analyse — sauf que le fournisseur de produits chimiques est sur le point de s'en aller d'une minute à l'autre, et je dois connaître le composé dont nous avons besoin.

Kes hocha la tête et s'assit devant le moniteur.

— Voici ceux auxquels pensait le docteur. Donnez-moi le temps de réfléchir pour déterminer celui qui conviendrait le mieux à notre système.

Après un moment, elle prit un tricordeur et y enregistra une des formules chimiques.

— La réserpine, dit-elle. Elle inhibe la monoamine-oxydiase, mais c'est une drogue moins violente que les autres. Nous ne voulons pas stopper complètement la transmission d'impulsions.

— Alors ce sera la réserpine, dit Kim, l'air soulagé, en prenant le tricordeur. Je vais voir le commander tout de suite.

Neelix n'était pas certain d'aimer la manière dont Kim sourit à Kes avant de partir.

— Es-tu certaine qu'il soit aussi candide qu'il n'en a l'air ?

Le médecin revint à lui d'un coup sec. Il tourna les yeux dans leur direction, sans comprendre.

— Énoncez, je vous prie, la nature de l'urgence médicale !

Neelix leva les deux mains au ciel.

— Tout le monde est-il devenu fou ? Ou bien c'est juste moi ?

— C'est juste toi, chéri, dit Kes en lui tapotant le bras avec affection.

# CHAPITRE
# 13

— Est-ce encore loin ? demanda Janeway, penchée par-dessus l'épaule d'Andross qui pilotait le véhicule aéroporté.

Plusieurs lunes jetaient une lueur argentée dans le ciel, mais les lumières du Siège étaient beaucoup plus brillantes. Elles s'étendaient dans toutes les directions aussi loin que le regard portait. Seuls les sommets des collines et les crevasses de la vaste plaine étaient plongés dans le noir. Les interconnexions entre les ensembles architecturaux éclairaient tout le reste.

— Là-bas, la tour des communications, dit Andross en la montrant du doigt. Votre processeur y a été installé comme ordinateur auxiliaire de gestion de réseau du Siège.

La tour s'élevait sur l'horizon. Son sommet bulbeux était encerclé par une série de phares violets. L'édifice mince et élancé s'évasait à la base. L'ossature de sa charpente aux lignes nettes et fonctionnelles était apparente et évoquait, dans l'esprit de Janeway, un vaisseau stellaire.

Andross, à voir la manière dont il pilotait le véhicule aéroporté, se dépêchait finalement, même si le trajet

semblait à Janeway affreusement long. Elle était consciente qu'une fois encore on l'avait empêchée de parler à
Fee. Elle espérait juste qu'Andross les conduisait vraiment au processeur du *Voyageur*, mais elle n'en serait
certaine qu'au moment où elle le toucherait de ses
propres mains.

Andross avait assez d'autorité pour qu'ils soient
autorisés à entrer tout de suite dans la tour. L'ascenseur
les emporta vers les étages supérieurs et Janeway retenait
presque son souffle. Torres mâchouillait l'ongle de son
pouce, l'autre bras serré autour de son ventre pour se forcer à rester calme.

Quand la porte s'ouvrit sur une pièce ronde, Janeway
nota d'abord le terminal de contrôle de l'ordinateur central, entouré d'une série de zones actives de panneaux.
Une femme travaillait avec frénésie devant les moniteurs.
Elle leur prêta à peine attention, sauf pour jeter un regard
pressant à Andross. Sans un mot, l'agent lui fit signe de
se montrer prudente avant de continuer vers le processeur
du *Voyageur*.

Ils firent le tour des installations du réseau informatique. Torres, dans sa hâte, ne cessait de cogner sa boîte à
outils contre l'arrière des jambes de Janeway.

— Le voilà !

Le boîtier gris et familier de l'ordinateur du
*Voyageur* était enfoncé entre deux unités centrales
inconnues. Leur processeur était plus petit que le souvenir qu'en avait Janeway — à peine plus volumineux que
la table de la salle de conférence du *Voyageur*. C'était
pourtant lui qui était responsable de la coordination de
toute l'activité des trois niveaux du bloc informatique
central du vaisseau. Il était maintenant posé sur une
demi-douzaine de supports hydrauliques, équipés d'afficheurs incrustés à leur base.

— Il a l'air en bon état, dit Janeway dont les poings
se serrèrent malgré tout quand elle vit les bords métal-

liques tranchants, là où l'appareil avait été coupé des cloisons.

Torres bouscula Janeway pour passer.

— Quel est l'imbécile qui a imaginé tout ça ? demanda-t-elle. Il est impossible d'intégrer ces systèmes !

La Tutopanne, au terminal du contrôle central, se redressa. C'était une femme maigre d'une cinquantaine d'années qui n'avait pas l'air commode.

— Ce processeur est compatible comme analyseur de réseau, dit-elle.

Torres s'agenouilla à côté des afficheurs encastrés dans les cylindres hydrauliques.

— J'ignore qui vous êtes, dit-elle, mais si je me fie à votre propre interface, cette unité n'est pas compatible.

— Elle s'appelle Prog, dit Andross avec un geste de la main en direction de la technicienne. C'est elle qui a supervisé l'installation.

Torres ôta les crampons du panneau d'entretien et, à travers le champ d'étanchéité, vérifia les grappes de registres et les circuits en état de fonctionnement.

— Le matériel est intact, dit-elle. Les générateurs de champ subspatial sont en ligne et les unités de nanoprocesseurs sont enclenchés. Mais toutes les fonctions sont verrouillées.

— De toute évidence, notre processeur ne convient pas à vos besoins. Déconnectez-le immédiatement, dit Janeway de sa voix la plus calme.

— Impossible, répondit Prog à sa place. Le programme de traduction est en cours de chargement. L'interrompre confirmerait une défaillance des systèmes dans cette unité, et cela déclencherait des défaillances en cascade dans tout le réseau des communications. Il faut attendre que le programme ait achevé ses routines.

— Où est le convertisseur ? Ou bien avez-vous créé un interface direct ? demanda Janeway en retenant son souffle.

— Ce sont les assembleurs de l'unité qui procèdent à la traduction, et non une fonction de conversion, répondit Prog en levant à peine les yeux de ses moniteurs.

— Cela signifie que le système d'exploitation est intact, dit Janeway en se rapprochant de Torres.

— Au moins une chose dont nous n'aurons pas à nous préoccuper, répondit Torres en ouvrant rapidement son coffre à outils qui contenait, dans un coin, un interface portable utilisé normalement pour l'entretien des sous-processeurs. Je ne sais pas si ça marchera sur le processeur principal. Je n'ai pas de port d'accès.

— Vous devrez épisser manuellement un des circuits d'entrée.

— Que voulez-vous faire ? demanda Andross en s'avançant vers les deux femmes.

— Nous utilisons cette unité pour tenter d'accéder au système d'exploitation du processeur.

Andross jeta un coup d'œil à Prog. Quand elle hocha la tête, manifestement désemparée, il donna son accord.

— Essayez, dit-il.

— J'ai failli ne pas apporter cet interface, dit Torres en préparant le dispositif. Je ne m'attendais pas à ce quelqu'un essaie d'installer le processeur. Voulez-vous vous reculer, ajouta-t-elle en levant les yeux vers Andross penché par-dessus son épaule. Vous m'énervez.

Janeway comprenait pourquoi elle se sentait nerveuse. Andross et Prog étaient agités, comme elle n'avait jamais vu aucun Tutopan l'être jusque-là. Mais si le processeur risquait de provoquer une défaillance totale du réseau de communications du Siège, c'était une raison suffisante pour qu'ils paniquent.

— Nous pourrions nous brancher sur le circuit d'entrée principal, suggéra Janeway en se déplaçant vers l'arrière du module. Mais il faut retirer le boîtier pour voir avec quoi nous devons travailler. Avez-vous un outil tranchant ?

Andross alla lui-même chercher un laser. Il revint en le tenant avec précaution, comme s'il avait peur qu'il se déclenche tout seul. Janeway trouva l'outil si simple qu'elle conclut qu'Andross était un de ces êtres qui n'avait aucun talent pour le travail manuel. Elle se rappela ce qu'avait dit Hamilt concernant la mauvaise gestion de ses « capitaux » et se demanda si Andross appartenait à l'aristocratie tutopanne. Mais qu'il en fasse partie ou non, il ne correspondait apparemment pas aux normes de sa société. Janeway ne lui faisait toujours pas confiance, mais elle était bien obligée d'admirer son courage.

Elle découpa le boîtier, en essayant de se persuader qu'elle ne mutilait pas leur ordinateur encore plus — elle tentait de le réparer. Torres enleva le couvercle de l'unité d'interface pour relier directement le câble optique au circuit d'entrée principal du processeur.

— J'accède à l'unité de commande principale, dit-elle en manœuvrant la séquence de l'interface. Je constate une défaillance générale du système…

— Laissez-moi essayer, dit le capitaine.

Janeway accéda aux sous-programmes de l'interface et demanda un diagnostic de niveau trois. L'unité l'avertit que tous les programmes actifs seraient perdus. Janeway hésita. Elle ne savait pas si cela signifiait le programme de traduction tutopan ou le système d'exploitation lui-même.

— Vous risquez de fondre de manière permanente les registres sur les puces isolinéaires, dit Torres tout bas pour avertir le capitaine.

— Notre seul autre choix est un arrêt du système. Et si nous l'arrêtons, il est à peu près sûr que nous polariserons ces circuits. Non, c'est la seule façon de procéder.

Janeway initia le programme de détection d'erreurs.

— Démarrage des microprogrammes, processus opérationnels élémentaires enclenchés, annonça Torres avec un soulagement évident.

— Bien. Signaux de synchronisation activés. Très bien, constata le capitaine, penchée avec anxiété sur le moniteur.

— Ça marche ? demanda Andross.

Le contrôle général suivait son cours sans erreurs de programmation. Janeway leva les yeux.

— Je crois, dit-elle. Le système d'exploitation initie la séquence des processus opérationnels élémentaires fournie par l'interface.

— Leur unité a coupé notre connexion. J'ai perdu l'accès au processeur, cria Prog depuis son terminal.

Andross examina les deux officiers de Starfleet.

— Vous êtes capables, avec cet interface, d'accéder à notre réseau ? demanda-t-il.

— Nous ramenons notre processeur à notre vaisseau, dit Janeway qui s'était rapidement relevée.

Prog s'approcha d'Andross et se pencha pour examiner l'interface.

— Nous devrions pouvoir utiliser cette unité, dit-elle.

— C'est notre ordinateur, dit Torres en lui barrant le chemin.

— Qu'est-ce qui vous prend ? s'exclama Janeway, elle aussi sur la défensive.

— Andross, je suis capable de m'en servir, dit Prog en s'étirant le cou pour mieux voir. Cet interface dirige les données à travers tout le système d'exploitation et en active les éléments fonctionnels. Je peux utiliser leur interface pour charger directement mon programme de configuration automatisé.

— Joli travail, dit Andross d'une voix calme. Vous nous avez été très utiles, mesdames, ajouta-t-il en s'adressant à Janeway et Torres.

# INFRACTIONS

Il se recula et leva le bras, avec un petit cylindre dans son poing. Torres émit un grognement dans le fond de sa gorge et se raidit comme pour bondir sur lui. Mais avant que l'une ou l'autre puisse bouger, un fin brouillard leur aspergea le visage.

Janeway ressentit la même sensation d'étranglement que lors de l'attaque des pirates du *Kapon*. Elle bascula et s'affaissa, le menton ballant, contre un des processeurs tutopans.

— Activez cet interface, ordonna Andross. Nous perdons du temps.

Toute la pièce était embrouillée mais Janeway distinguait vaguement Prog et Andross qui s'agitaient au-dessus de leur ordinateur. Le gaz innervant combattait l'antidote que Tuvok lui avait administré et elle luttait de toutes ses forces pour rester consciente.

— L'heure est venue, compatriotes, dit Andross dans son communicateur-bracelet. Prenez les positions qui vous ont été assignées.

— Programme de configuration automatisé activé. En position d'attente. Prêt à fonctionner, dit la voix de Prog quelque part plus haut que Janeway.

Andross s'immobilisa au-dessus du capitaine. Elle feignit l'inconscience tout en essayant de retrouver le contrôle de soi. Elle n'aurait sans doute pas d'autre occasion.

— Je suis vraiment navré de tout ce qui vous est arrivé, dit Andross, mais le temps est venu pour mon peuple de revendiquer ses droits.

— Le programme est prêt, dit Prog d'une voix grave et tendue.

Janeway entrouvrit les yeux pour juger de la position d'Andross. Quand il se retourna pour donner l'ordre de procéder, elle rassembla ses forces et, les deux pieds joints, lui asséna un violent coup à l'arrière des genoux. Le petit Tutopan bascula dans les airs en poussant un cri de surprise. Janeway roula sur le côté et il s'écrasa sur le sol en poussant un « Ompf ! » sonore.

Janeway se releva, désorientée, mais capable de marcher. Elle était heureuse d'entendre Torres derrière elle, qui essayait tant bien que mal de se relever. Andross haletait. Écroulé sur le sol, il cherchait désespérément à retrouver son souffle.

— Je le tiens, cria Torres.

Prog, inquiète, recula. Janeway titubait vers elle. Le gaz innervant l'entravait, comme si elle se dépêtrait dans l'enchevêtrement d'un filet. Elle avait du mal à bouger et à voir, mais la séquence sur le panneau était assez claire. La commande de la procédure d'abandon clignotait dans le coin supérieur droit.

Janeway tendit le bras vers le panneau. Prog alors comprit. La Tutopanne lui saisit le bras, mais sans savoir quoi faire ensuite. En n'importe quelle autre circonstance, Janeway l'aurait facilement obligée à lâcher prise, mais l'effet du gaz ralentissait le moindre de ses mouvements. Derrière elle, Andross parvint à repousser Torres qu'elle entendit jurer quand elle tomba à terre.

Janeway, avec toute l'autorité dont elle était capable, regarda Prog droit dans les yeux et ordonna : « Arrêtez ! »

Prog obéit presque, une réaction instinctive qui en disait long sur la société tutopanne. Mais elle se ressaisit quand la porte de l'ascenseur s'ouvrit.

— Andross ! cria-t-elle.

Plusieurs gardes de la Maison, en uniforme gris, émergèrent de l'ascenseur avec leurs fusils à gaz prêt à tirer. Le bruit lourd de leurs pas se rapprochaient. Janeway s'affaissa légèrement.

— Nous n'avons pas reçu le signal, alors nous sommes venus voir. Nous nous sommes dits que vous aviez des ennuis, dit l'un des gardes avec son fusil pointé droit sur Janeway.

# INFRACTIONS

— Bien pensé, dit Andross, le bras serré autour de son ventre. Éloignez-la du terminal principal, ajouta-t-il, le souffle court, en montrant Janeway.

Le garde s'avança. Janeway s'immobilisa quand Prog lui lâcha le bras. Le double canon de l'arme était dirigé directement vers son visage et elle craignait l'effet qu'aurait sur elle une autre dose de gaz. Ou sur Torres, à demi inconsciente et déjà à quatre pattes sur le sol.

— Asseyez-vous là, ordonna le garde à Janeway.

Le capitaine se laissa gauchement tomber à côté de Torres. Un des autres gardes aida Andross à marcher jusqu'au terminal du contrôle principal.

— Commencez l'opération, dit l'agent d'une voix rauque.

— Comment vous sentez-vous ? demanda Janeway qui s'était rapprochée de Torres.

— Pas trop bien, répondit-elle d'une voix pâteuse, en dodelinant de la tête.

— Vaudrait mieux vous asseoir, lui conseilla Janeway.

Torres posa ses hanches sur le sol, mais finit étendue à terre de tout son long. Elle regardait le plafond en clignant des yeux, trop droguée pour se relever une autre fois. Janeway se dit que les erreurs sur les bits dans le synthétiseur médical étaient sans doute responsables du peu d'efficacité de l'antidote ou bien le métabolisme à moitié klingon de B'Elanna était particulièrement sensible à la toxine neurale.

— Réseaux de commutation et stations relais en ligne, annonça Prog. Satellites de communication accessibles. Bases de données éducatives et de divertissement accessibles. Canaliseurs électroniques de transferts de fonds accessibles.

— Parfait, dit Andross en s'appuyant contre le terminal principal, le corps toujours plié. Débranchez les connexions des autres processeurs.

Le garde, debout près de Janeway, dit dans son communicateur-bracelet : « Ça y est ! Prenez les positions qui vous ont été assignées. »

Un autre garde poussa un cri de victoire et leva le poing. Janeway entendit d'autres personnes arriver par l'ascenseur. Le bruit caractéristique de coupure d'alimentation de la machinerie accompagna la voix de Prog.

— Processeurs déconnectés, dit-elle.

La silhouette floue d'Andross apparut dans le champ de vision de Janeway et elle essaya de focaliser son regard sur son visage. Il était évident qu'il souffrait. Le ton de sa voix, cependant, trahissait sa réticente reconnaissance.

— Grâce à vous, des années d'organisation et d'efforts sont sur le point d'aboutir, dit-il.

Janeway voulut protester, mais sa bouche refusait d'obéir. *Qu'avons-nous fait ?* Elle devait l'arrêter avant qu'il ne soit trop tard…

— Prêt, Andross ? demanda Prog.

— Coupez le réseau d'énergie principal, ordonna Andross. Ouvrez le canal de diffusion officiel de la Maison. Il est temps que le peuple sache que la révolution est en marche !

# CHAPITRE 14

Zimmerman était debout devant le petit visualiseur de l'infirmerie. Il regardait les vaisseaux qui bougeaient au-dessus de l'Axe et le champ d'étoiles qui miroitait en arrière-plan. Kes lui avait parlé du grand visualiseur de la passerelle sur lequel il apparaissait parfois et elle lui avait décrit ce que l'on ressentait quand on regardait l'espace extérieur par les fenêtres du pont d'observation ou derrière le champ de stase des énormes portes du hangar des navettes…

Cela dépassait son entendement. Il avait créé un sous-programme personnel pour traiter les images sensorielles et les événements extérieurs à ses activités d'officier médical et pourtant… regarder par une fenêtre lui était complètement étranger.

Kim terminait son examen du plus récent diagnostic général des systèmes.

— Au moins quelque chose qui marche, annonça l'enseigne. Le traitement à la réserpine semble effectif. L'efficacité des systèmes a augmenté de huit pour cent.

— Exactement comme je l'avait prédit, l'assura Zimmerman comme si tout fonctionnait normalement.

Le médecin était conscient que son statut actuel contredisait sa réponse, mais le programme de l'interface avec les patients était capable de prendre certaines latitudes avec la vérité. L'hypocrisie était parfois nécessaire en cours de traitement. D'habitude, c'était pour cacher à un patient la gravité des défaillances de ses biosystèmes, et pas pour cacher celles du médecin.

— Peut-être faudrait-il augmenter la dooooo… commença-t-il à suggérer.

— Ah non ! Pas encore ! s'exclama Kim en se couvrant les oreilles avec ses mains.

Zimmerman enclencha immédiatement une opération manuelle de priorité. Il effaça le commentaire qu'il prévoyait émettre et mit terme au sous-programme de synthèse vocale. Les erreurs de performance étaient inacceptables dans une unité médicale. Il avait été obligé d'installer, dans la séquence de fin d'opération de son programme d'auto-diagnostic, un mécanisme de surpassement. Autrement, son image projetée se serait constamment interrompue en plein milieu de ses recherches sur le tissu bio-neuronal.

— Les délais dans son système sont de plus en plus fréquents, fit remarquer Kes.

Le médecin n'était pas habitué à ce que ce soit lui qu'on regarde d'un air inquiet.

— Je n'y comprends rien, dit Kim penché sur le terminal médical. On dirait que le traitement à la réserpine provoque chez lui une sorte de réaction systémique.

Le médecin fit de grands gestes et se pointa du doigt pour leur rappeler que, même s'il n'était pas un être organique, il était quand même conscient de lui-même.

— Je suis ici, enseigne, dit-il.

Le regard d'excuse de Kim ne satisfit pas Zimmerman. En réalité, rien ne le satisfaisait dans la situation actuelle. Son programme d'auto-entretien avait essayé de compenser les erreurs système en créant de multiples fichiers de mémoire de sauvegarde qu'il remettait à jour constamment, tandis que ses pistes décisionnelles étaient acheminées à travers des sous-programmes de détection d'erreurs de raisonnement pour garantir une triple redondance. Il avait fait tout ce qu'il était raisonnable de faire pour empêcher les dysfonctionnements, mais les erreurs continuaient de se produire. Et cela… le tracassait.

— La réserpine agit comme un calmant, convint Kes. Un médicament qui réduit l'activité fonctionnelle du système.

Zimmerman savait que les mouvements de son image projetée avaient cinq nanosecondes de retard par rapport aux paramètres habituels.

— Comment la réserpine administrée dans les contenants de colloïde du bloc informatique central peut-elle affecter mon programme ? demanda le médecin.

— Vous avez vous-même comparé le réseau informatique au système nerveux d'un animal, lui dit Kes. S'il existe une analogie entre le processeur manquant et le cortex cérébral, alors le fonctionnement du noyau de mémoire est similaire à celui du tronc cérébral. Il reçoit les stimuli sensoriels et prépare les systèmes du vaisseau à se mobiliser pour attaquer et se défendre.

— La « réaction de lutte ou de fuite » dit Kim qui, après avoir remarqué la curieuse expression du médecin, ajouta rapidement : « J'ai pris connaissance des fichiers neurologiques que vous m'avez donnés. »

— Mmm, répondit Zimmerman, en se disant qu'il était bénéfique de rester vague pendant l'interface avec un patient. Il est vrai, ajouta-t-il, que la plupart des dysfonctionnements semblent des réactions à des scénarios d'urgence inexistants.

— J'ai examiné la manière dont s'interconnectaient les chemins d'accès du réseau optique numérique, dit Kes. Même dans le cas des organismes vivants, nous ne savons pas avec certitude comment le fonctionnement du système nerveux s'harmonise avec celui des autres systèmes physiques du corps. Pourtant, ils s'harmonisent. Le docteur réagit exactement comme un patient dont le corps a subi des lésions.

— Je reste sceptique, dit Kim en secouant la tête… Vous parlez comme si le *Voyageur* était vivant…

— Tout organisme vivant concentre ses systèmes sur les actions qu'il doit mener, tout en assurant sa régulation interne pour l'intégrer avec succès au milieu ambiant. N'est-ce pas ce que fait le système informatique pour le vaisseau ? s'empressa de demander Kes avant que l'enseigne ne l'interrompe. B'Elanna avait raison : théoriquement le processeur auxiliaire et les sous-processeurs n'ont aucune connexion réflexe entre eux. Ils réagissent pourtant comme s'ils formaient une unité physiologique singulière.

— J'imagine que c'est une façon de voir les choses, admit à contrecœur Kim.

— Nous en avons la preuve sous les yeux.

Kes se tourna pour examiner Zimmerman qui recula légèrement, gêné d'être l'objet de tant d'attention.

— Le programme du docteur, poursuivit Kes, est une manifestation directe des systèmes informatiques, exactement comme les émotions sont une réaction directe aux stimuli sensoriels.

— Sa réaction confirme l'effet du traitement à la réserpine sur le réseau optique numérique, dit Kim en se tournant pour examiner, lui aussi, le médecin. Il fonctionne de nouveau, mais comme les impulsions ont été inhibées, sa vivacité est réduite.

— Je crois comprendre, dit Zimmerman en levant la main pour les arrêter.

Il ne disposait pas de piste décisionnelle pour traiter une circonstances du genre; cependant, son programme d'auto-entretien avait installé, il y a longtemps, un arbre de décision spécial pour parer aux événements imprévus qui risquaient d'affecter directement son bien-être. Cette procédure avait semblé indispensable pour pallier aux lenteurs de l'équipage à pourvoir à ses besoins.

— Vous avez indiqué que les transmissions d'impulsions le long des chemins d'accès neuronaux étaient bidirectionnelles, dit le médecin.

— C'est vrai, répondit Kim. Mais je ne vois pas le rapport.

— S'il est exact que je suis une manifestation directe de cet… organisme que vous appelez le *Voyageur*, alors il m'apparaît évident que *je* suis capable de contrôler les fonctions du réseau optique numérique.

Zimmerman ne voyait aucune raison d'insister sur ce qu'il venait de leur signifier. Il mit à jour ses fichiers de mémoire, puis accéda à son lien direct avec le cœur de l'ordinateur principal.


Chakotay courait sur les collines couvertes de neige de l'antique Terre. L'air froid lui râpait les poumons et les branches des conifères lui fouettaient le visage. C'était un exercice de purification et il s'efforçait de courir au même rythme que son animal totem…

— Commander Chakotay, ici Tuvok.

Chakotay interrompit sa méditation et il ne lui fallut que quelques secondes pour reprendre contact avec la réalité. Le traitement chimique avait au moins cet effet positif : leurs communicateurs fonctionnaient de nouveau.

— Ici Chakotay.

— Désolé de vous déranger, monsieur, mais je lis une surpression inhabituelle dans les conduits d'alimentation d'énergie.

— J'arrive, répondit Chakotay avant de taper son commbadge pour rejoindre l'officier chargé des opérations. Chakotay à l'enseigne Kim ! Qu'arrive-t-il au Système d'alimentation en énergie ?

— Je n'en suis pas certain, répondit la voix de Kim. Certaines défectuosités nous ont peut-être échappé quand les liaisons ombilicales étaient branchées. J'ignore ce que c'est, mais le docteur en est affecté aussi. Il ne bouge plus.

Chakotay ressentit une envie inhabituelle de maudire le destin qui continuait impitoyablement à le mettre à l'épreuve.

— Je suis en route vers la passerelle. Tenez-moi au courant.

Kes attendit que le canal soit fermé avant de demander à Kim : « Pourquoi ne le lui avez-vous pas dit ? »

— Lui dire quoi ? demanda Kim qui accédait au système de commande des opérations à partir du terminal médical.

— Que le docteur essaie de prendre le contrôle du vaisseau, répondit Kes en détournant pudiquement les yeux de Zimmerman, immobile et debout près de son bureau.

— Quoi ? demanda Kim.

— Vous l'avez entendu. Il essaie d'accéder au réseau optique numérique.

— Il recommençait à radoter. Il est incapable de le faire, dit Kim en regardant Kes d'un air étrange.

— Et s'il en était capable ? Si son programme agissait comme unité de commande, bloquait les entrées et les détournait du bloc informatique central ?

Kes fit lentement le tour du médecin, en se demandant s'il avait choisi par lui-même d'agir de la sorte. Kim ne prit pas la peine de lui répondre. Ses doigts voltigeaient au-dessus de son clavier pour initier un programme de diagnostic de niveau cinq.

— Quelque chose m'empêche d'accéder, dit-il.

— C'est lui.

Elle n'ajouta pas qu'elle percevait l'activité du médecin. Kim ne comprendrait pas. Il dirait que Zimmerman n'était qu'un hologramme, la simple projection d'une machine, mais elle avait toujours cru que Zimmerman était plus que la somme totale des octets de son programme, exactement comme les formes de vie organiques étaient plus que l'ensemble des cellules dont elles étaient constituées.

L'éclairage faiblit graduellement. Kes était contente d'avoir convaincu Neelix de retourner à leurs quartiers après l'épisode tumultueux sur l'Axe. C'était exactement le genre de chose qui l'inquiétait depuis qu'il vivait à bord du *Voyageur*. Elle espérait qu'il était profondément endormi.

— Bien, si Zimmerman est responsable de tout ça, dit Kim, incapable d'obtenir une réponse de son terminal, il vaudrait mieux qu'il cesse. Les conduits d'alimentation énergétique sont déconnectés et tous les systèmes sont verrouillés.


Chakotay escalada le dernier tube de Jeffries, plus essoufflé que pendant sa méditation. Le turbolift n'avait pas réagi à ses sommations.

— Rapport, ordonna-t-il en arrivant sur la passerelle.

L'air était beaucoup plus sec que d'habitude et la résolution de l'image sur le visualiseur était réduite.

— Les générateurs de fusion auxiliaires sont hors circuit et les systèmes de circulation d'air se mettent hors tension, les uns après les autres. Les services de secours ne se sont pas enclenchés.

Chakotay ne fit pas confiance à son commbadge pour transmettre son message. Il préféra parler dans le tricordeur ouvert sur la fréquence de l'infirmerie,

— Enseigne Kim… Il nous reste très peu de temps.

— Nous devons l'arrêter, dit Kim en regardant Kes.

— Éteignez le programme, ordonna-t-elle, mais l'image de Zimmerman ne clignota même pas. Ordinateur, éteignez le programme.

— Cela ne marche pas, dit Kim en se levant précipitamment. Il faut que j'aille au bloc central.

Kes avait vu qu'il allait se cogner, mais elle n'eut pas le temps de crier avant que Kim ne s'écrase violemment, tête première, contre la vitre de la porte.

— Aïe ! s'exclama-t-il en portant la main à son nez ensanglanté.

Elle surmonta son instinct d'infirmière et se précipita vers le module de projection du médecin. C'était la source de leurs problèmes.

Elle ouvrit rapidement le panneau arrière et débrancha les câbles optiques qui reliaient le module de projection holographique à l'ordinateur. L'image de Zimmerman disparut.

— Conduits d'alimentation énergétique en ligne, annonça Tuvok.

— Je ne contrôle plus les conduits à induction linéaire, dit l'enseigne Yarro, désespérée. Tout le système est détourné vers les sabords de branchement des câbles ombilicaux.

— Verrouillez-les ! ordonna Chakotay. Nous ne pouvons nous permettre de perdre ces ressources…

Il se tut quand il vit des millions de têtes d'épingle lumineuses danser sur le visualiseur. Le nuage étincelant de particules se dilatait rapidement dans le vide, tournait sur soi et aspergeait les vaisseaux amarrés à côté d'eux.

Pour compléter le tableau, l'éclairage retrouva soudain son intensité habituelle.

— Tuvok ? demanda Chakotay.

# INFRACTIONS

— L'ordinateur nous a ramenés en Mode réduction d'énergie, dit Tuvok toujours au travail, les lèvres serrées. Mais nous avons perdu environ cinq mille litres d'eaux usées avant la fermeture des sabords.

— Près de dix jours de précieuses ressources, dit Chakotay en se recalant dans son fauteuil.

Le nuage de particules continuait de se dilater et se fracassait maintenant contre la structure extérieure de l'Axe. Le lent tourbillon évoquait un mouvement de danse, mais c'était un spectacle auquel il ne prenait aucun plaisir.

— On nous contacte sur la fréquence du Cartel, annonça Tuvok.

— Cela ne m'étonne pas, répondit Chakotay avec un soupir.

— Ne le rebranchez pas ! cria Kim à l'autre bout de la pièce.

— Pourquoi ? demanda Kes, hésitante.

— Il recommencera.

— Je lui dirai de ne pas le faire, dit-elle avec douceur.

Kes passa outre aux protestations de Kim et reconnecta les câbles optiques. Zimmerman apparut.

— En quoi puis-je vous être utile ? demanda-t-il, avant de plisser le front, comme s'il suivait les instructions d'un programme de démarrage spécial. J'essayais d'accéder à l'unité de commande principale du bloc central. Ai-je réussi ?

— Non ! dit Kim.

— Oui, le contredit Kes. Vous avez réussi à influer sur le vaisseau, mais vous avez bloqué le fonctionnement des autres systèmes.

— N'essayez plus jamais, ordonna Kim en lui lançant un regard noir.

Kes comprenait l'irritation de l'enseigne, mais elle éprouvait aussi de la sympathie pour le médecin. Par rapport à toutes les autres créatures de ce vaisseau, ils étaient, elle et lui, des formes de vie relativement inexpérimentées et parfois elle ressentait exactement ce que ressentait Zimmerman en ce moment — du désarroi.

— Il n'y a pas de mal, dit-elle au médecin. Vous avez prouvé que vos systèmes et ceux du *Voyageur* étaient intégrés.

— Si mes tentatives deviennent préjudiciables, dit Zimmerman en regardant Kim avec une expression d'orgueil blessé, vous devriez peut-être éteindre mon programme jusqu'à ce que le problème soit résolu.

— Impossible, dit Kim sans ménagements. Nous devons nous servir de vous pour vérifier l'effet de notre traitement sur le tissu bio-neuronal.

— Vous *servir* de moi ? répéta sèchement Zimmerman.

— Oui, et cela implique que vous restiez loin de l'ordinateur, insista Kim.

Kes grimaça, mais le ton du jeune officier était inflexible.

— Ne touchez à rien et ne *faites* rien sans notre permission. Compris ? dit l'enseigne.

— Oui, répondit Zimmerman à contrecœur après quelques secondes d'hésitation.

Kes aurait souhaité le réconforter, mais c'était une de ces situations où une personne devait, pour son propre bien, être momentanément privée de sa liberté. Elle lui adressa quand même un sourire d'encouragement. Le médecin détourna le regard, l'air très éprouvé.

— Votre vaisseau est condamné à une amende de 10 000 crédits pour avoir pollué les couloirs de navigation, dit la voix d'une fonctionnaire.

# INFRACTIONS

— Tous nos systèmes de service sont défaillants, répondit Chakotay qui voulait absolument saisir l'occasion. Et si vous refusez de reconnecter les câbles ombilicaux, nos systèmes *continueront* d'être défaillants.

La fonctionnaire fit semblant de ne pas avoir entendu.

— Comment comptez-vous acquitter cette amende ?

— Dites-moi d'abord ce qui arrive à Tom Paris.

Il y eut un moment de silence pendant que la fonctionnaire accédait aux fichiers appropriés.

— Ses réactions de base ont été enregistrées, dit-elle, et la mise à l'épreuve se poursuit. Vous avez le loisir d'acquitter votre amende en coopérant aux procédures d'interrogatoire du détenu 07119.

— Comment ?

— Fournissez au Cartel un autre sujet de même race pour subir la mise à l'épreuve. Pendant l'interrogatoire, ce second sujet collaborera à l'analyse des données.

— Vous ne m'avez pas dit ce qu'impliquait cette mise à l'épreuve.

— Elle vise à générer une simulation matricielle qui corresponde aux réponses biophysiques et comportementales du sujet. L'analyse chimique de ces réponses fournit les données factuelles en cours d'interrogatoire. Comptez-vous fournir un membre additionnel de même race ?

— Cela m'est impossible. Me laissez-vous parler à Tom Paris ? rétorqua Chakotay.

— Votre refus de coopérer sera noté dans votre dossier. Si vous disposez de quelque information que vous souhaitez communiquer…

— Oui, je sais… J'ai le loisir de la transmettre à vos services, dit Chakotay avant de fermer le canal et d'ajouter : « Merci. Vous m'avez été d'un grand secours. »

Chakotay posa sa tête dans ses mains et se demanda s'il valait la peine de regagner ses quartiers pour y terminer sa méditation. Dans les circonstances actuelles, il serait sans doute tout de suite de nouveau dérangé.

— Je n'ai toujours pas rejoint l'équipe de premier contact, lui dit Tuvok à voix basse. Le capitaine Janeway n'est pas du genre à rester plus de vingt-sept heures sans communiquer avec nous.

— Avez-vous des nouvelles d'Andross ? demanda Chakotay en relevant la tête.

— J'ai parlé à ses collègues, à son bureau de l'Axe. Il leur était impossible de me fournir un lien avec Min-Tutopa. J'essaie maintenant de négocier avec le service des communications du Cartel.

— Ils ne bougeront pas tant que nous ne leur aurons pas donné notre technologie de téléportation ou livré un autre membre de notre équipage pour qu'ils le réduisent à ses composants chimiques.

Chakotay s'obligea à se taire. Il ne servait à rien d'étaler sa frustration devant les autres officiers.

— Continuez d'essayer, Tuvok. Je ne sais pas si c'est le sort de Janeway et de Torres ou celui de Tom Paris qui m'inquiète le plus.

# CHAPITRE 15

Paris tomba à quatre pattes. Le choc lui fit reprendre ses esprits et il sentit le contact abrasif du sable sous ses paumes.

Du *sable* ?

Il releva péniblement la tête, mais il n'y avait rien autour de lui qu'un vaste désert et deux soleils qui brûlaient dans un ciel d'une suffocante blancheur.

Il effleura ses lèvres desséchées du revers de la main, puis jeta un coup d'œil derrière lui. Ses traces de pas s'éloignaient d'un conteneur de transport dont l'écoutille était ouverte. Il était certainement sorti de cette boîte et avait marché jusqu'ici avant de perdre connaissance. La dernière dose de gaz qu'il avait reçue était sans doute juste un peu trop forte.

— Où suis-je ? demanda-t-il tout haut, mais seul le silence lui répondit.

De toute façon, il connaissait la réponse. On l'avait transféré de la bulle de sa prison sur un vaisseau, qui l'avait ensuite largué sur un astéroïde perdu. Peut-être était-ce le sort que les Tutopans réservaient aux étrangers surpris à fouiller dans leurs fichiers informatiques. Ils accordaient, certes, à l'information une importance capitale, mais si son infraction lui valait la peine de mort, pourquoi ne l'avaient-ils pas simplement éjecté dans l'espace et supprimé tout de suite ?

Paris se releva, les yeux tournés vers le conteneur. Sa charpente d'acier était une bonne protection et il valait peut-être mieux ne pas s'en éloigner. Mais Paris préférait tenter n'importe quoi plutôt que de rester là à ne rien faire.

Il se retourna et aperçut, sur l'horizon lointain, une tache vers laquelle il décida de se diriger.

Il faisait confiance à son instinct et reprit sa progression sur le sable dur. La chaleur et la sécheresse étaient telles qu'il avait du mal à respirer; enlever sa veste n'y changea rien. Sa sueur s'évaporait instantanément au contact de l'air et il sentait sa peau se durcir. Paris se demanda dans combien de temps son corps ne serait plus, dans cette plaine interminable et désolée, qu'une coquille dure et cassante, vestige recroquevillé face contre terre de l'homme qu'il avait été.

Il avait depuis longtemps renoncé à déchiffrer les cultures étrangères, mais plus il avançait et moins il comprenait ce qui lui arrivait. Il devait y avoir une raison pour laquelle les Talaxiens l'avaient abandonné ici.

Peu rassuré, il regarda derrière lui. Le conteneur n'était plus visible mais, droit devant, la tache sombre se précisait.

Paris essaya d'oublier l'immensité du vide qui l'entourait et se concentra sur l'horizon. Ne pas céder à la panique, la première règle apprise pendant les cours de survie. Évaluer la situation et les ressources disponibles. Il fouilla ses poches — son fibrocanif et les morceaux de son commbadge n'y étaient plus. Pas de quoi s'affoler, se dit-il. Ne pas s'affoler non plus de ne pas avoir de réserve d'eau ni aucun espoir d'en trouver dans ce lieu complètement aride.

# INFRACTIONS

Il décida de se concentrer plutôt sur les aspects positifs de sa situation. Il était sain et sauf, et capable de marcher — déjà plutôt encourageant. Et il ne souffrait pas d'agoraphobie, comme certains spationautes endurcis qu'il avait rencontrés au cours de ses voyages; sans quoi il se roulerait déjà, hurlant à mort, sur le sol. La position des soleils sur l'horizon indiquait qu'il se trouvait dans la région polaire de l'astéroïde, et donc qu'il y ferait jour presque en permanence, mais l'intensité des rayons solaires serait atténuée par leur angle d'incidence. Il préférait ne pas imaginer l'enfer qui consumait l'équateur.

Il en était là dans le décompte de ses atouts quand il parvint assez près de la forme pour l'identifier à travers la distorsion des ondes de chaleur : un autre conteneur de transport.

Il pressa le pas, sans savoir s'il tomberait sur un autre étranger en détresse ou sur un cadavre momifié. La prudence lui commanda de ralentir, une fois arrivé à proximité. Cet astéroïde perdu servait peut-être aux Tutopans à se débarrasser des criminels dangereux.

Une silhouette était prostrée dans l'étroite bande d'ombre projetée par le conteneur. Paris attendit de la voir bouger. Elle était vivante et ne semblait présenter aucune menace. Il s'approcha.

Un visage plat de Tutopan qui lui rappelait quelque chose de familier...

— Tracer ! s'exclama-t-il quand il reconnut le concierge. Que fais-tu là ?

Tracer, qui ne l'avait apparemment pas vu arriver, sursauta. Une de ses épaules se voûta et il leva vers Paris un regard circonspect.

— Je n'ai pas encore décidé. Et toi, que viens-tu faire ici ?

Paris ne savait pas si Tracer le prenait au mot ou s'il cherchait à éluder la question, comme les Tutopans en avaient l'habitude.

— J'essaie de comprendre ce qui se passe, répondit Paris. La dernière chose dont je me souvienne, c'est d'avoir été traîné hors d'un sas. Quand j'ai repris conscience, j'étais ici.

Tracer laissa errer autour de lui un regard absent.

— Pourquoi es-tu ici ? voulut savoir Paris.

— J'ai commis un crime contre le Cartel. L'Axe m'a engagé comme concierge pour vingt-neuf autres rotations. J'ignore quelle tâche ils vont me donner maintenant. Peut-être un travail en région sidérale, répondit Tracer.

Il renifla et essuya son gros nez du revers de sa manche

— Quel crime as-tu commis ? demanda vivement Paris, en espérant que cela n'avait rien à voir avec lui.

— Je t'ai aidé à entrer dans la salle de contrôle auxiliaire du service de récupération des déchets.

— Mais tu ne m'as pas aidé, protesta Paris. J'ai maintenu ton bracelet d'identification contre le dispositif d'ouverture pour forcer la porte.

— Ah oui ? fit le concierge, étonné, en tournant vers Paris la peau marbrée de son visage. Je ne me rappelle de rien.

— Tu étais pratiquement inconscient, lui apprit Paris, qui se sentait coupable, même si le sentiment de culpabilité ne lui était pas familier — mais Tracer avait l'air d'un chien battu. Je ne comprends pas pourquoi ils te punissent. C'est moi qui ai tout manigancé.

— Je t'ai aidé à pénétrer dans une zone gardée par un Exécuteur, dit Tracer avant de réfléchir un moment. L'Exécuteur aura sûrement des ennuis aussi.

Paris s'éloigna de quelques pas.

— C'est difficile à expliquer, mais tu ne m'as pas aidé, pas du tout.

INFRACTIONS

— Il n'y avait aucun autre moyen d'entrer dans cette zone, persista Tracer, obstiné. C'est pour ça que je suis ici.

Paris poussa un grognement et donna un coup de pied dans le sable.

— Je te répète que tu n'as rien à voir là-dedans. Tu es victime d'une erreur, d'une grave erreur, insista le pilote en plongeant son regard dans celui de Tracer. Je comprends que tu sois fâché.

— Je ne suis pas fâché.

— Ah non ? À ta place, je le serais.

— Ce n'est pas ta faute si je t'ai fait confiance.

Paris détourna le regard et essaya de se convaincre qu'il n'avait fait que son devoir et tenté de protéger son capitaine, mais il n'en fut guère soulagé.

— Je suis désolé, s'excusa-t-il. J'aimerais pouvoir t'aider...

Tracer haussa les épaules, comme si la chose n'avait plus d'importance.

— Vont-ils nous laisser crever ici simplement parce que j'ai percé leur système informatique ? Je n'ai même pas eu l'occasion de me défendre.

— Tu diras tout ce que tu veux pendant l'interrogatoire, lui signala Tracer d'une voix sans timbre. Nous devons d'abord passer l'épreuve.

Le regard de Paris s'arrêta dans l'espace vide.

— Tu veux dire que tout ceci est un *test* ?

— Tu ne le savais pas ? Ça veut dire que tu viens vraiment de *très* loin.

Tracer ramena son pied dans la mince zone d'ombre du conteneur.

— Je croyais que la mise à l'épreuve était réservée aux Tutopans et qu'elle servait à déterminer leur rang dans la société. Je ne pensais pas que ça se passait comme ça, continua Paris qui commençait lentement à comprendre. Alors, ces histoires que j'ai entendues dans les bars, à propos de types qui avaient survécu à d'invraisembla-bles supplices... il s'agissait de mises à l'épreuve ?

— Probablement.

Paris n'en revenait pas. C'était sans doute pour cela que les Tutopans étaient si ternes : les mises à l'épreuve leur procuraient largement leur lot d'émotions fortes.

— C'est ton premier test ?

— Dès que nous atteignons l'âge adulte, nous sommes régulièrement mis à l'épreuve. C'est ainsi qu'on m'a choisi pour travailler sur l'Axe, avec l'équipe de maintenance de Griir-Tutopa. Je n'ai passé que les épreuves de ma Maison, jamais celles du Cartel, ajouta Tracer avec une grimace.

— Et pour quelle raison sommes-nous testés ?

— Pour mettre au point une matrice de simulation de nos profils, en vue de l'interrogatoire.

Paris regarda autour de lui.

— Ils nous observent donc en ce moment. Ils ont des capteurs braqués sur nous.

La question ne se pose même pas, semblait dire la mine éteinte de Tracer.

— Ils enregistrent tout. Les battements du cœur, la température du corps, les ondes cérébrales, les réactions chimiques...

— Pourquoi ont-ils besoin de créer une simulation de nos réactions ?

— Pour les comparer à celles que nous aurons pendant l'interrogatoire, de manière à détecter les déviations. Comme ça, ils apprennent tout ce qu'ils désirent.

— Mais que veulent-ils savoir ?

— Ils posent des questions et tu leur racontes ce que tu sais. Je n'ai jamais été mise à l'épreuve par le Cartel, mais j'ai entendu dire que les sujets racontaient parfois des choses qu'ils ne pensaient même pas savoir.

Paris songea à tous les manuels techniques qu'il s'é-tait farci pendant ses études à l'Académie. Si le Cartel parvenait à lui ramener ces informations en mémoire, la technologie de la téléportation n'aurait plus de secret pour les Exécuteurs. Pas plus d'ailleurs que tout le reste qui lui passerait par la tête.

Il frissonna, mais tenta de se concentrer sur un problème plus pressant.

— Ils doivent être tout près, s'ils sont occupés à fabriquer cette matrice.

— Si nous sommes sur Faltos, une des lunes de Griir-Tutopa, ils sont peut-être en orbite au-dessus de nous, dans un vaisseau-épreuve. On dirait bien que c'est Faltos. Pas beaucoup d'atmosphère et aucune trace de vie.

Paris leva le visage vers l'immensité du ciel.

— Tracer est innocent, m'entendez-vous ! cria-t-il. Il ne devrait pas être ici. C'est moi le responsable, pas lui !

Sa voix retentit et s'éteignit dans l'air immobile, avalée par la morne immensité.

— Pas besoin de crier, dit Tracer en fronçant le nez. Ils t'entendent très bien.

— Dans ce cas, qu'ils entendent ça aussi, gronda Paris en brandissant vers l'azur un poing rageur. Je ne veux plus jouer à votre petit jeu !

Tracer lança une poignée de sable en l'air, puis regarda les grains retomber sur le sol.

— J'aime bien les jeux, dit-il.

Paris s'essuya le front et s'affaissa lourdement à côté du concierge, en se demandant s'il allait lui aussi devenir légume et sombrer dans la même indifférence que Tracer.

— Quand viendront-ils nous chercher ?

— S'il s'agit d'une simulation, elle dure quelques fois plusieurs jours.

— Une simulation ? s'étonna Paris. Tu disais que nous étions sur une lune.

— Nous sommes peut-être sur Faltos, mais il s'agit peut-être aussi d'une simulation de Faltos, expliqua

Tracer. Certains prétendent être capables de faire la différence, mais je ne les ai jamais crus.

— Tout ça ne serait pas réel ? dit Paris en étouffant
un rire. Le détail a son importance, tu ne crois pas ? Si
ce n'est qu'une illusion, il suffit d'attendre qu'ils nous
apportent notre dîner sur un chariot.

— Je ne comprends pas.

— Pourquoi nous en faire ? Ils ne vont certainement
pas nous laisser *mourir*, présuma Paris, qui se renfrogna
quand il vit la tête du concierge. Pas vrai ? Les gens ne
se font tout de même pas tuer pendant les mises à l'é-
preuve, n'est-ce pas ?

Tracer baissa tristement les yeux vers le sable.

— Ça arrive fréquemment. Je commençais à peine à
marcher quand ma mère a été tuée dans une épreuve.

# CHAPITRE
# 16

Les deux soleils étaient déjà levés sur l'horizon quand Janeway émergea de son sommeil. La veille, alors qu'elle livrait un combat acharné contre les effets du gaz innervant, elle avait assisté à la prise de contrôle par les insurgés de la tour du Siège et de son réseau de communications. Selon les ordres et les rapports qu'elle avait entendus, les rebelles avaient eu la tâche plutôt facile, car la Maison ne s'attendait pas à une révolte. Après que les gardes les eurent conduites et enfermées, Torres et elles, dans le bureau d'un officier subalterne, Janeway avait une fois de plus sombré dans l'inconscience.

Elle réveilla Torres par inadvertance en prenant son pouls. Elle para un premier coup de poing de l'ingénieur, puis s'esquiva pour éviter le second.

— Repos, lieutenant !

Torres leva vers elle ses yeux écarquillés de petite fille épouvantée.

— Que s'est-il passé, capitaine ?

Janeway vérifia la porte.

— Nous sommes toujours prisonnières, constata-t-elle.

Torres se redressa et se rendit jusqu'à un poste de travail d'un pas mal assuré. Elle se frotta les paupières, puis tenta d'ouvrir le terminal de l'ordinateur.

— Il ne fonctionne pas.

Janeway appuya sur la touche de commande de l'éclairage mais la pièce resta plongée dans l'obscurité. « Le courant a dû être coupé. » Elle fit glisser les rideaux pour laisser entrer la lumière. En bas, tout semblait calme dans le complexe du Siège, mais il était lui était impossible de dire si ce calme était habituel.

Torres se glissa sous le terminal sans trouver le moyen de le mettre en marche. Le bureau était vide, à part une banquette et quelques chaises.

— Qu'est-ce qu'on fait ? demanda Torres.

Bonne question. Janeway savait que les prises d'otages tournaient mal d'habitude, sans compter qu'elle devrait supporter l'odieux de négocier en position d'infériorité, ce qui l'exaspérait.

— J'attends vos suggestions, lieutenant.

— Il faut nous enfuir, voilà ce que je pense.

Les mains sur les hanches, d'un pas mesuré, Torres se dirigea vers la baie vitrée, légèrement bombée, qui occupait toute la surface du mur. La Klingonne s'élança et la frappa du pied, de toutes ses forces, en poussant un cri rauque. Le matériau transparent vibra.

— La vitre a l'air incassable, observa Janeway. Essayons de la briser avec le bureau. Donnez-moi un coup de main.

Elles réussirent à peine à déplacer le meuble de quelques centimètres.

— Ce n'est pas une bonne idée, fit une voix derrière elles. Vous risquez de blesser quelqu'un à l'étage inférieur.

Janeway tourna la tête et vit l'administratrice Fee s'asseoir sur le lit qu'elle-même occupait quelques instants plus tôt. Ses mains lâchèrent le bureau.

# INFRACTIONS

— Vous ! C'est vous la responsable de tout ceci ?

— En partie seulement, répondit Fee.

Le regret et la contrariété se lisaient sur le visage de la Tutopanne.

— Qu'attendez-vous de nous ? demanda le capitaine sur ses gardes.

— Je vous présente mes plus sincères excuses pour ces événements malheureux. Je n'aurais jamais cru qu'Andross vous compromettrait à ce point dans cette affaire. Soyez assurées que je ferai tout ce qui est en mon pouvoir pour corriger la situation.

— Parfait, répliqua Janeway sans broncher. Nous voulons partir immédiatement.

— Je crains que ce soit impossible.

— Et pour quelle raison ?

— Nous avons utilisé votre processeur pour neutraliser le réseau de communications du Siège, comme vous l'avez sans doute constaté, expliqua-t-elle en la regardant droit dans les yeux, ce qui dénotait une force de caractère inattendue. Votre processeur doit rester ici jusqu'à ce que le Conseil ratifie ma nomination comme Arbitre Suprême.

Janeway plissa les yeux.

— Andross et vous aviez tout planifié depuis le début, l'accusa-t-elle. Vous n'avez jamais eu l'intention de nous remettre notre ordinateur. Vous vouliez seulement nous neutraliser jusqu'à la réussite de votre coup d'État.

— Votre ordinateur vous sera rendu dès que la situation sera stabilisée.

— Vous voulez dire une fois que vous aurez imposé votre autorité, la corrigea Janeway, dégoûtée. Comptez-vous vraiment bouleverser l'existence d'une société entière dans votre seul intérêt ?

— Pas dans le mien. Dans celui de toute la population de Min-Tutopa.

— Ce n'est pas la première fois que j'entends ce genre de discours, répliqua Janeway. Est-ce aussi pour le bien de votre peuple que vous avez ordonné aux pirates du *Kapon* de nous voler notre ordinateur ?

— Andross cherchait des processeurs compatibles avec ses systèmes informatiques. C'est finalement le vôtre qu'on nous a apporté.

— Vous nous l'avez volé, un point c'est tout, dit Torres en avançant d'un pas.

Janeway fit un geste, mais ne put la retenir. L'ingénieur était égale à elle-même : elle attaquait la première personne qui tentait de dialoguer avec elles, mais Janeway, curieuse de voir l'effet d'une menace physique sur ces individus, ne lui donna pas l'ordre d'arrêter.

Fee promena nerveusement son regard de l'une à l'autre, à mesure que Torres approchait.

— Je crois que vous feriez mieux de m'écouter jusqu'à la fin, les mit-elle en garde.

— Et moi je crois que vous vous trompez, riposta Torres en se jetant sur elle. Vous êtes sans défense...

Torres, qui ne rencontra aucune résistance, chancela et ses bras battirent l'air. L'ingénieur était passée au travers de l'image parfaite de Fee sans la troubler et se retrouva étendue par terre.

— Je suis contrainte de demeurer au complexe du Siège, expliqua l'aministratrice. Comme tous les autres membres du Conseil. J'aurais aimé vous rencontrer en personne, mais c'était impossible.

— Je me demande comment vous avez pu nous berner ainsi, marmonna Torres qui exécuta une roulade et se releva. Il n'y a rien de réel dans cet endroit, dit-elle en balayant l'image d'un ample geste du bras.

— Votre présence est, hélas ! bien réelle, soupira Fee. Mais vous avez la possibilité de reprendre possession de votre processeur et de regagner votre vaisseau. Il suffit de nous aider.

# INFRACTIONS

Janeway se hérissa. Les Tutopans ne faisaient jamais rien sans demander quelque chose en échange.

— Qu'attendez-vous de nous ?

— Votre processeur s'intègre mal aux réseaux des autres provinces. Pour l'instant, seuls Seanss et le Siège sont sous notre contrôle. Avec votre aide, nous serions capables d'utiliser toutes les ressources de votre système informatique et de mettre fin à cette situation.

— Nous ne vous aiderons pas.

Fee ne comprenait pas.

— Vous possédez pourtant l'interface capable d'assurer la liaison entre nos systèmes, dit-elle. S'il vous manque des outils, nous dépêcherons un messager à votre vaisseau. Croyez-moi, vos efforts seront récompensés.

— Ne croyez pas que nous accepterons de rétribution pour vous aider à renverser votre gouvernement, dit Janeway sans même tenter d'expliquer. Cela irait à l'encontre de tous nos principes.

— Mais quelle est donc cette philosophie ? demanda Fee, totalement déconcertée. Quel mal y a-t-il à un honnête échange de services ?

— Aucun, bien sûr. Mais vous nous demandez de violer les lois de votre société. Or, nous avons fait le serment de ne jamais nous ingérer dans l'évolution naturelle des autres mondes.

Fee, parfaitement immobile, soupesait cette dernière considération.

— Ne croyez-vous pas que la coopération soit un facteur de progrès ?

— Ce que vous appelez progrès s'avérera peut-être désastreux pour votre peuple.

Fee saisit cette opportunité.

— Vous n'admettez pas que ma nomination au poste d'Arbitre Suprême servirait l'intérêt de ma Maison. Laissez-moi vous expliquer...

— Ma réponse serait la même, l'interrompit Janeway.

— Je sais pourtant que vous êtes capables de comprendre mon point de vue, continua Fee, en posant sur les deux femmes un regard plein de douceur. Quand nous avons examiné vos communicateurs...

— Vous avez pris nos commbadges ? s'indigna Torres.

Janeway porta la main à sa poitrine et s'étonna de ne pas avoir remarqué qu'on le lui avait enlevé.

— À cette distance ils ne servent à rien, vous le savez, dit-elle à l'administratrice.

— Votre résistance imprévue au moment de la prise de pouvoir a amené Andross à les analyser. Nous devions nous assurer qu'ils ne contenaient aucune arme, se justifia-t-elle avec un pâle sourire. Je dois avouer, capitaine, que votre espèce dissimule remarquablement ses tendances agressives. Andross ne croyait pas que vous réagiriez avec une telle brutalité physique.

— Je ne suis pas fâchée d'avoir donné une petite leçon à ce jeune homme. Il avait sûrement imaginé autrement son jour de triomphe.

— En effet, convint Fee. Et soyez sûre qu'il s'en souviendra. Cependant, je me suis félicitée de son zèle quand j'ai lu son rapport. Vos appareils sont dotés de balises qui localisent avec précision chaque individu qui les porte.

— C'est exact, admit Janeway, sans préciser que le signal était aussi l'élément clé du système de verrouillage du téléporteur.

— Les Tutopans ont peine à concevoir qu'on accorde une telle importance à l'individu, s'étonna Fee. C'est la réalisation d'un vaste projet de société et le développement de notre culture qui gouvernent l'orientation de nos vies. Les désirs individuels sont assujettis à l'effort commun.

— En théorie, voilà un idéal fort louable, approuva Janeway. Comme vous le disiez, la coopération constitue un facteur de progrès.

— Je ne remets pas cette idéologie en cause, mais la réalité étouffe mon peuple, déclara Fee en désignant d'un geste la baie vitrée derrière les deux femmes. Regardez par cette fenêtre, et dites-moi ce que vous voyez.

— Je sais ce qu'il y a, dit Janeway sans se retourner.

— Une gigantesque métropole, répondit Torres avec impatience. Où voulez-vous en venir ?

— Et par-delà la métropole, un monde encore beaucoup plus vaste. Et je ne suis pas dupe, avoua Fee avec franchise. Je sais que je m'attaque à un système que la force de l'inertie nourrit et perpétue. Mais il vient un moment où il est nécessaire de donner un coup de barre radical, un moment où il est permis à un petit nombre d'individus de prendre les mesures nécessaires pour que le changement soit positif et serve au progrès et à la croissance de la société, et non à sa fragmentation.

— Que de grands mots ! dit Torres en secouant la tête. Tout cela pour dire que vous savez mieux que les autres ce qui est bon pour tout le monde !

— Je ne suis pas seule, s'empressa de répondre Fee. J'étais encore en formation quand j'ai entendu parler de la rébellion pour la première fois. Un réseau s'était créé entre les centres d'enseignement les plus prestigieux, et les étudiants échangeaient des informations. Mes études me destinaient aux plus hauts postes administratifs. Je bénéficiais d'un enseignement plus poussé que les autres en histoire, en droit et en physique. Rien ne m'obligeait à adhérer à ce réseau informel. Je me demande parfois quel aurait été mon sort si j'y avais adhéré, même juste par simple curiosité.

— Qu'est-il arrivé au réseau ? demanda Janeway qui, malgré elle, voulait en savoir plus.

— Il a été démantelé. Et les dirigeants... ont disparu des tribunes d'enseignement, dit-elle, le regard soudain voilé par la tristesse. La rapidité d'action du gouvernement m'a effrayée. Elle trahissait aussi sa crainte. Comme si notre façon de vivre s'était à ce point spécialisée que la connaissance nous menaçait.

— Quelle ironie pour un peuple si fier de son érudition, fit observer Janeway.

— La mise à l'épreuve est un de nos motifs de fierté aussi, mais c'est un autre piège dangereux. Hamilt avait raison. Je n'aurais pas quitté les pauvres cultivateurs de la province Larran si l'épreuve n'avait pas révélé mes aptitudes naturelles. Mais n'aurais-je pas été plus heureuse si j'avais eu la liberté de choisir ma propre orientation ? Les Tutopans n'ont aucun choix, sauf au moment de l'épreuve. Nos réactions sont évaluées selon des critères établis, qui déterminent où et comment nous servirons le mieux.

La sincérité de Fee touchait Janeway.

— Qui décide des critères d'évaluation de ces tests ?

— Les membres du Conseil — c'est leur premier devoir lorsqu'ils siègent à l'Assemblée. L'Arbitre Suprême exerce un droit de veto sur toutes les décisions du Conseil. Il possède aussi le pouvoir d'instituer des politiques et de décider quand et comment auront lieu les épreuves.

— Voilà pourquoi ce poste est si important, constata Janeway en regardant son interlocutrice d'un air méfiant. Son titulaire peut changer le système à partir d'en haut, sans demander l'avis de personne. Je suis surprise qu'il n'y ait pas eu de coup d'État plus tôt.

Sa remarque alluma un sourire sur le visage de Fee.

— Comment, selon vous, en sommes-nous arrivés là ? Génération après génération, les libertés se sont amenuisées. Tous travaillaient à la réalisation des visées d'un seul individu. En éliminant les dissensions, notre société a tué toute forme de pensée indépendante. Or, je crois que nous avons tous le droit biologique d'évoluer et de nous épanouir dans le respect de nos personnalités individuelles. Il doit nous être permis de transcender les barrières culturelles que nous impose notre époque.

— La noblesse de ce sentiment vous honore, mais permettez-moi de vous rappeler votre propre exemple, dit Janeway qui ajouta, le doigt pointé vers la baie vitrée : Votre société semble plutôt prospère.

— Le Cartel exerce déjà trop de contrôle sur les critères d'évaluation des épreuves, et son pouvoir ne cesse de s'étendre. Ses membres décident non seulement des taux de change, mais les renseignements confidentiels de la Maison leur sont de plus en plus accessibles.

— Toujours le Cartel ! Nous n'avions aucun problème avant que *vous* n'apparaissiez dans le décor, explosa Torres, exaspérée.

— Je n'aime pas les conflits, avoua Fee, navrée par cette crise. J'aurais préféré travailler en coulisses et combattre par des mesures administratives pour améliorer le sort de ma province. Mais le temps est venu pour mon peuple de choisir son destin, avant que la Maison ne tombe complètement entre les mains du Cartel.

— Je vous souhaite bonne chance, dit Janeway sans réussir à cacher son ton sarcastique.

— Nous avons besoin de votre aide pour réussir, répéta Fee. Je ne voudrais pas endommager votre processeur quand nous essaierons d'établir la liaison avec les autres réseaux.

Janeway s'approcha de l'image de l'administratrice.

— Cette transmission vous permet-elle de me voir ?

— Oui.

— Dans ce cas, dit-elle en fixant du regard celui du reflet de Fee, laissez-moi mettre une chose au point : quelles que soient vos menaces ou vos tentatives de nous soudoyer, nous ne ferons rien pour vous aider.

— J'essaie juste de vous exposer la situation.

— Je connais la situation, l'interrompit Janeway en ouvrant les bras. Nous sommes vos otages.

Fee laissa paraître une certaine lassitude mais ne s'avoua pas vaincue.

— Il m'est impossible de vous laisser partir. Le Conseil s'emparerait tout de suite de vous et vous soumettrait à l'épreuve dans le but de nous détruire.

— Et pourquoi devrions-nous vous croire ? demanda Torres en éclatant de rire.

— Peut-être croirez-vous plus volontiers le membre de votre équipage arrêté par le Cartel. Tom Paris vous renseignera sur la sévérité de la mise à l'épreuve.

— Que voulez-vous dire ? Qu'est-il arrivé à Paris ? demanda Janeway.

— Il s'est infiltré dans les banques de données du Cartel qui l'a placé en détention préventive. En ce moment même, il subit l'épreuve qui précède l'interrogatoire. Le Cartel cherche à recueillir toute information pertinente au crime qu'il a commis.

Janeway se souvint de la dernière fois où une race extraterrestre avait décidé de punir Tom Paris — les implants cérébraux qu'on lui avait greffés avaient failli le tuer.

— Paris est-il sain et sauf ? demanda-t-elle.

— D'après le dernier rapport que j'ai reçu, il est toujours vivant, dit Fee, les yeux fixés sur Janeway. Dans ma position présente, je ne puis vous être d'aucun secours. Mais si j'en avais la possibilité, je ferais tout en mon pouvoir pour réparer les torts que nous vous avons causés — et aider votre pilote.

Janeway serra les dents.

— Voilà qui ressemble à une nouvelle ruse pour nous convaincre de collaborer.

— Je demanderai à Andross qu'il vous laisse communiquer avec votre vaisseau, dit Fee, à la grande surprise de Janeway. Vos officiers vous confirmeront ce que je viens de vous dire.

Torres lui lança un coup d'œil oblique. « Capitaine... »

— Non, lieutenant, l'arrêta Janeway sans détacher son regard de Fee.

— Mais si Paris est vraiment... protesta Torres.

— Je veux contacter mon vaisseau tout de suite, dit Janeway, l'œil rivé sur l'administratrice.

— Peut-être finirez-vous par comprendre qu'il est dans l'intérêt de tous de coopérer, dit Fee en hochant lentement la tête.

Peu après la disparition de l'image de l'administratrice, des gardes vinrent chercher Janeway et Torres et les escortèrent jusqu'à la salle de contrôle. Les uniformes des soldats étaient déchirés à la manche, là où se trouvait l'insigne du Cartel. Il ne restait plus que l'emblème du soleil levant, symbole de la Maison Min-Tutopa. L'euphorie de leur première victoire surexcitait les rebelles. Un seul mot malencontreux aurait suffi à mettre le feu aux poudres. S'ils avaient été sous ses ordres, Janeway aurait tempéré leur enthousiasme excessif avant que l'un d'entre eux ne fasse tout échouer.

Quand elle entra dans la grande salle, une vue panoramique du Siège s'offrit à Janeway, beaucoup plus impressionnante que la mince bande qu'elle en apercevait depuis les étages inférieurs. Elle se demanda, une fois de plus, comment un si petit groupe de fanatiques suffisait pour détourner le cours d'une société si stable.

Cette perspective ne décourageait pas Andross. Sa fougue était sans bornes, comme s'il avait réprimé jusque-là toute l'énergie qui bouillonnait en lui pour la canaliser dans ce coup d'État.

Le sourire qui releva le coin de sa bouche était plus qu'un simple signe de bienvenue. Il se déplaçait avec raideur et Janeway se demanda s'il ne s'était pas brisé quelques côtes quand il était tombé.

— J'ai cru comprendre que vous désiriez communiquer avec votre vaisseau, dit-il d'un ton poli.

— C'est exact, se contenta de répondre Janeway qui ne voulait pas lui mendier la communication.

— Andross, les servocommandes sont surchargées. Je dois de nouveau déconnecter les systèmes auxiliaires, dit Prog en levant, l'air anxieux, les yeux de son poste.

Andross marmonna quelque mots inintelligibles.

— Allez-y, autorisa-t-il, mais je diffuserai d'abord un message. Je dirai que cette coupure d'alimentation durera un cycle et qu'elle n'est qu'une petite démonstration de ce dont nous sommes capables.

— Quelle est la puissance de votre processeur ? demanda Janeway.

— Environ cinq mille mégabits par seconde, répondit Prog.

— Pas surprenant que les servos subissent un tel stress, siffla Torres. Pourquoi n'utilisez-vous pas les deux autres processeurs ?

— Leur micrologiciel est muni d'une commande d'entrée en tiers priorité accessible au Conseil depuis la Chambre de l'Assemblée.

Andross, après avoir émis sa mise en garde, s'éloigna du canal de diffusion.

— C'est pour ça que nous avons besoin de matériel extérieur, précisa-t-il.

— Et si ce système s'effondre, qu'entraîne-t-il avec lui ? demanda Janeway.

— L'alimentation et le réseau de communications de tout le Siège et d'une grande partie de Seanss, indiqua Prog en se mordant la lèvre. Et comme nous sommes partiellement reliés aux autres réseaux, le dysfonctionnement pourrait s'étendre à d'autres provinces.

Torres se rapprocha de Prog et examina le moniteur.

# INFRACTIONS

— Pourquoi ne pas vous déconnecter des autres réseaux, comme ça vous...

— Pas question, refusa Andross tout net. Il nous a fallu toute la nuit pour établir une liaison partielle.

— Vous perdrez tout si vous ne déconnectez pas quelques systèmes, dit Torres.

Janeway connaissait bien le ton qu'employait l'ingénieur : ses paroles étaient mesurées, mais elle était persuadée d'avoir affaire à des imbéciles.

— Nous avons besoin des liaisons avec les autres provinces, dit Andross. Nous manquons déjà d'accès à leurs réseaux. Ils ont réussi jusqu'ici à interrompre toutes nos diffusions.

*Il est trop sûr de lui*, pensa Janeway.

— Pourquoi les autres provinces ne se sont-elles pas mobilisées pour porter secours au Siège de la Maison ?

— Le Cartel a brouillé nos émissions. Et essayé de nous infiltrer et de lancer des attaques au gaz. C'étaient des incidents isolés. Les gardes de la Maison sont en mesure de les maîtriser. Les contre-révolutionnaires ne peuvent pas grand-chose contre nous.

— Ils pourraient faire sauter cette tour, pronostiqua Torres d'un air lugubre.

— Ils n'oseraient jamais, protesta Prog, choquée.

— Il est déjà arrivé à la Maison de recourir à la force, concéda Andross qui semblait moins surpris par cette perspective. Pendant le soulèvement de la commune il y a plusieurs rotations. Les autorités avaient coupé l'alimentation énergétique dans certaines parties de la basse province. Privée d'eau, de services alimentaires et de contrôles climatiques, il n'a pas fallu longtemps pour que la population retourne au travail.

— C'est ça que vous appelez recourir à la force ? demanda Torres, incrédule. Pas de sang versé ?

— Pour ainsi dire pas, dit Andross en secouant la tête.

— Vous ne me ferez pas avaler ça, lui dit Torres. Vous avez scanné nos vaisseaux jusqu'au dernier atome pour y détecter des armes et des systèmes de défense. Vous devez être experts en matière de combat.

— Le Cartel est expert, la corrigea Andross. Il a été créé pour assurer notre défense et maintenir la paix, en particulier dans nos échanges avec les espèces étrangères.

— Le Conseil ne ferait jamais appel aux Exécuteurs du Cartel contre sa propre Maison, approuva Prog avec véhémence. Cela reviendrait à admettre qu'il règne à la Maison un désordre tel que le gouvernement a perdu tout contrôle.

— Et, sous couvert de protéger la Maison, le Cartel en profiterait pour s'accaparer la totalité du pouvoir et soumettre entièrement le Conseil, conclut Andross.

— Alors, vous êtes dans une impasse, dit le capitaine Janeway en faisant quelques pas vers lui.

— Il nous reste la possibilité de priver le Siège d'énergie. Nous avons pris le contrôle du réseau de communications pour empêcher le Conseil de neutraliser nos efforts, mais les coupures d'énergie peuvent aussi nous servir de moyen de pression.

— Alors, qu'est-ce que vous attendez ? Finissez-en ! dit Torres, toujours partisane des méthodes expéditives.

— Le petit personnel des équipes de service et de soutien en souffrirait bien avant les officiels de haut rang. Cette mesure affecterait les simples citoyens, prêcha Andross en jouant le moralisateur. Je préfèrerais ne pas recourir à la violence, mais je prendrai les mesures qui s'imposent. Je ne leur rendrai le contrôle de leurs systèmes qu'après l'approbation de la nomination de Fee.

— Vous avez de la chance d'être aussi sûr de vous, dit Torres, comme si elle avait lu dans les pensées de son capitaine.

# INFRACTIONS

Andross se rendit compte que c'était aussi ce que pensait Janeway. Il leur jeta, à toutes les deux, un regard glacial.

— Contactez les vôtres, dit-il. Ils vous parleront du Cartel.

Tuvok, qui tentait d'obtenir une fréquence de communication subspatiale avec Min-Tutopa, se débattait avec un autre sous-fifre du Cartel. Le bureaucrate, comme tous ses congénères, s'obstinait à réagir aux demandes répétées du Vulcain par des offres d' « échange d'informations », toutes plus inacceptables les unes que les autres.

Le fonctionnaire ferma le canal au moment où Tuvok recevait un signal sur la fréquence de la Maison Min-Tutopa. Il prévint le bureau où se trouvait Chakotay. « Un appel, commander. »

Malgré sa parfaite maîtrise de soi, la voix du Vulcain avait dû trahir quelque chose car Chakotay arriva, anormalement nerveux, sur la passerelle en un clin d'œil. « Ouvrez le canal. » La définition de l'image sur le visualiseur était très mauvaise, mais c'était bien le visage de Janeway.

— Capitaine, dit Chakotay, visiblement soulagé. Nous nous demandions...

— Je n'ai pas pu vous contacter avant, expliqua-t-elle en jetant un bref regard de côté, comme pour lui montrer qu'elle n'était pas seule et lui signifier d'être circonspect.

Le froncement de sourcils de Tuvok s'accentua quand il remarqua le léger désordre de la chevelure de Janeway, comme si elle avait attaché ses cheveux sans miroir.

— Notre situation a changé, dit-elle. Nous sommes impliquées dans une révolution, semble-t-il, et le

processeur de notre ordinateur sert à détenir le gouvernement légitime en otage.

— Êtes-vous en danger, capitaine ?

— Pas pour l'instant. Mais nous ne sommes pas
autorisées à quitter ce bâtiment, dit-elle d'un ton amer.
De toute façon, je n'ai pas l'intention de partir d'ici sans
notre processeur.

— Nous avons obtenu certaines informations sur l'a-
gent Andross, dit Chakotay avec prudence, et sur les
nombreux vols récents d'ordinateurs.

— Le responsable est effectivement Andross, dit
sèchement le capitaine qui fixa Tuvok. Vous aviez raison,
comme d'habitude.

— J'aurais préféré me tromper, répondit Tuvok.

— Je n'ai pas l'intention de me plier aux exigences
d'Andross, dit Janeway avec un signe de tête à Chakotay.
Commander, faites-moi rapport de votre situation.

Elle l'écouta le menton appuyé dans la main. Son
regard se fit de plus en plus maussade à mesure que
Chakotay énumérait la série de complications qui avaient
suivi l'arrestation de Paris, dont le débranchement des
liaisons ombilicales et les défaillances généralisées de
tous les systèmes du vaisseau.

— Nous opérons en Mode réduction d'énergie, mais
continuons d'avoir des pannes et des délais, conclut
Chakotay.

— Et Paris ?

— Je suis inquiet. D'après ce que j'ai appris, l'examen et l'interrogatoire sont parfois mortels. Pour parler
franchement, les risques chimiques que les Tutopans se
permettent avec la physiologie extraterrestre me sidèrent.

— Vos démarches auprès des fonctionnaires du
Cartel ont-elles abouti ?

— Négatif. Ils veulent notre technologie et refusent
même de me laisser voir Paris si je ne leur donne rien en
échange.

# INFRACTIONS

Janeway s'écarta un peu quand Andross se glissa, lui aussi, dans le champ du visualiseur.

— Vous voyez où mène une soumission aveugle ? demanda l'agent. Vous tentez de négocier avec un système dans lequel l'individu ne compte pas. Comprenez-vous maintenant contre quoi nous luttons ?

— Cela ne me regarde pas, dit le capitaine.

Son expression apprit à Tuvok tout ce qu'il avait besoin de savoir : Andross n'inspirait aucune confiance à Janeway.

L'agent s'éloigna de l'écran et l'image se brouilla. Ils entendirent crier Torres et l'uniforme noir de Janeway disparut brusquement de l'image.

— Capitaine ! cria Chakotay. Que se passe-t-il ? Andross, que leur avez-vous fait...

— Comme votre capitaine vous l'a expliqué, la situation a changé, dit l'agent, essoufflé comme après un effort violent.

— Que leur avez-vous fait ?

— Commander, je crois que vous devriez m'écouter, dit Andross sans dissimuler le ton lourd de menaces de sa voix.

— Je vous écoute, dit Chakotay.

— Nous devons augmenter la puissance de votre processeur. Donnez-moi l'ordinogramme des séquences procédurales et le protocole d'opération pour nous connecter aux analyseurs des autres réseaux.

Chakotay secoua lentement la tête. « Impossible. » Tuvok faillit ajouter que le capitaine Janeway leur avait ordonné de ne pas l'aider.

— Une fois que notre leader sera en place, les exhorta Andross, nous vous rendrons les vôtres et vous remettrons votre processeur. Vous serez libres de poursuivre votre chemin.

— Nous ne marchandons pas l'avenir d'une société, dit Chakotay, l'air chagrin.

— Je vous donne un jour pour me fournir ces renseignements, dit Andross en baissant les yeux. À ce stade,
les vôtres ne nous sont plus d'aucune utilité. Évitez qu'ils
me servent à vous prouver que je ne plaisante pas.

# CHAPITRE
# 17

Paris réalisa qu'il s'était remis debout quand Tracer quitta la lisière d'ombre et s'éloigna de lui. Le pilote savait que les Tutopans ne connaissaient pas la technologie de la téléportation et se demandait comment ils réussissaient, sans elle, à simuler une force meurtrière.

— Comment crée-t-on cette illusion ? demanda-t-il.

— Aucune idée. Je ne suis pas technicien, répondit Tracer en évitant son regard..

— Des photo-hologrammes peut-être, murmura Paris pour lui-même. Mais les photo-hologrammes sont immatériels.

Il déposa sa veste, s'approcha tranquillement du conteneur et y asséna un violent coup de poing. La carcasse d'acier résonna. Sa résistance ne faisait aucun doute, et le pilote continua de cogner de toutes ses forces. Tracer prit ses jambes à son cou et ses pas précipités soulevèrent un nuage de sable.

Paris, quand il eut fini, était cramoisi et avait très chaud. Mais il ne s'était pas senti aussi bien depuis qu'il était revenu à lui dans sa prison-bulle.

— Cela me semble tout ce qu'il y a de plus réel !

— Ouais, laissa tomber Tracer qui l'observait prudemment à distance. Les aventures que l'on vit pendant le sommeil ont l'air vraies aussi. Mais les rêves ne tuent pas.

Il fallut un moment à Paris pour saisir le sens de ses paroles.

— Tu veux dire que les simulations sont comme des hallucinations ?

— Elles sont créées dans nos esprits. Un peu comme quand on prend trop de misto.

Paris aurait voulu s'extraire de sa prison de chair. Tout semblait si réel — ses mains étaient encore douloureuses. Il regarda une goutte de sang apparaître sur l'une de ses articulations et former un petit dôme dans lequel se reflétaient les deux soleils qui brillaient au-dessus de leurs têtes. La goutte dessina une fine ligne en coulant sur le dos de sa main, pendant qu'une autre commençait à se constituer. Était-elle réelle ou simple illusion ? Il se sentait devenir fou...

— Surtout, pas de panique, se dit Paris. D'abord et avant tout, ne pas paniquer. Il y a une explication à tout...

Tracer reprit lentement sa place à l'ombre du conteneur. « Qu'est-ce que tu comptes faire ? »

Paris eut une moue désabusée. On s'était déjà emparé de son esprit. On le surveillait, évaluait ses décisions, enregistrait la moindre parcelle d'énergie qui parcourait son corps. Il avait transgressé les lois du Cartel, d'accord, mais il ne méritait pas ce châtiment.

— Combien de temps les Tutopans vivent-ils sans absorber de liquide ? demanda-t-il à court d'inspiration.

— Aucune idée.

Tracer n'en avait aucune idée, bien sûr ! Paris se demandait même s'il connaissait autre chose que le nettoyage des planchers et les tripots où il trouvait, au fond d'une bouteille de misto, le soulagement pour quelques heures.

— Eh bien, par une chaleur pareille, les humains ne tiennent pas plus de quelques jours. Peut-être même moins, s'ils marchent. Je parie que ce n'est pas si différent pour les Tutopans.

Tracer s'allongea confortablement.

— Si nous sommes sur Faltos, ils nous utilisent peut-être pour établir un référentiel de simulation. Ça pourrait durer plusieurs jours. Ils se servent souvent de criminels pour les référentiels.

— Des criminels ! explosa Paris. Tu n'en es certainement pas un, et moi je n'ai jamais eu de procès. Quelle sorte de créatures êtes-vous donc ?

— Tu veux dire que tu n'as jamais volé d'informations dans les ordinateurs du Cartel ?

Paris se rappela que des yeux les scrutaient et il le fit taire abruptement.

— Je n'ai pas touché à leur ordinateur, assura-t-il sans mentir.

— Ah non ? s'étonna Tracer, en ouvrant de grands yeux.

— D'ailleurs, les *circonstances atténuantes*, tu connais ? s'enquit Paris. Je voulais simplement obtenir certains renseignements qui partout ailleurs sont accessibles à tout le monde.

— Lesquels au juste ?

— Des manifestes de douane, pour retracer une cargaison, dit-il vaguement. Je voulais savoir si Min-Tutopa était impliqué dans le vol de notre processeur.

— Et qu'as-tu appris ?

— Rien, on m'a découvert trop vite, s'esquiva Paris, ignorant si le Cartel avait retracé Kim ou si le concierge avait parlé de la présence d'un complice. Et toi, Tracer, qu'est-ce tu te rappelles de ce qui s'est passé ?

Tracer se mordit la lèvre inférieure.

— Pas grand-chose... Il y avait le bar, puis cet autre endroit où nous sommes allés... C'était ton vaisseau, n'est-ce pas ?

— Oui.

— J'avais perdu toute notion de la réalité, soupira Tracer en secouant la tête. J'ai compris quand j'ai vu ce type, Neelix. Vous ne vouliez pas vous envoyer en l'air, vous prépariez un coup.

— Je ne comprends pas ce que tu veux dire.

— Je croyais que c'était pour ça que tu m'avais abordée... que tu étais un de ces étrangers biscornus qui aiment les femmes pas comme les autres, expliqua Tracer en montrant d'un geste timide les taches de son visage.

— Quoi?!

— Je suis une femme.

Paris savait que sa bouche était grande ouverte mais il était incapable de la refermer. « Tu es... »

— Une femme, répéta-t-elle en détournant ses yeux dépourvus de toute méchanceté. Je croyais que tu le savais, mais je t'ai entendu crier « lui » quand tu gueulais contre le Cartel.

Paris tomba assis. « Je ne savais pas... »

Tracer haussa les épaules, un mouvement que Paris l'avait vu faire des dizaines de fois. Rien n'avait changé, mais c'était comme si un filtre s'était glissé devant ses yeux et avait réveillé ses instincts protecteurs.

— Je suis désolé. Mais vous vous ressemblez tous tellement, s'excusa-t-il avec maladresse — il se revoyait la pousser sans ménagement dans le placard. J'ai horriblement mal agi.

— Tu n'es pas si méchant, dit-elle avec un regard doux.

Il éprouvait déjà de la culpabilité, mais à présent c'était mille fois pire. Comment ne s'était-il pas aperçu que Tracer était une fèmme ? Maintenant qu'il le savait, ça crevait les yeux.

— Viens avec moi, dit-il en lui offrant le bras pour l'aider à se relever. Il ne faut pas rester ici sans bouger.

Elle regarda béatement la main qu'il lui tendait. « Pourquoi ? »

— Parce que nous devons au moins tâcher de nous en sortir, dit-il en mettant sa main en visière pour scruter l'horizon. Il doit bien y avoir quelque chose ici.

— Tu veux que je vienne avec toi ?

Il se pencha vers elle et la tira par le bras pour qu'elle se lève.

— C'est moi qui t'ai mise dans ce pétrin, c'est moi qui t'en sortirai, lui dit-il.

Son contact la fit tressaillir et, une fois relevée, elle s'écarta rapidement de lui.

— C'est vrai ?

— Je vais essayer, en tout cas, dit Paris qui tenta de s'orienter. Là-bas ! On dirait qu'il y a quelque chose dans cette direction.

— Merci, murmura Tracer en lui adressant un léger sourire.

— Pas de quoi, répondit Paris avec un rire sec. Tu reviendras me voir quand tu voudras un autre aller simple pour nulle part.

— C'est la première fois que je passe une épreuve avec quelqu'un comme toi.

Tracer enleva une plaque de sable humide collée à son vêtement et refusa le secours de Paris. *Aussi bien essayer d'en apprendre le plus possible*, songea le pilote.

— Les mises à l'épreuve ont l'air passablement rigoureuses, fit-il observer. Beaucoup d'enfants en meurent ?

— Les enfants ne sont pas exposés aux épreuves de survie. Elles sont réservées à ceux qu'on destine à des postes de commandement ou d'exploration, ou encore à de hauts niveaux hiérarchiques. Les faibles et les inaptes sont éliminés. J'ai lu ça quelque part, ajouta-t-elle avec un nouveau sourire.

— On semble nous accorder beaucoup d'importance.

— Les gens fournissent des renseignements précieux quand ils essaient de sauver leur peau.

Paris se mit à penser à tout ce qu'il leur avait peut-être déjà raconté, puis décida que cet exercice était inutile.

— Je ne sais pas ce qui me fâche le plus — qu'ils violent si intimement ma pensée et arrivent à y créer une simulation qui a toutes les apparences de la réalité ou d'être bloqué dans ce désert pour vrai, sans aucun espoir de secours.

— Ça pourrait être pire, dit Tracer, plutôt philosophe. Une fois, j'ai eu les mains liées derrière le dos. Tout était réel, d'ailleurs.

Paris avait la langue pâteuse et ses lèvres commençaient à se dessécher. Ce n'était pas une simulation, c'était impossible.

— Tu sais, je commence à en avoir assez de toujours comparer ma situation au scénario le plus catastrophique.

Tracer essayait de lui remonter le moral, il s'en rendait bien compte.

— J'ai entendu l'histoire d'un gars qui a passé la même épreuve qu'un de ses collègues de travail. Il a cru que c'était une simulation jusqu'au tout dernier moment, puis s'est rendu compte que c'était vrai.

— Que s'est-il passé ?

— Il a eu quatorze fractures aux jambes. Il n'aurait pas dû sauter du toit, c'est ce qu'il a dit après.

— Simulation ou pas, il vaut mieux ne jamais sauter d'un toit. As-tu d'autres histoires d'horreur à me raconter ? demanda Paris.

Il devenait de plus en plus difficile d'avancer dans le sable épais.

# INFRACTIONS

— Je... commença Tracer, qui perdit soudain l'équilibre, en même temps que Paris sentait le sol se dérober sous lui.

— Ne t'arrêtes pas ! cria-t-il.

Paris dégagea un pied et se jeta en avant pour libérer l'autre. Il tenta de rebrousser chemin, mais il était entouré de sable mou, qui l'attirait vers les profondeurs du sol.

— Aide-moi ! le supplia Tracer, les jambes enlisées jusqu'aux genoux.

Paris ne pouvait ni s'arrêter ni se retourner. Il pensait juste atteindre un terrain plus ferme. Chacun de ses pas lui coûtait un effort surhumain. Tracer se débattait désespérément.

— Je m'enfonce ! cria-t-elle avec effroi.

Paris se plaqua à terre dès qu'il atteignit la limite des sables mouvants. Il roula sur lui-même et vit Tracer enlisée jusqu'à la taille, dont les cris étouffés et les gestes frénétiques l'appelaient au secours.

— Tourne-toi ! hurla le pilote.

Son pied tâtonna tout le pourtour de la lisière des sables mouvants et il réussit à se rapprocher de Tracer, juste avant qu'elle ne soit engloutie...

Une terrible fatalité pesait sur l'issue de son combat. Quand Paris s'étira pour l'atteindre, le dernier bout de sa combinaison s'enfonça. « Tracer ! » Des grains de sable continuaient à s'affaisser dans le creux où s'était trouvée la Tutopanne. Paris roula sur le dos.

— Non ! implora-t-il dans un cri déchirant. Venez à son secours avant qu'elle n'étouffe ! Avant qu'il ne soit trop tard...

Il leva son visage vers l'éclat aveuglant du ciel et son regard se voila, peut-être à cause des larmes. Ses yeux se rouvrirent sur un visage inconnu, que ses traits aplatis identifièrent aussitôt comme tutopan.

— Nous avons une excellente lecture de celui-là, dit quelqu'un hors de son champ de vision.

Le Tutopan, parfaitement impassible, se pencha sur Paris.

— Nous commencerons l'interrogatoire demain. Prévenez son vaisseau.

Paris tenta de se redresser, mais de larges sangles lui enserraient la poitrine et les bras. Ses jambes aussi étaient immobilisées. C'était aussi troublant que se réveiller dans un hôpital, propre et froid, dans un éclairage trop intense. Avec des gestes secs et précis, des mains détachèrent la lanière qui lui ceignait le front et Paris entrevit le gel conducteur qui recouvrait des électrodes.

— Qu'est-ce que vous me faites ? cria-t-il quand un autre Tutopan s'approcha.

Paris sentit le contact brûlant d'un injecteur sur son cou.

— Vous êtes mis à l'épreuve, prisonnier.

# CHAPITRE
# 18

Kim fouillait d'une main fébrile les piles de pastilles isolinéaires qui recouvraient le bureau de Zimmerman. Il savait que celle qu'il cherchait s'y trouvait, mais ne la dénichait pas.

Il abattit le poing sur le bureau. Quelques pastilles en glissèrent, mais son geste ne lui procura pas le moindre soulagement. Kes avait raison : il n'était plus lui-même. Il n'arrivait plus à aligner deux idées cohérentes — depuis que le capitaine et B'Elanna était prisonnières. Depuis que Tom Paris était détenu quelque part dans les entrailles de l'Axe et payait pour un crime qu'il avait lui, Kim, commis.

Il se recala dans son fauteuil. S'il n'avait pas été aussi envieux de Tom et de B'Elanna, son jugement n'aurait pas été faussé quand Paris lui avait demandé de l'accompagner sur l'Axe. S'il avait refusé ou consulté d'abord Tuvok, Paris serait peut-être encore ici...

Mais peut-être se complaisait-il dans cet apitoiement malsain pour éviter de penser à son échec. Il n'avait pas réussi à réparer le réseau informatique.

*Mais comment réparer quelque chose qui ne cesse de changer ?*

Il se demanda si les scientifiques d'Utopia Planitia avaient eux aussi découvert les épineuses surprises que réservaient leurs petites merveilles d'ordinateurs. Chose certaine, celui du *Voyageur* s'intégrait aux autres systèmes d'une manière aussi complexe et imprévisible qu'un organisme vivant. Kim s'était aussi aperçu que l'utilisation des contenants de colloïde neuronal n'entraînait pas un accès plus rapide que les nanoprocesseurs; ils assimilaient des configurations et les interprétaient sans passer chaque fois par le processeur. Mais ces configurations, qui acheminaient les impulsions, restaient des lignes de guidage approximatives et n'avaient aucune structure définie. Parfois, malgré des points de jonction installés entre certaines puces isolinéaires, les voies d'accès qui traversaient le tissu neuronal variaient pour s'adapter aux exigences de passage. Il existait apparemment des centaines de milliers de synapses — ou conduits de transmission — pour chaque cellule. Kim était donc incapable de délimiter avec précision les zones problèmes pour les isoler et incapable de déterminer quels systèmes les impulsions erratiques affectaient. Il ne parvenait pas non plus à modifier le traitement de l'information par les réservoirs de gel colloïdal pour qu'ils adoptent de nouveaux scénarios.

Pire, des grappes de cellules semblaient avoir migré — c'est le seul terme qu'il avait trouvé pour désigner un phénomène qui se produisait contre toute logique. Ils avaient eu beau multiplier les ajustements des dosages d'infusion chimique, le coefficient d'efficacité de l'ordinateur n'avait grimpé que de trois pour cent. Kim n'avait pas besoin de Chakotay pour savoir que ce n'était pas suffisant.

Dans la salle voisine, Kes, occupée à analyser le tissu moléculaire, leva les yeux et lui adressa un sourire chaleureux. Kim savait qu'elle ne lui en voulait pas d'avoir été si dur avec Zimmerman quand le médecin avait tenté d'accéder au réseau optique numérique. Il se contenta d'ajouter cet épisode à la liste des raisons qu'il avait de se sentir coupable.

— Du neuf concernant les grappes de cellules ? demanda-t-il à Kes à travers la baie vitrée.

— Vous aviez raison, lui annonça-t-elle en venant à sa rencontre. Elles migrent à l'intérieur de la mémoire centrale. Certains indices me laissent croire que quelques-unes se sont agglutinées dans le sous-processeur central de la passerelle...

Kim étouffa un murmure d'incrédulité.

— On n'a vraiment pas besoin de ça.

— Je ne sais pas exactement pourquoi cela se produit, dit Kes en jetant un coup d'œil vers la salle d'examen. Quand j'ai posé la question au docteur, il a refusé de me répondre.

Kim apercevait Zimmerman étendu sur la table, inerte.

— Qu'est-ce qui ne va pas à présent ?

— De nouveaux symptômes sont apparus...

Kes se leva et s'étira. Elle tendit les bras le plus haut qu'elle put et se haussa sur la pointe des pieds. « Ahh ! Quelle agréable sensation. »

Kim préféra s'abstenir de penser que c'était aussi un agréable spectacle.

— Si on allait examiner notre patient, proposa-t-il avec le plus grand sérieux.

Le médecin avait les yeux ouverts, mais leur arrivée ne provoqua chez lui aucune réaction. Ses mains reposaient sur sa poitrine et Kim trouvait qu'il ressemblait aux morts-vivants qui, dans les films antiques, attendaient l'heure du réveil d'outre-tombe pour conquérir le monde des humains. Il essaya de chasser cette vilaine pensée.

— Docteur ? dit Kes en s'approchant.

Dans un effort qui semblait extrême, Zimmerman tourna la tête dans leur direction, et rien dans son attitude ne permettait de croire qu'il les reconnaissait.

— Comment vous sentez-vous ? demanda Kim, bien décidé cette fois à rester maître de lui.

Zimmerman soupira et leva légèrement la main, comme s'il n'avait rien à dire. Sa main était agitée d'un léger tremblement.

— Il présente tous les signes d'une dépression, dit Kes avec calme. Accompagnée d'épisodes d'excitation maniaque.

— Je ne savais même pas qu'il avait des émotions, avoua Kim.

— D'une certaine manière, oui. Chez les êtres organiques, les réactions émotives ne sont que des impulsions chimiques qui stimulent la prise de décision. Il a été programmé pour reconnaître la joie ou la déception suscitées par une situation et pour réagir en conséquence. Son interface avec les patients contient des émotions qui l'aident à traiter ses malades.

Leur diagnostic n'éveilla pas le moindre intérêt chez le médecin, au point que Kim lui-même commença à s'inquiéter.

— Pourquoi ne pas vous asseoir ? lui proposa-t-il. Nous aimerions vous examiner.

Il fallut un moment à l'image du médecin pour prononcer les mots : « Est-ce vraiment nécessaire ? »

Zimmerman poussa un long soupir quand Kim lui fit signe que oui et il se redressa lentement. Kes allait l'aider mais Kim l'arrêta. Elle jeta à l'enseigne un regard indigné, mais il n'y prêta pas attention et continua d'observer en silence Zimmerman qui peinait maladroitement pour se lever. Ses jambes pendaient dans le vide et ses bras reposaient sans vigueur sur ses cuisses. Un tremblement agitait toujours ses mains.

INFRACTIONS

— Vous souvenez-vous de ce qui est arrivé ? demanda Kim.

— Mes fonctions cérébrales ne sont pas atteintes, répliqua le médecin en relevant la tête pour le regarder dans les yeux.

Kim lui prit les mains pour le rassurer.

— Bien sûr, je sais. Mais dernièrement, votre processus mental a été... comment dirais-je... perturbé.

— Et alors ? demanda sèchement Zimmerman. Est-ce pour ça que vous m'avez mis au rancart ?

—La dernière fois que vous avez utilisé le moniteur, vous avez effacé la moitié des lectures ioniques. Nous ne pouvons pas courir un tel risque de nouveau.

— En ce moment même vous nous aidez, le réconforta Kes. Simplement en nous laissant vous examiner.

— Je ne sers plus à rien, se plaignit le médecin d'un ton amer.

— Vous êtes notre officier médical en chef. Vous savez que nous avons besoin de vous, insista Kes.

— Ce n'est pas vrai, nia-t-il en détournant la tête. Quand vous en aurez fini de moi, vous programmerez tout simplement un nouveau médecin. Je vous connais ! Il est probable que vous lui donnerez mon apparence... mais ce ne sera pas moi.

— Ne dites pas de sottises... murmura Kes. Tout ira bien. À peine deux pour cent de patients atteints de lésions cérébrales en meurent.

— Peut-être, mais combien de ceux-là se sont fait arracher le cortex ? riposta le médecin. Je suis à la merci de ce vaisseau... mon corps est un fantôme qui erre à jamais dans un vide sans bornes... sans havre où se réfugier...

Kim remarqua les nouveaux symptômes — apitoiement sur soi, découragement, pensées suicidaires — et se demanda s'il n'était pas fou *lui-même* d'essayer de traiter un système informatique comme s'il s'agissait d'un malade mental. Mais quel autre choix s'offrait à eux ?

— Allons-y, dit Kim du ton le plus encourageant possible. Vous connaissez la musique, aussi bien en finir au plus vite.

Zimmerman se montra coopératif : il toucha ses orteils quand Kim le lui demanda, puis son nez, avec chacune de ses mains, alternativement. Il rata son coup à plusieurs reprises, ce qui le vexait au plus haut point. Et quand Kes donna un petit coup sur le tendon au-dessous du genou, son pied continua de battre l'air jusqu'à ce que Kim l'immobilise.

— Allez-vous me planter des aiguilles partout maintenant ? demanda le médecin d'une voix éteinte.

— Pas cette fois-ci, le rassura Kes en dissuadant Kim d'un regard.

Le jeune informaticien ne vit aucune raison d'insister.

— Qu'en pensez-vous ? demanda-t-il.

— J'ai trouvé, dans un traité de pharmacologie, un article qui décrit les symptômes de la maladie de Parkinson susceptibles d'être provoqués par la réserpine. La posture voûtée, la lenteur des mouvements, l'absence d'expression faciale...

— Ça correspond assez bien à ses symptômes.

— La maladie de Parkinson est généralement causée par des lésions des noyaux lenticulaires. Des symptômes identiques apparaissent aussi en cas de baisse des concentrations de dopamine dans le tissu neuronal.

— Dans ce cas, pourquoi ne pas lui injecter un supplément de dopamine ?

— C'est cet élément que nous essayons de détruire pour neutraliser la transmission des impulsions nerveuses, répondit Kes en regardant l'enseigne avec un sourire forcé.

# INFRACTIONS

— Oh... fit Kim, découragé par l'air buté du médecin. Y a-t-il autre chose que nous puissions faire pour lui ?

— Pas avant que les masses bio-neuronales n'aient repris leurs fonctions normales, dit Kes en secouant la tête.

— Essayez de geler une partie de mon thalamus, suggéra le médecin. Oh, j'oubliais... je ne suis qu'un hologramme. Je n'ai pas de thalamus.

— Ne soyez pas si pessimiste, dit Kim, qui regrettait d'avoir été si dur avec Zimmerman.

Kes posa la main sur l'épaule du médecin.

— Je sais que vous n'aimerez pas ça, mais il vaudrait peut-être mieux déconnecter votre sous-processeur de la mémoire centrale. Il ne s'agit pas d'un nœud de jonction régulier, même s'il est doté d'un contenant de colloïde neuronal, et la réaction ne sera peut-être pas aussi forte.

Le médecin essaya de se redresser. Un froncement de sourcils lui plissait le front.

— Vous avez peut-être raison, mais je ne vous renseignerai plus, dans ce cas, sur les effets du traitement chimique. Non, je préfère rester branché au réseau optique numérique.

— Et si vous subissiez des dommages irréversibles ? demanda Kes.

— Quels dommages ? objecta Kim. Ses programmes sont intacts.

— J'ai vérifié ses protocoles d'opération. Il a été conçu pour tirer des leçons de ses expériences et s'adapter aux situations nouvelles. Son comportement psychotique a pu s'ajouter à sa mémoire de comportements associatifs — de la même façon que votre docteur Pavlov avait réussi à faire saliver des chiens quand ils entendaient une cloche.

— Des réflexes conditionnés ? demanda Kim.

— Ce traitement risque de l'affecter de manière permanente, acquiesça Kes.

Kim ne savait pas trop quoi répondre. Ils avaient besoin des rétroactions du médecin, mais ne voulaient pas lui faire du tort.

— Je ne suis peut-être pas différent de vous dans le fond, soupira Zimmerman. Je vais m'en tirer, mais je ne serai plus le même. Je devrai m'adapter aux conséquences de ma maladie. Je comprends maintenant l'utilité des sous-programmes spécialisés que je dois mettre en œuvre pour traiter les autres médecins. Nous sommes vraiment les pires malades.

Kes repoussa les cheveux tombés sur son front.

— Ce n'est pas juste que vous soyez obligé de souffrir de la sorte, dit-elle.

— Pas juste ? répéta Zimmerman en essayant de lui sourire. Je suis un membre de l'équipage et je ferai ce qu'il faut pour résoudre ce problème. Mais pourquoi ne me laissez-vous pas *agir* ?

Kes tourna vers Kim un regard inquiet. Le jeune enseigne ne voulait pas le démoraliser une fois de plus.

— Il y aurait peut-être moyen de bricoler un terminal pour le séparer des autres systèmes de l'infirmerie, suggéra-t-il. Mais il me faudrait au moins une heure...

— Je vous aiderai, proposa Kes sur-le-champ.

Kim n'était pas convaincu, mais la lueur d'espoir sur le visage du médecin emporta ses doutes.

— D'accord, on verra ce dont vous êtes capable, concéda l'enseigne.

— Je pourrai enfin travailler, se réjouit le médecin qui joignit ses mains tremblantes et sourit pour la première fois depuis longtemps. Médecin, guéris-toi toi-même !

Un bourdonnement sourd et une clarté diffuse réveillèrent Torres. Elle roula sur le côté et sa main chercha instinctivement son fuseur sous son oreiller. Elle se croyait dans un avant-poste du Maquis attaqué par un commando.

Quand elle se retrouva allongée sur le sol, les mains vides, elle se souvint qu'elle ne combattait plus les Cardassiens ni Starfleet.

Elle étouffa un grognement et s'appuya sur la banquette pour se relever.

— Vous feriez mieux de rester tranquille et de laisser l'effet se dissiper, suggéra Prog qui, installée devant sa console, se dépêtrait au milieu de piles de bandes magnétiques carrées, l'air terriblement soucieux.

— Depuis combien de temps suis-je... ? réussit à articuler Torres.

— Vous êtes restée inconsciente toute la journée. Les soleils vont bientôt se coucher. Andross vous a laissée ici pour que je vous surveille. Votre résistance au sédatif a été beaucoup moins forte cette fois.

Torres ne dit mot de l'antidote que Tuvok leur avait injecté, mais dont l'efficacité semblait se limiter à une seule attaque — elle devrait lui parler de ce petit détail une fois de retour sur le vaisseau. Si jamais elle y retournait.

Torres se traîna jusqu'à la banquette voisine, sur laquelle reposait Janeway, encore inconsciente. Quelqu'un avait pris le temps de l'installer confortablement; il faudrait le remercier, se dit Torres en tâtant le pouls, fort et régulier, de son capitaine. Janeway se trouvait plus près de Andross, elle avait donc dû recevoir une dose de gaz plus forte.

— Aucune de vous n'a souffert de dommages permanents, ajouta Prog.

— Je commence à en avoir assez d'entendre la même rengaine chaque fois que je reprends conscience.

Torres essaya de se relever mais renonça.

— Je vous comprends, lui répondit Prog. Andross dit qu'il est inévitable d'avoir à impliquer certaines personnes dans notre combat, même si ce n'est pas le leur.

Torres appuya ses coudes sur ses genoux et reprit son souffle avant de réessayer de se lever.

— Je me rappelle avoir déjà dit la même chose à quelqu'un.

— Dans quelles circonstances ? demanda Prog, avec un intérêt soudain.

Torres voulut rire mais son rire s'étrangla dans sa gorge.

— Quand je combattais pour la rébellion, avoua-t-elle.

— Vous avez déjà combattu ? Votre rébellion a gagné ?

— Je l'ignore, répondit Torres, le regard suspendu dans le vide. Je ne sais pas comment la lutte s'est terminée...

— Vous avez abandonné, conclut Prog d'un ton accusateur. Vous aviez cessé de croire en votre cause ?

— Ce n'est pas tout à fait ça, rectifia Torres. Cette cause n'a jamais été vraiment la *mienne*, jamais vraiment. Il m'arrive parfois de penser que j'ai rejoint la rébellion uniquement pour croire en quelque chose.

— Moi, je ne crois en rien d'autre, dit Prog en regardant ses mains. Je suis une des plus anciennes techniciennes informatiques attachées au réseau de communications. Je risque tout, je joue ma vie dans ce coup d'État.

— Mais pourquoi ? demanda Torres. Qu'est-ce qui peut valoir un tel risque ?

— La question n'est pas là. Je n'aurais pas supporté de vivre un cycle de plus ce que je vivais.

— Votre vie était donc si difficile, si désagréable ?

# INFRACTIONS

Être différente des autres, n'avoir rien à perdre, Torres savait ce que c'était, mais cette femme ne correspondait pas à ce profil.

— Vous avez pourtant l'air de vous être assez bien débrouillée, dit la Klingonne en montrant l'élégant décor de la salle et ses équipements de pointe.

— Ce n'est pas la vie que j'aurais choisie. J'aurais préféré vivre librement, dans la communauté où j'ai grandi, mais j'ai renoncé à tout cela quand j'ai dû accepter d'exercer ce métier. Ils ont besoin de travailleurs qualifiés là-bas, chez nous, et je veux retourner avec ceux que j'aime, pour les aider à bâtir notre communauté.

— On ne vous laisserait pas partir ?

— Je suis affectée au service de la province Seanss pour quinze rotations encore. Ils décident où je vais et quand j'y vais. Ils peuvent me transférer sur Ellosia s'ils le désirent. Une de mes amies, Martt, a été obligée de quitter son mari pour aller travailler à Tangir. Ils ont dit pour deux rotations seulement, mais qui peut savoir ?

— Et vous avez donc rallié les rangs d'Andross ? dit Torres en regardant la salle déserte. D'ailleurs, où est-il, le nabot aux grandes illusions ?

— Qui ?

— Andross. Ce n'est pas le genre de type qui me semble capable de mener une révolution.

— J'accepterais de passer l'épreuve avec Andross n'importe quand, dit Prog, bouleversée par la remarque de Torres.

L'ingénieur se leva, s'étira et sentit ses muscles se tendre après cette longue période d'inaction. Elle se dérouilla les bras et les jambes et fit une série de mouvements pour favoriser la circulation, tout en s'approchant tranquillement de Prog. Il y avait un pistolet à gaz posé près de la technicienne, mais elle était plus occupée à passer en revue les bandes magnétiques qui la cachaient presque. Torres remarqua que les gardes postés près de l'ascenseur étaient plus vigilants et ne la quittaient pas des yeux.

— Je ne sais même pas comment vous vous appelez, s'excusa Prog.

— B'Elanna Torres.

La Klingonne ferma les yeux à demi pour lire les étiquettes sur les bandes. Elles étaient marquées d'un avertissement imprimé en rouge : MÉCANIQUE QUANTIQUE, USAGE AUTORISÉ SEULEMENT.

— C'est un joli nom, la complimenta Prog qui leva un regard embarrassé aux plis de son front. À quelle race appartenez-vous ?

— Mon père était humain et ma mère klingonne. Elle est une humaine, ajouta-t-elle en désignant Janeway d'un signe de la tête.

— Vous dites cela comme si... comme si vous l'enviiez.

— Peut-être, dit Torres, surprise par son discernement. Mais peut-être devrais-je plutôt me réjouir de posséder un peu de la passion klingonne. Je constate les effets du pacifisme sur votre peuple. Le même pacifisme qui a inspiré le principe de la non-ingérence et qui ne me vaut rien de bon en ce moment.

— Allez-vous vraiment assister les bras croisés à la destruction de votre processeur quand vous pourriez l'éviter ? demanda Prog en hochant la tête.

Torres laissa échapper un bruyant soupir. Comment expliquer à Prog la Prime Directive alors qu'elle-même n'était pas certaine de la comprendre vraiment ?

— Je refuse d'agir sous la contrainte, expliqua-t-elle plutôt.

— Personne ne vous y oblige.

— Non ? Dans ce cas, nous partons tout de suite.

— Vous savez qu'il vaut mieux rester. Les gardes de la Maison encerclent la tour et guettent la moindre brèche dans nos défenses. Vous seriez rapidement capturées par

le Conseil, qui vous lessiverait le cerveau avant que vous
ne vous rendiez compte de ce qui vous arrive. Personne,
continua Prog en secouant la tête, ne sortira d'ici avant
que nous ayons pris le contrôle de la Maison.

— Si vous croyez que je vous aiderai après l'accueil
que vous nous avez réservé, vous vous mettez le doigt
dans l'œil.

— Vous avez sans doute dû faire du mal à quelqu'un,
vous aussi, pendant que vous combattiez dans la
rébellion ?

Torres faillit ne rien dire mais elle préféra répondre
honnêtement : « Oui. »

— Alors vous comprenez.

— Je m'en sens d'autant plus confuse, confessa
Torres en tapotant une cassette.

— J'ai quelques bons livres à vous proposer...

Un signal d'alarme vint rompre la quiétude des
lieux. Prog se tut. Elle oublia Torres et, en deux enjambées, gagna le moniteur. La Klingonne la suivit.

— Les systèmes sont de nouveau désynchronisés, dit
Prog. Je n'arrive pas à stabiliser les configurations dans
l'unité de contrôle de l'interface.

— Vous permutez les circuits de charge pour réduire
les pertes au minimum, remarqua Torres d'un air appro-
bateur.

— J'ai réacheminé ce que j'ai pu, mais le système
reste surchargé. Votre processeur a-t-il des régimes
transitoires ou des défauts de configuration ?

Torres l'écarta d'un léger coup de coude.

— Non, jetez un coup d'œil sur cet indicateur. C'est
le bloc de contrôle lui-même qui provoque les variations
de vitesse de traitement.

Prog garda la tête penchée sur ses cadrans.

— C'est la première fois que je vois une configuration comme celle-là, sauf durant les simulations des

mises à l'épreuve, quand on compare les réseaux de neurones.

— Ce sont les contenants de colloïde neuronal de la mémoire centrale qui causent cet effet. Ils agissent comme un générateur indépendant à fonctions variables qui étalonne l'entrée continue des données et change les modes d'opérations pour les adapter aux conditions conjoncturelles, même pendant l'évaluation d'un problème par le processeur.

Ce fut au tour de Prog, consternée, de dévisager Torres.

— Mais comment intégrer un système comme celui-là ? J'aurais besoin de l'ordinogramme complet des circuits de la mémoire centrale originelle. Et même là, ce ne serait pas suffisant, je devrais le copier dans notre banque de données en utilisant un sous-programme effractif.

— D'abord, vous n'auriez jamais dû tenter l'intégration sans la séquence procédurale, dit Torres en haussant les épaules.

— Vous savez ce qu'il faut faire pour accélérer la vitesse de traitement du processeur, répondit Prog en la regardant avec intensité..

Torres avait compris qu'ils devaient brancher un programme d'opérations parallèle pour accroître le rendement du processeur, et ainsi permettre sans problème aux données d'être acheminées simultanément par plusieurs lignes afin de s'adapter aux contenants de colloïde neuronal.

— Vous savez quoi faire ! lança Prog triomphalement. Pourquoi ne pas nous aider ? Nous prendrions le contrôle de tout le réseau de la planète et le Conseil serait forcé de capituler. Dès demain, vous seriez de retour sur votre vaisseau, avec votre processeur.

— Vous avez entendu ce qu'a dit mon capitaine. Il ne nous est pas permis de vous aider.

— Avez-vous pensé à votre collègue détenu par le Cartel ? demanda-t-elle en fermant à moitié les paupières. C'est un de vos amis, n'est-ce pas ? Vous ne voulez pas le secourir ?

— Je veux le secourir, dit Torres, touchée en plein cœur.

— Dans ce cas, dites-le moi, insista Prog en baissant la voix. Je m'occuperai de le faire, dites-moi simplement comment.

La tentation était presque irrésistible. Torres se retint à la console et inclina la tête. Une sarabande de désirs contradictoires dansa dans son esprit. Puis elle revit le visage du capitaine Janeway, la dernière fois qu'elle avait désobéi à un de ses ordres. C'était après qu'elle eut installé, avec Seska, le dispositif de transbordement dans la salle de l'Ingénierie. Avouer sa faute à Janeway avait été une épreuve atroce, pire même que les horribles instants pendant lesquels elle avait tenté désespérément d'extraire l'engin mortel du vaisseau sans y parvenir.

— Je sais ce que vous devez faire, lâcha Torres, la gorge serrée. Déconnecter notre processeur du réseau.

— Vous ne me direz rien ? dit Prog, avec de la rage dans la voix.

— Je ne sais pas quoi faire.

Torres se détourna. Elle espérait n'avoir pas déjà communiqué aux rebelles les renseignements dont ils avaient besoin.

— Je croyais que vous étiez une battante ! cria Prog dans son dos. Vous êtes aussi faible que toutes les autres.

Torres agita silencieusement la tête et s'interdit de se retourner. Prog n'imaginait pas l'effort que lui coûtait son refus. Elle se laissa tomber sur la banquette, les épaules affaissées. Lorsqu'elle releva la tête, Janeway avait les yeux fixés sur elle. « Capitaine ! Vous êtes éveillée. »

— Depuis quelques minutes, avoua Janeway en se redressant avec raideur. Vous lui avez menti, dit-elle à voix basse.

— Comment le savez-vous ? demanda Torres en la regardant avec attention.

— Ma mère est une spécialiste des théories mathématiques. D'aussi loin que je me souvienne, j'ai toujours été immergée dans la programmation informatique. Je sais qu'ils doivent partager les temps de programmation et je sais aussi que vous savez comment effectuer cette opération.

— Pourquoi n'avez-vous rien dit ? voulut savoir Torres. J'ai failli parler.

Sa question sembla surprendre Janeway.

— Vous êtes un de mes officiers supérieurs, lieutenant. Je m'attends à ce que vous obéissiez à mes ordres.

— C'était un test ? demanda Torres, mal à l'aise. Pour voir si je respecterais vos ordres cette fois-ci ?

— Pas du tout. Je dois absolument avoir confiance en mes officiers. Sinon nous aurions des problèmes bien plus graves que ceux-là, déclara Janeway en montrant Prog et les gardes. Pour survivre et retourner dans le Quadrant Alpha, nous devons travailler ensemble, dans un même système de valeurs et avec des objectifs communs.

— Je n'arrive pas à comprendre ça, avoua Torres en secouant la tête. Tout ce que je sais, c'est que je ne pouvais pas vous décevoir une autre fois.

Janeway se détendit imperceptiblement.

— J'étais sûre que vous ne diriez rien.

# CHAPITRE 19

Après l'ultimatum d'Andross, Chakotay passa le reste de la journée à visiter les différents services du vaisseau et à s'entretenir avec les officiers pour se rendre mieux compte du climat qui régnait à bord. Ce n'était pas le genre d'initiative que Starfleet suggérait à ses capitaines, mais Chakotay se rendait compte qu'une foule de recommandations de Starfleet découlaient du fait que les vaisseaux fédéraux croisaient toujours dans l'espace de la Fédération. Quand on y tenait le coup assez longtemps, quelqu'un venait inévitablement voir ce qui se passait.

Voilà pourquoi leur situation était si difficile. Mille flèches empoisonnées avaient miné les forces des officiers — même s'ils avaient réussi à remettre les systèmes en marche et à améliorer leur vitesse de traitement, tous sentaient désespérément que le temps jouait contre eux.

En déambulant discrètement parmi l'équipage, Chakotay avait pris conscience qu'il était retombé dans les schémas de pensée de Starfleet. Il avait été formé par les meilleurs stratèges et tacticiens de l'Académie, mais avait atteint la plénitude de ses talents quand il avait fait défection et commencé à combattre Starfleet. Il n'avait pas l'intention d'attaquer les principes qui guidaient un des équipages de la flotte, mais il estimait que leur mode d'exécution devait être adapté.

Le soir venu, il était prêt.

— Vous connaissez tous notre situation, commença-t-il en joignant les mains sur la table de conférence.

Chakotay s'adressait au groupe restreint d'officiers supérieurs qui s'étaient rendus sur l'Axe, y compris Neelix, ainsi que Kes, qui remplaçait l'officier médical en chef. La visite du commander à l'infirmerie lui avait révélé la gravité des défaillances de Zimmerman, même si le médecin s'était remis au travail et analysait les effets réflexifs du tissu neuronal.

— Je veux connaître votre avis.

Tuvok réagit à cette entrée en matière peu orthodoxe en levant un sourcil interrogateur.

— Je crois que l'agent Andross doit être notre première préoccupation, dit le Vulcain. Il a explicitement formulé son intention d'exécuter ses otages si nous ne lui fournissons pas les renseignements demandés avant le milieu de la journée demain.

— Il faut lui donner ce qu'il veut, dit Kes avec aplomb. La vie du capitaine Janeway et celle du lieutenant Torres sont beaucoup plus importantes.

— Donner notre appui à une insurrection est une violation de la Prime Directive, fit remarquer Tuvok.

— Pas encore la Prime Directive ! s'exclama Neelix en roulant de grands yeux.

— Oui, encore la Prime Directive, répliqua Chakotay du tac au tac. Nous savons tous que nos deux problèmes seraient résolus si nous remettions aux Tutopans ce qu'ils exigent. Mais que se passera-t-il après ?

— Après, on se pousse, dit Neelix, comme si la chose allait de soi.

— Sans nous soucier des très graves conséquences pour des millions d'individus. Êtes-vous prêts à assumer cette responsabilité ? demanda Chakotay.

Il se redressa et son regard rencontra celui de chacun des officiers présents autour de la table. « Moi pas. »

— Nous devons trouver une autre solution, convint Tuvok.

— Et si nous allions tout simplement les chercher ? proposa Kim.

Chakotay avait déjà envisagé cette possibilité.

— Le Cartel m'a refusé l'autorisation d'envoyer une navette à l'intérieur du système binaire de Tutopa.

— En ont-ils donné la raison ? demanda Kes.

— Le Cartel sait que notre processeur joue un rôle dans la rébellion. J'ai expliqué que notre seul désir était de récupérer le capitaine Janeway et le lieutenant Torres mais, comme d'habitude, les fonctionnaires veulent des informations supplémentaires sur Min-Tutopa. Il ne fait aucun doute que les événements qui s'y déroulent les concernent directement

Neelix fit la grimace.

— Le capitaine est une femme débrouillarde. Elle arrivera peut-être à se tirer d'affaire toute seule.

— Il est très rare que les otages parviennent à s'en sortir tout seuls, l'informa Tuvok.

— Nous ne pouvons tout de même pas rester assis à attendre sans rien faire, dit Kim.

— Suggérez-vous de nous rendre dans le système sans autorisation ? demanda Chakotay, qui secoua la tête et ajouta : Nos navettes ne possèdent ni la vitesse ni la puissance défensive nécessaires pour résister à une attaque du Cartel.

— Dans ce cas, pourquoi ne pas utiliser le *Voyageur* ? proposa Kim.

— Nous n'irions pas bien loin avec un vaisseau en si piteux état, fit observer Tuvok. Une navette aurait de meilleures chances.

Chakotay se demanda comment faisait le Vulcain pour émettre autant de remarques insidieuses sans la moindre inflexion dans sa voix.

— Nous ne pouvons pas rester assis sans rien faire, s'obstina à répéter Kim. Aussi bien utiliser l'énergie qu'il nous reste pendant que c'est encore possible.

La salle de conférence demeura silencieuse pendant que chacun réfléchissait à cette proposition.

— Vous ne manquez pas d'audace, monsieur Kim, déclara finalement Chakotay. Et je suis plutôt d'accord avec vous.

— Le *Voyageur* est incapable de passer en distorsion, incapable même d'atteindre la vitesse d'impulsion, nota Tuvok. Sans contrôle informatique, les déflecteurs et les boucliers ne sont pas fiables non plus. Sans compter que les fluctuations d'énergie continuent d'affecter tous les systèmes du vaisseau.

— Envisageons la situation sous un autre angle, suggéra Chakotay. Quels sont les systèmes qui fonctionnent ?

— Eh bien, les systèmes environnementaux ont été stabilisés, dit Kim. Et les propulseurs sont opérationnels.

— Les phaseurs et les canons photoniques sont opérationnels, ajouta Tuvok, même si leurs systèmes de guidage ne le sont pas.

Chakotay s'écarta de la table, frustré par l'accumulation de tuiles qui s'acharnaient à leur tomber sur la tête. Il se rendit jusqu'à la baie d'observation et contempla l'Axe, persuadé à présent qu'un combat loyal ne leur apporterait pas la victoire — et donc qu'il ne fallait pas y penser. Il ne lui restait pas d'autre choix, une fois de plus, que les tactiques de guérilla — la ruse et la surprise, avec juste ce qu'il fallait de terreur pour saper le moral de l'ennemi.

Quand Chakotay se retourna, au bout d'un moment, il lut sur les visages de chacun les espoirs qu'ils nourrissaient, et la confiance de ses officiers lui redonna courage.

— L'expérience m'a appris qu'il valait mieux tourner nos handicaps à notre avantage plutôt que de chercher à y remédier. C'est particulièrement vrai dans la situation actuelle.

— Comment tirer parti d'un vaisseau aussi mal en point ? demanda Neelix.

Le visage de Chakotay s'illumina et il finit par sourire.

— En paraissant le plus mal en point possible.

— Exactement comme lorsque nous avons mis en fuite ces charognards, à l'extérieur de la Porte Pol, rappela Kim en hochant lentement la tête.

— Si nous partons, nous ne pouvons pas laisser Tom Paris ici, dit Kes sans poser de questions sur les détails.

— Nous avons épuisé toutes les tentatives de négociation, observa Tuvok.

— Si nous décidons de défier la raison, aussi bien ne pas faire les choses à moitié, dit Chakotay avec fatalité.

— Quel type de négociations avec le Cartel suggérez-vous ? demanda Tuvok.

— J'ai en tête une intervention plus directe, que Tom Paris ne désavouerait sans doute pas.

Un sourire se dessina sur les traits de Kim.

— Vous songez à le sortir de sa prison, devina-t-il.

— Exact.

— Vous y pensez sérieusement ? demanda Neelix qui n'en revenait pas.

— Au point où nous en sommes, vous seriez surpris de savoir jusqu'où je suis prêt à aller, répondit Chakotay.

— Selon les lois de cette société, Paris est coupable, mentionna Tuvok, mal à l'aise.

— Il voulait juste venir en aide au capitaine, protesta Kes à la décharge de Paris.

— Sans compter que c'est *moi* le coupable, ajouta Kim avec défi. C'est moi qui ai copié ces fichiers et non Paris. Si quelqu'un doit payer, alors qu'on me livre au Cartel.

— Je ne permettrai pas qu'un autre membre de l'équipage soit soumis à leurs méthodes d'examen, intervint Chakotay.

— S'il vous plaît ! s'écria Neelix en levant la main. Avant de discuter de questions d'éthique, voyons d'abord si la chose est réalisable. Il s'agit du Cartel, ne l'oublions pas. Qu'est-ce qui vous fait croire que vous êtes capable de tirer Paris des griffes des Exécuteurs ?

— Il nous a été impossible de localiser l'endroit où il est détenu, admit Tuvok. Et nous ne pouvons pas compter sur nos senseurs pour le faire. Un scan complet nécessiterait un temps considérable.

— Si nous arrivions à le repérer, le téléporteur le ramènerait, rappela Kim à Chakotay.

— Ce serait le meilleur moyen, approuva le commander, pourvu que nous puissions traverser leurs boucliers, tout en les empêchant d'obtenir trop de renseignements sur notre technologie de téléportation.

— Pour réussir un verrouillage à travers le champ gravitationnel, il faut que Paris porte une mini-balise, indiqua Tuvok. Un transducteur sous-cutané ferait l'affaire, poursuivit-il, l'air pensif. C'est un dispositif inerte que leurs scanneurs ne détecteront pas. Mais l'implantation du transducteur nécessite un contact direct avec Paris.

— Écoutez-moi, intervint Neelix sans enthousiasme. Je vais retourner sur l'Axe. Je parviendrai peut-être à découvrir où sont situées les cellules de détention.

# INFRACTIONS

— Excellent.

Malgré tous les impondérables, Chakotay était satisfait. L'atmosphère de la salle était chargée d'émotion, comme si tout le monde venait de renaître.

— Tuvok, vous vous chargerez, avec Kes, de la balise. Enseigne Kim, je veux un rapport complet sur le statut de chacun des systèmes. Nous avons jusqu'à demain pour réussir ce plan.


Neelix arriva à leurs quartiers un peu après Kes. Il avait le teint cramoisi et était très agité, mais pas tellement plus que d'habitude.

— Comment ça s'est passé ? demanda-t-elle.

— Chaque fois que je mets les pieds sur cette station, je risque d'y laisser ma peau, répondit Neelix, après s'être laissé choir dans leur lit avec un grand soupir. Je m'attendais à voir ce mineur et son copain me tomber dessus au détour de chaque couloir.

— Et alors, t'ont-ils trouvé ?

— Non, gémit Neelix en frottant son épaule blessée. Mais je n'y retourne plus ! J'ai trouvé ce que le commander cherchait.

— Tu sais où se trouve Paris ?

— Euh... pas exactement, dit-il en retirant de sa poche un chip récepteur. Mais j'ai trouvé un plan qui indique l'emplacement du Bloc de Sécurité des Exécuteurs.

— Le commander sera très content, le réconforta Kes, en même temps qu'elle lui massait les épaules.

— Crois-moi, ça n'a pas été facile de mettre la main dessus, dit-il en se remuant le cou. Voilà, juste là ! Ahhh... quel soulagement...

— Il est tard, lui dit Kes. Pourquoi ne pas prendre un bain avant de te mettre au lit ?

Elle l'aida à se relever.

— Je suis trop fatigué pour prendre un bain.

Kes l'accompagna jusqu'au lit. Elle lui retira ses bottes et déboutonna sa combinaison.

— Tu es si bonne pour moi, lui murmura Neelix.

— Et toi aussi tu es gentil, lui répondit Kes en déposant un baiser sur son front, puis elle remonta la couverture. Dors, maintenant.

Comme elle allait partir, il lui prit la main.

— Et toi, tu ne te couches pas ?

— Je dois d'abord régler une petite affaire.

Neelix laissa échapper un bâillement qui faillit lui disloquer la mâchoire.

— La mini-balise ?

— C'est ça. J'ai fabriqué un micro-injecteur capable de libérer le transducteur.

Elle lui tapota la main et la reposa sur le drap.

— Ne te fais pas de souci. Je reviens bientôt.

Neelix tenta mollement de protester, mais Kes n'avait pas encore récupéré le chip rapporté de l'Axe qu'elle entendait déjà ses ronflements dans la chambre à côté. Sans perdre de temps, elle analysa la pastille à l'aide de son tricordeur et examina la carte de l'Axe. Il paraissait relativement simple de parvenir jusqu'au bloc de sécurité à partir du pylône d'amarrage.

Quand elle arriva à l'infirmerie, le médecin était toujours plongé dans son travail.

— Vous ne vous surmenez pas, n'est-ce pas ? s'inquiéta-t-elle.

Zimmerman marmonna quelque chose où il était question de ciel et de s'aider soi-même.

— Qu'est-ce qui vous amène à une heure aussi tardive ? demanda-t-il.

— La même chose que vous : j'essaie de donner un coup de main.

Kes lui sourit pendant qu'elle implantait le micro-injecteur dans le bout de son doigt. Elle n'aurait qu'à toucher Tom et le mécanisme de déclenchement introduirait la mini-balise sous sa peau.

— Continuez votre beau travail, l'encouragea Zimmerman d'un air absent.

— J'y compte bien.

Kes le salua de la main avant de partir, mais le médecin ne la remarqua même pas.

Lorsqu'elle voulut ouvrir le port d'arrimage du sas, l'ordinateur exigea un code d'accès et Kes utilisa celui que Tuvok avait donné à Neelix. Après tout, Neelix répétait toujours que tout ce qui était à lui était à elle aussi.

En quittant le vaisseau, elle s'assura que l'écoutille était verrouillée. Tuvok n'aimerait pas que quelqu'un monte à bord sans en être informé.

# CHAPITRE
# 20

Dès l'instant où Kes vit le Hall cinq-huit, avec son plafond haut et pointu, elle décréta que l'Axe était un endroit extraordinaire. Plongée dans le flot ininterrompu d'une foule bigarrée et pressée, elle n'avait pas assez d'yeux pour regarder tout ce qui s'offrait à elle. Il y avait tant de gens seuls, tant de gens au visage apeuré. Elle leur souriait, les saluait au passage, leur disait que les choses n'allaient pas si mal que ça. Elle leur disait aussi qu'elle aurait souhaité les aider davantage.

À force de parler à tout un chacun et de se remplir les yeux de toutes ces choses nouvelles, il lui fallut plus de temps qu'elle n'avait prévu pour atteindre le bloc de sécurité. Mais l'expérience en valait la peine.

— Vous êtes trop tôt. L'interrogatoire est prévu pour demain matin, lui dit l'Exécuteur, quand elle demanda à voir Tom Paris.

— Je ne suis pas ici pour l'interrogatoire. Je suis ici pour voir Tom.

L'Exécuteur lui tourna le dos et se posta devant un autre moniteur. Il parla pendant un moment et Kes saisit des bribes de phrase, des choses comme « refus de coopérer » et « ça nous sera utile ».

Le regard de l'Exécuteur n'était plus le même quand il revint.

— Passez par cette porte, lui dit-il. Quelqu'un vous escortera jusqu'à la salle où vous verrez le prisonnier 07119.

— Je vous remercie, lui dit-elle poliment.

Elle se demanda pourquoi les officiers du *Voyageur* s'étaient fait tant de souci. Rien n'était plus facile à obtenir que cette rencontre. Un autre Exécuteur attendait derrière la porte.

— Désirez-vous participer à l'interrogatoire ?

— Je suis navrée. Il me faudrait d'abord obtenir la permission.

L'Exécuteur haussa les épaules et ouvrit une autre porte.

— De toute façon, votre race n'est pas répertoriée dans nos fichiers. Attendez ici.

Le chatoiement d'un champ de force séparait la salle en deux et, de l'autre côté du champ, une autre porte était aménagée dans le mur.

— Voulez-vous désactiver le champ de force ? demanda Kes. Je suis une amie de Tom.

— Impossible. Le contact direct n'est permis que pendant l'interrogatoire.

— Oh !

Kes, déçue, ne dit pas un mot de plus. L'Exécuteur s'en alla et, comme il n'y avait pas de chaise, elle s'appuya contre le mur et se demanda où était Tom. Pour passer le temps, elle fredonna tout bas et s'occupa l'esprit comme elle seule savait le faire — en révisant mentalement son dernier sujet d'études anatomiques : la physiologie du système respiratoire bajoran. Après un long moment, la porte d'en face s'ouvrit et deux Tutopans vêtus de blanc traînèrent Paris jusqu'au milieu de la salle.

Ils le laissèrent tomber, visage contre terre, et se retirè-
rent. Kes courut jusqu'au champ de force. Paris n'avait
plus sa veste. Son maillot gris était en loques et trempé de
sueur.

— Tom, réveillez-vous. C'est moi, Kes.

Paris gémit, comme Neelix quand il était revenu de
l'Axe. Le pilote passa sa main dans ses cheveux et finit
par lever les yeux. « Kes?… »

— C'est moi, dit-elle simplement. Ça va ?

— Kes ! s'exclama de nouveau Paris en la fixant,
bouche bée, incrédule, sans même essayer de se relever.
Que faites-vous ici ?

— Je suis venu vous voir.

— Comment avez-vous fait ? demanda Paris. Vous
n'êtes pas venue seule, n'est-ce pas ?

— Je n'étais pas seule. Il y avait plein de gens partout. J'ai dû demander plusieurs fois mon chemin dans le
transport rapide. Tout le monde a été très gentil.

Paris se releva péniblement et secoua la tête, comme
s'il ne parvenait pas à y croire.

— Savez-vous à quel point c'est dangereux ?
demanda-t-il.

Kes étira le cou pour mieux le voir. Son œil expert de
technicienne médicale constata qu'il essayait de surmon-
ter les effets de la sédation et nota aussi sa blessure à la
main

— Non, répondit-elle. Pourquoi est-ce dangereux ?

— Parce qu'ils pourraient vous kidnapper et vous
embarquer pour un très long voyage vers nulle part. Voilà
pourquoi ! Ils pourraient aussi vous tuer ou vous faire du
mal, juste parce que vous vous êtes trouvée sur leur chemin. Vous avez de la chance qu'il ne vous soit rien arrivé.

— Neelix  et vous êtes venus sur l'Axe aussi.

— Ouais, fit-il avec un rire étranglé. Et voyez où j'en
suis !

Les sourcils de Kes se joignirent.

— Neelix a été blessé aussi, mais il a dit que c'était à cause de vous.

— Neelix a été blessé ? demanda Paris en se rapprochant. Est-ce qu'il va bien ?

— On a soigné sa coupure. Il a dit que vous l'aviez laissé tomber, et c'est comme ça que les deux hommes l'ont battu.

— Je croyais qu'il s'en tirerait, dit Paris en évitant le regard de Kes. Je ne savais pas, marmonna-t-il en baissant les yeux vers sa main blessée. Je ne distingue même plus ce qui est réel de ce qui ne l'est pas. Je croyais être sur une lune. Il y avait Tracer. Elle s'est enfoncée dans les sables mouvants... mais peut-être qu'en réalité je n'y étais pas...

Paris leva soudain la tête. Il la fixa et le doute dilata ses yeux.

— Non...

— Qu'y a-t-il, Tom ?

— Non, c'est impossible ! cria Paris en lui tournant le dos.

— Tom... expliquez-moi, le supplia-t-elle. Qu'est-ce qui ne va pas ?

Il agitait la tête dans tous les sens. La colère de Paris était si violente qu'elle était palpable dans l'air. Kes recula. Il serra les poings.

— Vous n'êtes pas *réelle* ! cria-t-il, comme s'il crachait ses mots. J'aurais dû m'en douter ! Vous n'êtes qu'une autre de leurs chimères, pas vrai ? Ils essaient de me soutirer d'autres informations.

— Paris, vous vous trompez...

— Non ! Non ! N'essayez même pas, la prévint-il, comme s'il faisait un immense effort pour se maîtriser. J'aurais dû comprendre dès que je vous ai vue. Les autres ne laisseraient jamais Kes venir seule sur l'Axe.

# INFRACTIONS

Kes, dont l'inquiétude se transforma en une immense tristesse, le regarda sans rien dire. Son visage devait douloureusement laisser paraître la compassion qu'elle éprouvait pour lui.

— Non ! hurla Paris en se précipitant vers le champ de force. Vous réagissez exactement comme Kes aurait réagi.

Le martèlement des coups du pilote zébra d'éclairs statiques le mur transparent. Ses poings se fracassaient contre la barrière d'énergie comme s'il voulait y ouvrir une brèche, comme pour briser l'envoûtement. Kes, impuissante, ne pouvait rien faire pour l'arrêter; elle le regarda se blesser atrocement les mains.

À bout de souffle et tordu de douleur, Paris finit par s'éloigner du champ de force en titubant et en tendant loin de lui ses mains meurtries. Il se recroquevilla dans un coin et ferma les yeux, comme pour tenter d'échapper à la folie.

Kes s'approcha le plus près possible du champ de force. Le bout de ses doigts frôlait la barrière d'énergie.

— Tom, c'est moi. Vous savez qui je suis, murmura-t-elle, submergée par le flot de compassion qui bouillonnait en elle et jaillissait vers Paris, comme pour l'envelopper d'un grand manteau protecteur.

Paris frissonna, comme traversé par une onde.

Son regard rencontra celui de Kes.

— Faites-moi confiance, dit-elle.

Paris hocha la tête, hébété.

— Nous vous sortirons d'ici, dit Kes. Je vous le promets.

— Quoi ? hurla Neelix. Kes, tu n'as pas fait ça !

— Oui, je l'ai fait, répondit Kes, calmement assise sur le divan du bureau, les mains jointes sur les genoux.

Neelix tournait comme un fauve en cage et ne cessait de resserrer la ceinture de son peignoir aux couleurs criardes. Chakotay en déduisit qu'il ignorait tout de l'initiative insensée de sa compagne. Le Talaxien n'était donc pas irresponsable à ce point. Quand Tuvok l'avait tiré de son sommeil pour lui annoncer que Kes était revenue de l'Axe, un vieux proverbe indien lui était revenu en mémoire — « Les dieux protègent les petites filles et les faibles d'esprit ». Il ne pensait pas qu'il était utile d'en faire mention à Neelix.

— Vous avez eu de la chance, dit Chakotay à Kes.

— Je n'ai jamais été en danger, insista-t-elle.

— Danger ! explosa Neelix en levant le bras. Tu risquais de te faire tuer ! Ou d'être jetée toi aussi en prison !

— Effectivement, renchérit Tuvok.

Le Vulcain évitait de regarder Neelix, mais c'était peut-être à cause des motifs jaunes et violets de son peignoir, qui juraient avec la couleur des tavelures de sa peau. « D'après ce que nous en a dit Kes, ajouta-t-il, je suis certain que sa visite leur a été utile. »

Neelix se précipita soudain sur Kes et la serra très fort dans ses bras.

— J'ai failli te perdre pour toujours !

— Calmez-vous, Neelix, dit Chakotay assis sur le bord du bureau. Elle est revenue. Et elle est saine et sauve.

— Elle a promis de ne plus s'aventurer sur l'Axe sans autorisation, dit Tuvok, les bras croisés, près de la porte.

— Écoute ce qu'il dit, ma chérie, lui dit Neelix. Aller au bloc de sécurité toute seule ! Qu'est-ce qui t'a pris ?

— Il fallait inoculer la balise à Paris, dit-elle, avant de se tourner vers Chakotay. Mais ils ont refusé de désactiver le champ de force qui nous séparait. Ils ont dit que les contacts directs n'étaient autorisés que pendant l'interrogatoire.

— L'interrogatoire est prévu pour demain matin, leur rappela Tuvok.

# INFRACTIONS

— Je présume que nous pourrions envoyer quelqu'un pour implanter le transducteur à Paris. Puis les téléporter tous les deux avant le début l'interrogatoire, dit Chakotay.

— Le Cartel a indiqué que les Exécuteurs devaient tester le second spécimen avant que l'interrogatoire ne commence. La mise à l'épreuve est longue, dit Tuvok en haussant un sourcil.

— Ne laissez plus personne subir ces tests, protesta Kes. J'ai vu ce qu'ils ont fait à Paris. Ils l'ont torturé physiquement et mentalement.

— Aucun autre membre de mon équipage n'y sera soumis, dit Chakotay au grand soulagement de Kes. Je déplore moi aussi ces méthodes.

— Quels sont les risques ? demanda Kes.

— D'après le peu que j'en sais, dit Chakotay d'un air sombre, pendant l'interrogatoire, les Exécuteurs injectent au sujet une série d'activateurs chimiques pour qu'il réponde sans intervention de sa conscience.

— Vous voulez dire qu'il ne peut pas mentir, dit Kes.

— Dans ce cas, aussi bien leur donner tout de suite toute l'information qu'ils veulent, dit Neelix. Paris leur dira tout de toute manière.

— Il est le seul humain qui ait jamais passé l'épreuve, dit Chakotay, et ils sont incapables, semble-t-il, de raffiner leur analyse en l'absence d'un autre sujet de même race qui sert de point de comparaison. C'est pour ça qu'ils ont demandé un autre humain. Pour l'utiliser comme réacteur pendant l'interrogatoire.

— Le risque est inacceptable, laissa tomber Tuvok. Nous n'avons que soixante-huit pour cent de chances de réussir à téléporter Paris hors du bloc de sécurité. Si nous échouons, nous aurons donné aux Exécuteurs du Cartel tout ce qu'il faut pour soutirer à Paris les informations techniques qu'ils désirent.

— Je dois admettre que je suis d'accord avec vous, soupira Chakotay.

Kes perçut que le commander se sentait dans une impasse.

— Pourquoi ne pas envoyer quelqu'un qui n'est pas un humain — puisqu'il ne devra pas subir l'épreuve ? Ils m'ont proposé de participer à l'interrogatoire s'ils trouvaient une matrice de ma race dans leurs fichiers.

— Quoi ! s'exclama Neelix en fixant sur elle des yeux qui s'agrandissaient à mesure qu'il comprenait. Non ! Non, non et non ! Je te l'interdis!… Vous n'allez pas renvoyer Kes là-bas, dit-il à Chakotay.

— Ce n'est pas lui qui m'envoie, dit Kes d'une voix calme. Je me porte volontaire.

L'idée ne plaisait pas à Chakotay, pas du tout. Neelix avait raison — C'était comme s'il laissait une Jeanne d'Arc enfant se battre à sa place.

— Les Ocampas ont vécu dans un isolement total pendant des millénaires, leur rappela Tuvok d'une voix pondérée. Il est peu probable que le Cartel possède une matrice de cette race.

— Parfait ! se réjouit Neelix en tapotant le genou de Kes. Voilà qui règle la question. Je ne veux plus entendre parler d'envoyer ma petite Kes à la torture.

— Je suis certaine qu'ils ne me feraient aucun mal. Ils ont été très polis, dit Kes en lui souriant avec tendresse.

— Il y a une autre possibilité, dit lentement Chakotay, même s'il détestait la suggestion qu'il allait faire. Neelix, vous appartenez à une race qui a voyagé dans tout ce quadrant. Ils doivent certainement posséder une matrice talaxienne.

— Vous voulez m'envoyer ? Moi ? Non, monsieur. Pas question.

— Ce serait acceptable, dit Tuvok d'une voix calme.

# INFRACTIONS

— Vous trouvez ? Eh bien, pas *moi*, dit Neelix en agitant la tête. Vous savez ce dont ces gens sont capables une fois qu'ils se sont introduits en vous. Ils me transformeront en légume comme tous les autres Tutopans... et je n'en ai pas du tout envie.

Ils le regardèrent tous les trois et Neelix se tortilla sur le divan, mal à l'aise.

— Pourquoi me regardez-vous comme ça ? Vous n'avez pas le droit de me donner l'ordre d'y aller.

— Je n'en ai pas l'intention, dit Chakotay.

Il y eut un long silence.

— Tu pourrais leur demander s'ils possèdent une matrice ocampa, suggéra Kes.

— Non ! cria Neelix.

— Nous ne pouvons pas laisser Paris là-bas, insista Kes.

— Et pourquoi pas ? demanda Neelix. A-t-il déjà fait quelque chose pour moi ? À part m'abandonner aux mains de ces fous maniaques. J'ai encore des cicatrices pour le prouver. Regardez !

Il se leva d'un bond pour enlever son peignoir. Kes aussi se leva et posa une main ferme sur son bras.

— Ils sont notre seule famille. Nous avons tous besoin les uns des autres.

— Paris devait l'avoir oublié quand il m'a abandonné.

— Peut-être, convint Kes. Mais ça ne change rien.

Neelix regarda Chakotay, qui n'avait pas du tout l'intention d'insister sur l'évidence : c'était lui ou bien Kes qui devait y aller.

— D'accord, j'y vais ! dit Neelix en levant les bras au ciel.

Le visage de Kes s'illumina et elle passa ses bras autour de sa taille.

— Je savais que tu dirais oui.

— Je suis fou, je sais, dit Neelix en l'étreignant de toutes ses forces, le regard adouci. Mais je ferais n'importe quoi pour toi.

— Pour nous, rectifia-t-elle.

— Pour nous tous, ajouta Chakotay. Merci pour...

La porte du bureau s'ouvrit et l'enseigne Kim entra précipitamment. Sa veste était boutonnée de travers, comme s'il s'était habillé en vitesse.

— Commander, lança-t-il en regardant l'Ocampa. J'ai entendu dire que Kes était allée voir Paris.

— Comment cette information vous est-elle parvenue ? demanda Tuvok en haussant un sourcil.

— Le *Voyageur* est un petit vaisseau, commença Kim, mal à l'aise, comme s'il venait de réaliser qu'il avait interrompu une importante réunion. Je voulais savoir si c'était vrai.

— C'est vrai, lui dit Chakotay, peu surpris de l'inquiétude de Kim. Et Neelix a accepté d'y retourner pour faire semblant d'agir comme sujet témoin et lui installer le transducteur.

— Laissez-moi y aller à sa place, offrit aussitôt Kim.

— *Excellente* idée ! s'exclama Neelix.

— Impossible, répliqua Tuvok. Envoyer un humain serait un risque inacceptable.

— Notre plan tout entier est inacceptable ! Il faut être fou pour vouloir tenter une chose pareille, dit Kim en se tournant vers lui.

— Neelix est le seul choix logique, leur dit Tuvok sans se départir de son calme et peu troublé par la déception qui se lisait sur leurs visages. L'enseigne Kim risque de leur donner toute une série d'informations d'ordre technique.

— Ça retombe toujours sur moi ! dit Neelix en levant les bras.

— Ils ont demandé un humain, dit Kim à Tuvok. Connaissant le Cartel, aucun contact direct ne sera possible si nous ne nous plions à ses exigences. Laissez-moi y aller, je vous en prie, demanda-t-il à Chakotay. C'est ma faute, s'il est prisonnier.

— Ce n'est pas votre faute, enseigne, dit Tuvok derrière lui. Paris vous a menti. Il n'avait pas l'autorisation de vous faire téléporter. Il sera réprimandé s'il revient sur ce vaisseau.

— *Si*?! répéta Kes, choquée.

— J'ai plus de chances de ramener Paris que lui, dit Kim en montrant Neelix. Il ne veut pas y aller, c'est évident. Je ne reculerai devant rien, moi, pour le ramener sur le vaisseau.

Le regard de Chakotay fit le tour du groupe. Le bon sens lui commandait d'envoyer Neelix, mais Kim avait raison sur un point.

— Pour réussir, il faut être motivé, dit Chakotay avec un signe de tête à Kim. C'est vous qui irez, enseigne. Mais n'échouez pas.

— Compris, commander, obtempéra Kim avec une remarquable maîtrise de soi, qui conforta Chakotay dans sa décision.

Neelix donna une grande tape dans le dos de Kim au moment où ils quittaient le bureau. Chakotay l'entendit qui disait : « Oui, monsieur, je me suis porté volontaire, mais quand j'ai vu que vous teniez tellement à cette mission, je n'ai pas insisté. On ne peut pas s'interposer entre deux amis, n'est-ce pas ? »

Quand la porte se referma en glissant, Chakotay reprit la discussion avec Tuvok. Le commander comprenait la frustration du Vulcain, mais avait découvert qu'il valait parfois mieux se fier à son instinct. Ce n'était peut-être pas par hasard si le gaz innervant l'avait affecté plus que les autres — mais depuis ils avaient passé beaucoup trop de temps à réagir au lieu d'agir. Il ne lui restait plus qu'à l'expliquer au Vulcain.

# CHAPITRE
# 21

Paris était soulagé que les Exécuteurs ne l'aient pas drogué une fois de plus — du moins c'était son impression. Ils l'avaient laissé seul dans la salle après le départ de Kes. Peut-être était-ce délibéré. Ils voulaient peut-être qu'il pense. Mais comment aurait-il pu penser, après tout ce qui s'était passé ? Même cette formidable rencontre avec Kes, si réelle qu'elle ait semblé, n'était sans doute rien d'autre que la matérialisation chimiquement induite d'un de ses désirs.

Paris savait qu'un moment venait où l'on était incapable, même un seul instant, d'en supporter davantage. Il était déjà passé par là, quand il avait perdu tout espoir de refaire un jour sa vie ou de réparer ses erreurs. Janeway l'avait alors tiré de sa prison et l'avait emmené avec elle — plus loin que personne n'aurait jamais imaginé. Il avait été assez naïf pour croire qu'on lui laissait une autre chance. Une chance miraculeuse de changer sa vie.

*Je n'ai fait que changer de cellule.*

Il était revenu à son point de départ, là où il semblait toujours devoir aboutir. Son destin était peut-être de languir au fond d'un cachot pour le reste de ses jours. Peu importe qu'il ait traversé la Galaxie ou fait de son mieux pour s'amender — il était un de ces types dont la place est en prison.

Il serra les dents pour ne pas pleurer, même s'il savait que les Exécuteurs, qui le surveillaient, connaissaient sans doute ses sentiments. Il dut dormir, parce que quand il réouvrit les yeux Harry Kim le regardait de l'autre côté du champ de force.

— Enfin ! soupira Kim. Je crie votre nom depuis une bonne dizaine de minutes pour vous réveiller. J'ai cru que vous étiez mort.

— Harry.

Paris réalisa, surpris, qu'il était allongé près du champ de force, alors qu'il s'était endormi dans un coin de la pièce.

— Harry. Que faites-vous ici ?

— La salle de billard n'est pas très drôle sans vous.

Kim marcha le long du champ de force et examina les nœuds d'émission. Paris se redressa et fit quelques mouvements pour dégourdir les muscles de ses épaules. Il avait l'impression d'avoir passé la nuit sur le sol. La salle n'avait pas changé — elle était pareille à l'intérieur d'une boîte, avec un champ de force au milieu et une porte de chaque côté. Harry ne restait pas en place, manifestation incontestable de sa nervosité.

— Le commander m'a envoyé pour vous aider pendant l'interrogatoire.

— Chakotay ?

Cela n'avait pas de sens. Kim tapota le champ de force et le choc de l'électricité statique le fit grimacer.

— Nous devions agir. Nos systèmes de survie sont sur le point de flancher. Il ne nous reste que dix-huit pour cent de nos réserves d'énergie.

Paris n'en croyait pas un mot. Kim ne dévoilerait pas d'informations aussi névralgiques. « C'est sûrement une autre de leurs simulations. » Les sourcils de Kim se joignirent et il se mordit la lèvre, affligé par l'état de son ami.

— Kes a dit qu'ils vous ont torturé.

— Elle est donc *vraiment* venue...

Ou bien ils étaient tous les deux des simulations. Paris l'examina attentivement à travers le champ de force et reconnut son port de tête altier, sa douloureuse sincérité, et même la mèche qui lui tombait de travers sur le front. Était-ce vraiment Harry ? Ou juste une caricature dont les détails auraient été exagérés, les traits un peu grossis ? La tête de Paris recommença à tourner. Il poussa un soupir, certain que des capteurs enregistraient la moindre de ses réactions.

— Je ne sais pas ce qui serait le plus horrible — que vous ne soyez qu'une simulation ou bien que ce soit vraiment vous. Je ne veux pas penser à ce qu'ils risquent de vous faire.

— Vous avez l'air mal en point, dit Kim après un moment se silence.

— Je m'en doute, dit Paris en frottant sa barbe naissante.

Sentait-il des grains de sable sous ses doigts ?

— Je le vois dans vos yeux, ajouta Kim, si inquiet que Paris en fut ému. C'est vrai qu'ils vous ont torturé, n'est-ce pas ?

— Ils continuent de me torturer.

Kim leva une main et la laissa retomber.

— Je suis désolé, Tom. Tellement désolé. Je voudrais... je...

Paris vit rougir les joues de Kim. L'enseigne avait du mal à se contenir et le pilote comprit soudain que Kim se sentait responsable de ce qui était arrivé. Ça lui ressemblait. Mais comment les Tutopans le savaient-ils ? De toute façon, simulation ou pas, Paris était incapable de voir le jeune se faire autant de mauvais sang.

— Ne vous en faites pas, Harry. J'ai l'habitude de me retrouver dans ce genre de situation, mais je m'en sors toujours.

Kim plongea son regard dans le sien, un regard débordant d'une franchise et d'une compassion sans bornes.

— Certain, dit l'enseigne.

— Oui, monsieur !

La porte derrière Kim s'ouvrit et Paris entendit tourner un verrou dans son dos. Le champ de force disparut. Deux plantons entrèrent en poussant des tables métalliques. Paris reconnut les sangles et les moniteurs qu'il avait vus à son réveil, après la disparition de Tracer. Sinistre présage.

— Savez-vous ce qui se passe ? demanda-t-il en s'approchant de Kim.

— Oui, lui répondit Kim en lui attrapant le bras. On se tire, mon vieux.

Paris pensa d'abord que Kim voulait l'aider à reprendre son équilibre, mais il sentit comme une décharge électrique lui traverser la chair. Le pilote respira un grand coup entre ses dents serrées.

— Vous n'êtes peut-être pas une simulation, après tout.


— J'obtiens une réponse à notre signal subspatial, annonça Tuvok. Le transducteur est activé.

*Enfin*, faillit dire Chakotay, ce qui aurait exprimé le sentiment de tous les officiers sur la passerelle.

— Ouvrez la fréquence du Cartel.

— Fréquence ouverte, répondit Tuvok.

Ils avaient soigneusement ajusté le niveau de distorsion sonore de leur système de communication pour qu'il paraisse sur le point de rendre l'âme.

— Centre de contrôle, ici le *Voyageur*, pylône BVO-900, transmit Chakotay d'une voix forte, sans plus chercher à masquer son inquiétude. De graves défaillances nous obligent à nous éloigner de l'Axe pour procéder aux réparations sans affecter la sécurité de la station.

— *Voyageur*, ici le centre de contrôle. Ne...

Chakotay coupa la transmission au milieu de la réponse du fonctionnaire.

— Détachez les grappins, ordonna-t-il.

— Vaisseau désengagé, l'informa Tuvok sans lever les yeux de sa console.

Malgré les interférences et les parasites qui brouillaient le visualiseur, le commander vit s'éloigner l'image de l'Axe.

— La charge explosive nous a propulsés à la vitesse de vingt mètres seconde.

Chakotay rouvrit la ligne de communication.

— Ici le *Voyageur* — je répète : défaillance généralisée de nos systèmes, commença-t-il, puis il coupa de nouveau la transmission... Éloignons-nous lentement de la station. Il ne faut pas qu'ils croient que nous représentons une menace pour l'Axe.

— Compris, commander. Mise à feu des propulseurs.

Il y eut une légère secousse et le vaisseau prit de la vitesse. Une escadrille de patrouilleurs rouges surgit soudain.

— Ils mettent les Exécuteurs à nos trousses, constata Chakotay, impassible.

— Distance maintenue à vingt mille kilomètres, dit Tuvok. Déflecteur activé.

Chakotay contacta Tala à la salle de téléportation. « Êtes-vous prête ? »

— Ils sont tous les deux verrouillés, confirma-t-elle.

— À mon signal, dit Chakotay, dans le silence de plomb qui était tombé sur la passerelle. Déflecteur et téléporteur... Activez !

Le déflecteur, à l'avant du vaisseau, émit une onde de distorsion presque invisible qui dissimulait totalement le faisceau de téléportation concentré dans la fenêtre du senseur au centre du rayon d'émission.

L'impact propulsa le vaisseau loin de l'Axe.

— Procédure d'évasion ! ordonna Chakotay.

Le navire vira, puis resta un moment suspendu, immobile, avant de chavirer vers l'arrière, comme hors de contrôle. Un rayon laser de faible intensité frappa la coque sans l'endommager.

Chakotay ouvrit le canal du Cartel.

— Ceci n'est pas une attaque ! Nous tentons de reprendre le contrôle de nos systèmes. Je répète : ceci n'est pas une attaque !

Le *Voyageur* continua d'être agité de mouvements désordonnés, emporté toujours plus loin de l'Axe. Les patrouilles d'Exécuteurs, à distance, ne relâchaient pas leur surveillance.

— Tala ? appela Chakotay.

— Ils sont là tous les deux, commander.

— Envoyez-les moi.

Ils avaient besoin de leur meilleur pilote s'ils voulaient réussir. Chakotay se tourna vers le poste d'ingénierie. « Propulsion auxiliaire parée ? »

— Oui, commander ! répondit Carter, avec un peu trop d'empressement, comme s'il espérait contre tout espoir que l'allumage n'ait pas définitivement détraqué le système de propulsion.

— Purgez d'abord un peu de deutérium par les conduits d'échappement pour garder les patrouilleurs à distance.

Une traînée de néon se répandit derrière eux. Le vaisseau fit un nouveau bond. Chakotay envoya un autre message brouillé au Cartel pour l'avertir que leur réacteur était sur le point d'exploser.

Kim arriva sur la passerelle hors d'haleine, immédiatement suivi par Paris. Le succès de sa mission avait gonflé le jeune enseigne à bloc. Il se précipita vers son poste après avoir répondu au salut plein de fierté que Chakotay lui adressa. Quant à Paris, le commander ne l'avait jamais vu en si piteux état.

— Merci d'être venu me chercher, dit Paris avec désinvolture, mais en fixant Chakotay de ses yeux rougis. J'imagine que j'aurai droit à une sévère réprimande.

Chakotay était content qu'il comprenne la gravité de sa faute.

— Êtes-vous en mesure de piloter, monsieur Paris ?

— Plus que jamais, dit Paris en se glissant derrière ses commandes. Ai-je manqué quelque chose ?

— Vous arrivez juste à temps, l'assura Chakotay. Montrons-leur de quoi nous sommes capables. Vous rappelez-vous les soubresauts du vaisseau quand le noyau de mémoire a été isolé ?

— Dans les moindres détails, dit Paris.

— Dans ce cas, reproduisez-les. Avertissez-nous quand nous approcherons de Min-Tutopa. Nous allons purger les systèmes de propulsion auxiliaires pour nous donner une bonne impulsion.

— À vos ordres, monsieur, dit Paris, les yeux brillants.

Chakotay était conscient qu'il était rare qu'un pilote soit obligé de se dégourdir les muscles en manœuvrant un vaisseau de cette taille.

— Procédez, monsieur Paris.

L'Axe disparut d'un seul coup et le champ des étoiles bascula quand le vaisseau vira lentement sur l'aile.

— Pesanteur stable, dit Kim avec un grincement de dents perceptible.

— Tant mieux, murmura Chakotay, qui sentait la différence depuis le retour de Paris.

Le *Voyageur* était maintenant conduit par une main experte.

— Les patrouilleurs nous barrent la route, dit Tuvok.

— Préparez-vous, avertit Paris. Allez-y !

— Purge des moteurs d'impulsion, annonça Carter.

Le vaisseau traversa à la vitesse de l'éclair l'escadrille qui avait resserré sa formation et fila, hors de portée, avant qu'aucun Exécuteur ait le temps de réagir.

— Procédure d'évasion, ordonna Chakotay. Neelix a parlé d'une ligne de défense automatisée qui protégeait le système intérieur...

— À vos ordres, commander !

— Dix vaisseaux nous poursuivent. Leur capacité offensive est suffisante pour percer nos boucliers, dit Tuvok, le seul capable de continuer à réfléchir au milieu de toute cette agitation.

— J'ai encore quelques tours dans mon sac, dit Paris par-dessus son épaule.

— Les senseurs indiquent que nous aurons rejoint Min-Tutopa avant qu'ils nous rattrapent, dit Kim sans rien y comprendre. Il doit y avoir une erreur. Ils nous encercleraient facilement.

— Exactement ce que je pensais ! s'écria triomphalement Chakotay. Ils sont aussi curieux que nous de découvrir ce qui se passe sur Min-Tutopa.

— Nous violons peut-être de la Prime Directive, l'avertit Tuvok.

— Espérons que non, se contenta de répondre Chakotay.

# CHAPITRE 22

Andross croisa les bras et regarda Janeway.

— Le délai fixé prendra fin bientôt. On dirait que les vôtres ne m'ont pas pris au sérieux.

Janeway se leva, refusant de lui accorder l'avantage psychologique.

— Je suis certaine qu'ils vous croient, mais ils sont incapables d'accéder à votre demande.

— Je devrais peut-être me montrer plus persuasif, dit l'agent.

— Andross ! s'écria Prog depuis le terminal de l'ordinateur central. Vous ne les brutaliserez pas, n'est-ce pas ?

— Je ferai tout ce qu'il faut pour...

— Violation du périmètre de sécurité de la planète ! annonça un des rebelles.

Tout le monde dans la salle de contrôle se mit instantanément sur un pied d'alerte.

— Le Cartel a lancé un appel, dit Prog. Un vaisseau suspect croise dans notre espace.

Andross et Prog examinèrent le moniteur. Janeway voulut y jeter un coup d'œil, mais un garde lui barra le chemin.

— Les vecteurs indiquent que le vaisseau se dirige vers Min-Tutopa, murmura Prog. Il sera ici dans moins de dix intervalles.

— Andross, dois-je envoyer les chasseurs ? demanda un des rebelles, d'une voix nerveuse.

— Taille du vaisseau, classe…marmonna Andross en étudiant les relevés fournis par les senseurs. On dirait que votre vaisseau vient vous chercher, dit-il à Janeway avec un étrange sourire.

— Le *Voyageur* ?

Janeway, sans tenir compte du garde, rejoignit l'agent en quelques enjambées.

— Mon vaisseau voyage à l'intérieur du système ?

— Si vous appelez ça « voyager », dit Andross. Il a plutôt l'air mal en point.

— Pas étonnant, rétorqua Torres qui étudiait les affichages de sortie des senseurs près de Janeway. Ils n'ont pas d'ordinateur central.

— Une escadrille d'Exécuteurs les suit, nota Andross.

— Le Cartel arrive ? demanda Prog, les yeux écarquillés. Qu'allons-nous faire?!

— L'idée du capitaine Janeway n'était peut-être pas si mauvaise après tout, dit Andross, l'air songeur.

— *Mon* idée ? répéta Janeway. Je n'ai rien suggéré du tout.

— Vous avez demandé pourquoi le Conseil ne demandait pas l'aide du Cartel. Je me rends compte à présent que le Conseil campe sur ses positions et préfère mourir de faim dans les locaux de la Chambre plutôt que se rendre à nos conditions, dit-il, le regard fiévreux. Mais les membres redoutent le Cartel. Si je les menace de faire intervenir les Exécuteurs... la pression sera sans doute assez forte pour venir à bout de leur résistance.

— Et si ça ne marché pas, rétorqua Janeway, la situation de votre peuple s'aggravera, si j'ai bien compris tout ce que j'ai entendu.

— C'est un risque à prendre.

— Vous allez le prendre ! s'indigna Torres.

— Vous êtes vraiment disposé à assumer cette responsabilité ? demanda Janeway, consternée, en dévisageant Andross.

Le regard de l'agent rencontra le sien.

— Je suis responsable de tout. Et il est temps d'en finir.

— Andross... balbutia Prog, comme si elle ne comprenait pas.

— C'est en ce chef-là que vous mettez toute votre confiance ? demanda Torres.

— Je sais ce que je fais, dit Andross à sa compatriote. Tout se déroule parfaitement bien.

— Je croyais que nous voulions éviter une intervention du Cartel, protesta Prog.

— C'est vrai, convint Andross en se hâtant de gagner le terminal du système de communications. Mais Hamilt veut l'éviter encore plus que nous.

Le Conseil avait sans doute reçu des rapports des autres provinces car Hamilt répondit à l'appel presque sur-le-champ.

— Rendez-nous immédiatement le contrôle de nos systèmes, exigea Hamilt. Nous devons défendre notre Maison contre cette attaque.

— Ce n'est pas une attaque, mentit Andross, l'air fier de lui. J'ai invité le Cartel à assister à la nomination de l'administratrice Fee au poste d'arbitre Suprême. Si vous refusez, je remets le contrôle du Siège au Cartel.

Hamilt faillit s'étouffer. Janeway, de son côté, gardait un œil sur l'approche du *Voyageur*. Sa trajectoire

s'était stabilisée, mais les patrouilleurs du Cartel n'en
étaient pas loin.

— Vous trahiriez votre propre peuple ? finit par cracher Hamilt.

— J'ai l'intention de le sauver, affirma Andross,
après avoir vérifié l'écran du moniteur. La nomination de
Fee empêchera le Cartel d'accroître son pouvoir. Elle
garantira l'accès à un vaste réservoir d'informations nouvelles, celles que fourniront tous les gens que cette
Maison a écartés.

— De quel droit prenez-vous ces décisions ?
demanda Hamilt, qui disait tout haut exactement ce que
pensait Janeway.

— Je suis conscient que je ne possède pas l'autorité
pour le faire, mais je dois assurer la sécurité de notre
Maison. Les Exécuteurs seront ici d'un moment à
l'autre. Si vous refusez d'appuyer Fee, vous livrez le
contrôle de la Maison au Cartel.

— Vous n'oseriez pas !

— Si.

Ils se regardèrent dans les yeux, de part et d'autre du
moniteur. Un rictus releva la lèvre d'Hamilt :
« Jamais ! »


L'image de Min-Tutopa grossissait sur le visualiseur
et Kim savait que, sans les patrouilleurs du Cartel, ils
n'auraient jamais réussi à se rendre si loin.

— Restez à distance de la portée de leurs armes.
Juste au cas où ils décideraient de recommencer à tirer,
ordonna Chakotay quand le *Voyageur* se mit en orbite.

— Beaucoup de satellites à éviter, convint Paris,
d'une voix plus assurée que son piteux état physique.

— Enseigne, localisez-vous les communicateurs de
Torres et du capitaine ? demanda Chakotay.

— Négatif, monsieur, dit Kim déçu. Le système de
communication est pourtant opérationnel. Je ne com-

prends pas. Leurs commbadges ont peut-être été trafi-
qués.

— Je tente un balayage senseur, annonça Tuvok.

La porte du turbolift s'ouvrit en sifflant. Kes et
Neelix apparurent, transportant un énorme réservoir en
forme de tube.

— Le temps est mal choisi pour une visite, avertit
Chakotay.

— J'apporte le nouveau médicament des sous-processeurs, expliqua Kes.

Kim, surpris, leva les yeux.

— Les sous-processeurs fonctionnent très bien.

— C'est exact, convint Kes. Mais le docteur
Zimmerman a découvert que l'ajout d'un stimulant trans-
mettait aux synapses une excitation qui attirait vers les
sous-processeurs les impulsions des données plutôt que
de les diriger vers les contenants de colloïde de la mémoire centrale, expliqua-t-elle en jetant un coup d'œil à Kim.
Nous avons fait l'essai avec le sous-processeur médical
et ça marche. Le docteur va beaucoup mieux.

— Enseigne Kim, demanda Chakotay, avez-vous
autorisé cette procédure ?

La tentation était forte pour Kim de se dégager de
toute responsabilité et de mettre le blâme sur les crises
psychotiques récentes du médecin. Mais le regard assuré
de Kes lui rappela la détermination qu'il avait lue sur le
visage de Zimmerman. Harry avait eu la même expression quand il avait demandé à Chakotay de le laisser
secourir Paris. Être responsable ne signifiait peut-être pas
qu'il était obligé de résoudre tous les problèmes — mais
peut-être juste de savoir quand faire confiance à ses collègues.

— Nous devrions faire ce que dit le docteur, dit Kim
d'une voix neutre.

— Alors, faites-le, lui dit Chakotay. Et vite.

Kim s'empressa d'ouvrir les shunts des bio-nutriments, en espérant ne pas commettre une autre erreur. Mais cette fois, il avait l'impression de prendre la bonne décision.

— Les Tutopans sont passablement xénophobes. Je parie que le capitaine et Torres sont pratiquement les seuls étrangers sur leur planète, dit Paris en levant les yeux de ses commandes.

— Tuvok ? demanda Chakotay.

Le Vulcain hocha la tête.

— Je réduis la fréquence de balayage pour détecter la présence de non-Tutopans.

Janeway devinait à l'expression d'Hamilt qu'il ne céderait jamais aux menaces d'Andross. Elle comprenait le membre du Conseil, mais son attitude ne les tirerait pas d'affaire. Elle s'avança jusqu'au terminal des communications pour tenter une médiation.

— Il doit y avoir un moyen de résoudre ce...

Andross l'obligea à se taire. Il fit un signe aux gardes qui s'emparèrent aussitôt du capitaine. Torres tâcha de s'opposer. Une lutte s'engagea.

— Ne m'obligez pas à avoir recours à la sédation, prévint Andross, sans lâcher Hamilt du regard.

Torres réussit à se débarrasser d'un des gardes et lança à Prog un regard menaçant.

— *N'essayez* même pas, dit-elle.

— Les senseurs détectent deux non-Tutopans au centre de la zone métropolitaine, annonça Tuvok. Coordonnées verrouillées.

— Salle de téléportation, transbordez-les directement sur la passerelle, ordonna Chakotay.

Il leva la tête vers le pont supérieur, espérant que son coup de dés réussirait. Quand Janeway et Torres s'y matérialisèrent, l'ingénieur, manifestement captée en pleine bagarre, avançait, les poings serrés.

— Chakotay ! s'écria-t-elle en s'arrêtant net.

— Bienvenue chez vous, dit simplement Chakotay.

— Quel plaisir, en effet, convint le capitaine.

Avant que Chakotay n'ait le temps d'ajouter un mot, ils furent brusquement projetés en avant, secoués par l'impact d'un tir de laser. Paris entreprit les manœuvres de redressement et le champ des étoiles oscilla.

Janeway ne s'embarrassa d'aucune formalité pour reprendre le commandement du vaisseau.

— Rapport ! dit-elle.

— Les boucliers tiennent, dit Tuvok, l'air presque surpris.

— Senseurs de nouveau pleinement opérationnels, dit Kim sans craindre, lui, de manifester son étonnement. Presque tous les systèmes répondent. Tactique, services, alimentation, boucliers... Ce doit être l'effet du stimulant.

— Le niveau d'énergie reste limite, intervint Tuvok pour tempérer leur enthousiasme.

— C'est mieux que rien, dit Janeway.

Elle descendit rapidement la rampe et Chakotay se leva pour lui redonner son fauteuil

— Il y a, au centre de cette ville, un énorme ensemble architectural vers lequel convergent, à partir de directions différentes, huit chaînes de transport.

— Je l'ai, dit Kim.

— À l'intérieur de ce complexe, il y a, dans un vaste espace ouvert, une salle équipée de puissants dispositifs de chargement informatique et de terminaux d'accès direct.

— Je décèle une forte activité électrique, confirma Tuvok. Il y a cinq Tutopans dans la salle.

— Bien, dit Janeway sans prêter attention aux secousses qui agitaient le vaisseau. La prochaine fois que

Paris contournera cette lune, levez les boucliers et télé-portez ces personnes directement sur la passerelle.

— À vos ordres capitaine, acquiesça Tuvok.

Janeway hocha la tête et sourit à Chakotay d'un sou-rire de conspiratrice. Le retour du capitaine causait au commander une joie indescriptible.

— Finissons-en une fois pour toutes avec cette affai-re, dit le capitaine. Procédure d'évasion, monsieur Paris.

# CHAPITRE 23

Cinq Tutopans se matérialisèrent sur le pont supérieur de la passerelle. Leurs visages exprimaient tous les degrés de l'ébahissement, depuis la consternation sur le visage d'Hamilt quand il reconnut Janeway et Torres jusqu'au ravissement surpris du plus vieux Tutopan que Janeway ait jamais vu.

Elle se présenta à cet homme, qui était apparemment l'Ancien, ainsi qu'à Hobbs et Sprecenspire. Calvert se rapprocha tout doucement d'Hamilt.

— Je suis le capitaine Janeway, dit-elle. Navrée d'avoir eu à vous arracher si brutalement à votre planète, mais vous nous avez impliqués dans une situation qui ne peut plus durer.

— Je proteste contre cet affront ! s'exclama Hamilt. Comment nous avez-vous amenés ici ?

— Oui, comment nous avez-vous amenés ici ? répéta Hobbs en s'avançant d'un pas.

— C'est une simulation, n'est-ce pas ? dit tout bas Calvert à Hamilt.

Janeway leva les mains. Elle aurait dû se douter que les membres du Conseil commenceraient par la presser de questions. Seul l'Ancien gardait le silence. Il s'était avancé lentement vers le visualiseur pour voir de plus près l'image orbitale de Min-Tutopa et regardait sa planète avec la plus extrême délectation.

— Ce sont des patrouilles d'Exécuteurs, dit Hobbs en montrant du doigt l'espace par-delà la silhouette de l'Ancien.

Un nouvel impact de rayon laser ébranla le vaisseau. Janeway s'arc-bouta pour ne pas tomber.

— Nous sommes attaqués ! s'exclama Hamilt en trébuchant contre Calvert.

— Efficacité des boucliers réduite de soixante-six pour cent, dit Tuvok.

— Comme vous vous en rendez compte, nous avons peu de temps pour discuter, leur dit Janeway. Certains des vôtres ont volé notre ordinateur. Nous sommes incapables de fuir et nous pouvons à peine nous défendre.

Elle leur laissa le temps de s'imprégner du poids de ses paroles. Une autre secousse ébranla le vaisseau.

— Ramenez-nous sur notre planète immédiatement ! exigea Hamilt, appuyé par Calvert.

Les membres du Conseil partisans du Cartel avaient l'air de plus en plus inquiet. Hobbs, la femme, en appela directement à Janeway.

— Laissez-moi parler au chef d'escadrille. Je lui dirai de cesser d'attaquer.

— Je crois, leur dit Janeway, que cette responsabilité relève de l'Arbitre Suprême. Je vous suggère d'en choisir un tout de suite.

— Quoi ? s'exclama Hamilt. C'est du chantage ! Vous nous mettez en danger de mort et vous vous attendez à ce que nous prenions une décision ?

— Je me suis obstinément refusée à aider l'un ou l'autre camp dans cette affaire, dit Janeway. Mais je ne tolère pas que vous continuiez à nous manipuler. Nous ne voulions pas être impliqués dans vos questions de politique interne, mais maintenant que nous le sommes, vous subirez le même sort que mon vaisseau, à moins de décider de régler la situation.

— Vous auriez pu nous aider à déjouer ce coup d'État, commença Hamilt.

— Non.

— Manœuvres d'évasion en cours, annonça Paris, la voix tendue.

Hamilt la regardait, incrédule et furieux. Janeway décida que c'était un de ces moments cruciaux où le silence valait mieux que toutes les paroles du monde. L'Ancien se rapprocha du visualiseur.

— J'ai toujours adoré voir ma Maison depuis l'espace, dit-il. Il me serait égal de mourir ici. Je suis persuadé d'avoir fait tout mon possible pour mon peuple. Mes préférences pour le choix de l'arbitre demeurent les mêmes… L'administratrice Fee est notre seul espoir.

Le visage délicat de Hobbs se tordit et elle cracha dans sa direction.

— Espèce de vieillard borné !

— Vous voyez ce qui arrive quand on essaie de jouer au plus fin avec le Cartel ? demanda Hamilt à Janeway. Le danger que vous nous faites courir ?

— Je gagne de toute façon, dit Hobbs à Hamilt, après s'être ressaisie. Ou bien parce que vous appuyez ma candidature au poste d'Arbitre Suprême ou bien par défaut quand le Cartel détruira ce vaisseau et soumettra les rebelles. Je serai heureuse d'avoir accompli mon travail, même si je ne suis plus là pour diriger l'intégration de la Maison.

Sprecenspire semblait prêt à contester sa décision, mais le regard de Hobbs l'en dissuada.

— Je suis d'accord ! finit-il par dire à contrecœur.

— Vous êtes des idiots ! s'écria Hamilt, le visage empourpré de colère. Vous êtes prêts à mourir pour vos fanatiques conceptions ? Pourquoi ne pas accepter la réalité ? Notre Maison est forte. Nous survivrons…

— La Maison s'écroule, l'interrompit l'Ancien d'une voix si calme qu'elle coupa court à l'hystérie d'Hamilt. Vous le savez aussi bien que moi. Il est temps que vous choisissiez l'orientation à donner à son gouvernement.

Le regard d'Hamilt passa du visage grave de l'Ancien au petit sourire satisfait de Hobbs, la partisane du Cartel. Calvert se léchait nerveusement les lèvres. Il ne voulait manifestement pas prendre position avant qu'Hamilt ne se soit lui-même décidé. Mais ses yeux implorèrent Janeway quand un autre tir de laser toucha le vaisseau.

Janeway ne broncha pas. Tuvok annonça : « Efficacité des boucliers réduite de soixante-dix-neuf pour cent, capitaine. »

— Le vaisseau ne tiendra plus le coup très longtemps, ajouta Kim.

Janeway était fière de ses officiers. Leurs laconiques rapports attestaient de leur loyauté. Hamilt, après un rapide regard à toute la passerelle, n'essaya même pas d'en convaincre un de la trahir. Il fulminait et Janeway savait que c'était un homme habitué à exercer un contrôle absolu. Elle n'était pas certaine que son orgueil lui permettrait de capituler.

— Vous êtes tous des *barbares*, ricana-t-il après un geste de la main qui englobait Janeway et tous les membres de son équipage. Je ne veux pas mourir à cause de votre absurde acharnement. Ancien, prenez acte que j'appuie la candidature de Fee. J'espère juste que vous vivrez assez longtemps pour le regretter.

— Je l'appuie, moi aussi, s'empressa d'ajouter Calvert.

— Alors c'est réglé, dit l'Ancien en inclinant la tête. Fee est l'Arbitre Suprême de la Maison Min-Tutopa.

# INFRACTIONS

Hobbs crachait pratiquement de rage et Janeway fut soulagée quand Tuvok se posta devant elle, un fuseur à la main. Sprecenspire, les bras croisés, regardait, l'air inquiet, le visualiseur sur lequel zigzaguaient, de plus en plus proches, les vaisseaux patrouilleurs du Cartel.

— Vous nous laissez nous en aller maintenant ? demanda Calvert à Janeway qui réprima un sourire.

— Monsieur Kim, dit-elle, ouvrez un canal de communication avec la planète. Qui souhaite proclamer le résultat du vote ? Hamilt ?

— Jamais, répondit-il sèchement en essayant de garder sa dignité.

— C'est moi qui le proclamerai, dit l'Ancien, après s'être avancé avec difficulté.

— Faites vite, le pressa Janeway. Il faut que nous avertissions les patrouilleurs du Cartel qu'ils attaquent un vaisseau à bord duquel se trouvent tous les membres du Conseil de la maison Min-Tutopa.

# CHAPITRE
# 24

Paris n'était pas certain de ce qui se passait, mais quand les Exécuteurs du Cartel rompirent le combat, il se dit que c'était un bon signe. Il lutta contre la pensée paranoïaque qu'il s'agissait d'une autre simulation et se demanda s'il parviendrait un jour à se défaire de ce doute lancinant qui ne cessait de se glisser dans son esprit. Mais que le répit soit réel ou non, il n'avait pas d'autres initiatives à prendre, sinon obéir aux ordres du capitaine.

Il imprima au vaisseau une trajectoire qui l'amenait sur une orbite plus stable. Tuvok escorta les cinq membres du Conseil jusqu'à la salle de conférence.

— Le chef d'escadrille des Exécuteurs nous contacte, annonça Kim.

— Passez en visuel.

— Je n'ai qu'une communication audio, dit Kim d'un ton navré.

— Bien sûr, soupira le capitaine. Très bien.

Paris ressentit une sensation de déjà vu quand il entendit la voix monocorde du Tutopan.

— *Voyageur*, vous avez quitté l'Axe sans autorisation. Je vous ordonne d'y retourner immédiatement.

— Nous avons besoin de clarifier certaines questions avec la Maison Min-Tutopa, expliqua Janeway. N'avez-vous pas parlé à l'Arbitre Suprême Fee ?

Il y eut un silence, comme pour vérifier.

— L'Arbitre Suprême autorise votre vaisseau à rester en orbite autour de la planète jusqu'au retour des membres du Conseil de la Maison Min-Tutopa.

— J'ai l'intention de les y ramener dans les meilleurs délais.

— Nos patrouilleurs attendront et vous escorteront jusqu'à l'Axe, poursuivit la voix dépourvue de toute émotion. Je suis autorisé à vous informer que votre vaisseau a infligé à notre station des dégâts se chiffrant à 46 000 et que vous êtes en outre condamné à des amendes totalisant 164 000. De plus, je suis autorisé à fouiller votre vaisseau et à ramener le prisonnier 07119.

Janeway fit signe à Tuvok de couper la ligne. Paris remarqua la surprise du capitaine.

— C'est de moi qu'ils parlent, dit-il. Je n'aurais pas dû dire à Tala que j'étais autorisé à me téléporter sur l'Axe.

— Si j'ai bien compris, on vous y a traité sans trop de ménagements, lui dit Janeway. Vous avez peut-être déjà été suffisamment puni.

— J'ai peine à croire que j'ai mis en péril la vie de Harry autant que la mienne, dit-il en secouant lentement la tête. Cela ne se produira plus, capitaine.

— Capitaine, il faut dire autre chose concernant notre départ de l'Axe, dit Chakotay après s'être éclairci la voix. Il a été plutôt…

— Spectaculaire, intervint Kim.

— Abrupt, corrigea Chakotay. Le Cartel exigeait l'information sur notre technologie de téléportation et Paris allait subir une sorte d'interrogatoire chimique quand nous l'avons… libéré. Nous avons donc décidé d'aller jusqu'au bout et de venir vous libérer aussi, Torres et vous.

Paris se dit que l'expression de Janeway valait à elle seule la peine d'avoir vécu tous ces horribles événements. « Je vous laisse seuls pendant deux jours à peine… » Elle secoua la tête et regarda tour à tour chaque officier présent sur la passerelle, mais le chaleur de sa voix indiquait qu'elle appréciait les risques qu'ils avaient pris pour venir à son secours.

— On nous contacte, capitaine, l'interrompit Kim. Depuis la planète.

Fee fut assez polie pour apparaître sur le visualiseur.

— Capitaine Janeway, dit-elle, j'ai informé le Cartel que votre vaisseau était l'invité de notre planète.

— Je vous remercie, répondit plutôt sèchement Janeway.

— Je crois que nous possédons quelque chose qui vous appartient, dit avec un gracieux sourire l'image de Fee, plus grande que nature à l'écran. L'agent Andross supervise le débranchement de votre ordinateur. L'appareil vous sera livré quand nous viendrons chercher les membres du Conseil.

— Ce serait acceptable, répondit Janeway d'un ton assez froid pour que Fee comprenne que cela ne réglait pas leur plus gros problème.

Paris entendit les soupirs de soulagement de Torres et de Kim. Il savait qu'il aurait dû être heureux, mais se sentait le ventre noué. Janeway, comme si elle percevait son malaise, s'approcha de lui et posa sa main sur son épaule.

— Il y a autre chose, dit le capitaine à Fee. Le Cartel exige le retour de Tom Paris, un des membres de mon équipage.

— Je souhaiterais vous aider, capitaine, mais je ne crois pas en être capable. Cette question relève du Cartel,

et même les pouvoirs d'un Arbitre ne sont pas assez étendus pour intervenir.

— Vous nous aviez offert de le faire libérer si nous
vous aidions, protesta Janeway. Je dois admettre que
nous n'avons jamais poussé à votre nomination, mais je
vous demande quand même d'honorer votre offre.

Fee semblait sincèrement troublée.

— Capitaine, je ne me souviens pas avoir jamais discuté de cette question avec vous.

— Ah, non ? s'exclama Torres en quittant subite-
ment son poste à la station de l'ingénierie. J'étais là, rappelez-vous. Vous nous avez dit que vous aideriez Tom si
nous arrangions le processeur.

Fee regarda la jeune femme et secoua lentement la
tête.

— Je suis navrée. C'est la première fois que je vous
parle. Je vous ai effectivement rencontrées, toutes les
deux, au tournoi, mais je n'ai échangé que quelques mots
avec votre capitaine avant que vous ne partiez avec
Andross.

— C'était dans la tour, lui rappela Janeway, après
qu'Andross se soit emparé du contrôle des communications.

— À ce moment-là, j'étais coincée au Siège avec
tous les autres.

— Vous avez dit que c'était une transmission spéciale de votre image, insista Torres.

Paris se dit qu'il n'était pas paranoïaque. Il savait ce
qui s'était passé.

— C'était une simulation. Ce n'était pas la réalité,
laissa échapper Paris.

— Est-ce possible ? demanda aussitôt Janeway. Se
pourrait-il que nous ayons parlé à une simulation de votre
personne ?

Fee serra les lèvres.

— Il est tout à fait possible qu'Andross se soit servi de ma matrice pour vous convaincre de l'aider. C'est tout à fait son genre.

— Ce type, commença Janeway d'une voix que le mépris rendait plus grave… Ce type nous a menti depuis le début.

— L'agent Andross est un négociateur hors pair. Je n'approuvais pas ses méthodes peu orthodoxes pour appuyer ma candidatures comme Arbitre Suprême et je l'ai supplié, pendant qu'il occupait la tour, de remettre le contrôle au Conseil.

— Alors il y a autre chose que vous approuverez encore moins, lui dit Janeway. Andross est directement responsable du vol de notre processeur.

— Andross m'a informée qu'il avait acheté votre processeur, dit Fee d'une voix calme. Nous vous le remettons maintenant sans rien vous facturer. Je crois que cet arrangement nous dégage de toute responsabilité.

— Pas tout à fait, dit Janeway après un signe de tête à Chakotay.

— Nous avons analysé les manifestes des vaisseaux, consignés dans les registres informatiques du Cartel, dit-il, et nous savons qu'Andross est directement impliqué dans de nombreux vols d'ordinateurs. C'est lui qui recevait la marchandise volée et qui fournissait les vaisseaux et le carburant aux soit-disant équipes de récupération.

— La récupération n'est pas illégale, se renfrogna Fee.

— Est-ce pratique courante, lors d'opérations de récupération, d'attirer un vaisseau dans un traquenard, de droguer son équipage et de s'emparer de son processeur ? demanda Janeway.

— Je n'ai jamais autorisé Andross à le faire.

— Peu importe. Vous êtes son supérieur hiérarchique. Vous êtes donc responsable de ses actes. Andross a affrété le *Kapon* et nous a menti pour monter à notre bord. Nous pensions acheter des cartes stellaires et l'emplacement de trous de ver, dit Janeway avec un rire forcé.

— Des cartes stellaires que nous n'avons jamais reçues, marmonna Paris.

Il fut surpris de voir Fee réagir comme si c'était la chose la plus horrible qu'elle ait entendu jusqu'ici.

— Votre contrat n'a pas été honoré ? demanda Fee.

— Non, dit Janeway.

— En avez-vous la preuve ?

Tout le monde regarda Tuvok qui les rassura.

— Nous avons un relevé chronologique informatisé complet de toutes les négociations, dit-il.

Fee respirait plus vite.

— Je suis persuadée que les agents de la Maison Min-Tutopa n'ont pas le droit de se livrer à ce genre d'exaction, dit Janeway.

— Non, répondit Fee avec brusquerie. Je n'aimerais pas que cette information soit transmise au Cartel.

— Je suis certaine que vos pouvoirs sont assez étendus pour le protéger, dit Janeway, l'air songeur.

— J'autoriserai le Trésor de Min-Tutopa à verser la somme requise pour libérer votre officier de toutes les accusations qui pèsent contre lui. Ce sera énorme, dit-elle en déglutissant avec difficulté.

— Plus les amendes et le remboursement des dégâts à l'Axe, ajouta Chakotay. Ne les oubliez pas.

— Non, nous ne les oublions pas, dit Janeway en tapotant l'épaule de Paris et en adressant à Fee son sourire le plus radieux. Occupez-vous en immédiatement, je vous prie. Je souhaite que la question soit réglée avant les va-et-vient de nos navettes. Êtes-vous d'accord ?

Fee serra les lèvres.

— Je vous contacterai sous peu, dit-elle.

Janeway se détournait de l'écran quand Paris éleva la voix.

— Capitaine, il reste une dernière chose.

Le pilote n'était pas certain que Tracer ait été réelle, pas plus que tout le reste d'ailleurs, mais il devait corriger ses erreurs, même commises dans l'irréalité.

— Il y a une concierge tutopanne qui travaille sur l'Axe. Elle s'appelle Tracer. Elle a été mêlée à toute l'affaire, mais ce n'était pas sa faute. J'aimerais que Fee paie sa caution aussi.

— Une femme ? demanda Janeway en haussant un sourcil.

— C'était une *femme* ? marmonna Kim, incapable de le croire.

— Elle était ivre et j'en ai profité. Je me suis servi de son bracelet d'identification pour m'introduire dans la salle du terminal.

Paris en appelait à Fee directement, intimidé et conscient que tout le monde l'écoutait. Mais il était certainement bon pour le genre de type qu'il était de tenter de pratiquer ce souci des autres, si naturel à Harry Kim.

— Il n'est pas juste qu'elle soit punie, poursuivit le pilote d'une voix plus assurée. Elle a été mêlée à votre rébellion aussi, mais elle n'a personne pour l'aider.

Le regard de Fee glissa de Paris au capitaine, toute trace d'irritation soudain disparue.

— On dirait bien qu'elle peut compter sur vous pourtant. Cela me remet à l'esprit pourquoi j'ai cherché le poste d'Arbitre Suprême. Pour empêcher le Cartel de nous transformer tous en une masse anonyme et sans visage.

— Alors vous l'aiderez ? demanda Paris.

— Je m'assurerai que Tracer soit libérée des griffes des Exécuteurs, dit Fee avant de regarder, l'air songeur, les officiers sur la passerelle. Votre extrême souci de l'individu fait de vous des êtres inhabituels, ajouta-t-elle. J'espère que mon peuple apprendra l'importance de cette attitude…

— Nous avons un mot pour la désigner, dit Janeway à la Tutopanne. Cela s'appelle de la compassion.

— C'est un don, leur dit Fee.

# CHAPITRE
# 25

Après la réinstallation du processeur dans la cabine de contrôle du système informatique, Janeway accompagna Torres et Kim à l'infirmerie pour entendre les pronostics concernant l'évolution du nutriment colloïde bio-neuronal. Janeway commença par remercier Zimmerman pour son travail acharné.

— J'ai cru comprendre que c'est vous qui avez élaboré le stimulant qui a permis aux senseurs du *Voyageur* de nous localiser, dit-elle.

Le médecin baissa la tête avec modestie, mais Janeway remarqua qu'il vérifiait, l'air gêné, la réaction de Torres. La Klingonne ajouta tout de suite, d'un ton assez brusque pour lui faire comprendre qu'elle admettait l'avoir mal jugé : « Merci. »

— Le bio-nutriment du bloc informatique central a été purgé des produits chimiques que nous y avons ajoutés, dit Kim en tendant un tricordeur à Zimmerman.

— Je vois, dit le médecin après avoir examiné les lectures. Nous remettrons le processeur en ligne après le branchement des nœuds de jonction.

Chakotay entra dans l'infirmerie.

— Je n'aimerais pas abuser beaucoup plus long-temps de l'hospitalité de Min-Tutopa, dit-il, avant d'a-jouter, après remarqué l'air interrogateur de Janeway : Le docteur m'a demandé de venir.

Zimmerman déposa le tricordeur et serra ses deux mains devant lui.

— Je voulais vous informer de mes découvertes, dit-il.

Son attitude était si grave que Janeway ne compre-nait pas pourquoi Kes souriait, l'air complètement ravie.

— Y a-t-il un problème ? demanda-t-elle.

— Pas exactement, dit le docteur. Le tissu endom-magé s'est régénéré et le système informatique fonction-nera de nouveau normalement, une fois que le processeur sera redevenu opérationnel.

Janeway, qui savait qu'il y avait anguille sous roche, cacha son soulagement.

— Alors, qu'est-ce qu'il y a ? demanda-t-elle.

— La protéine que nous avons ajoutée au bio-nutri-ment pour enclencher la régénération du système a eu certains effets secondaires imprévus.

— Vous vous exprimez comme s'il s'agissait d'une tragédie, alors que c'est la chose la plus merveilleuse de l'Univers, intervint Kim en secouant la tête.

— De quoi s'agit-il ? demanda Chakotay manifeste-ment intrigué par leurs cachotteries.

Le médecin fixa un point imaginaire situé quelque part au plafond.

— Je crois que l'ordinateur et le réseau informatique se développent, dit-il.

— Se développent ? demanda Janeway. Que voulez-vous dire ?

Kes répondit à la place du médecin.

— Le système croît, exactement de la même maniè-re qu'un organisme évolue dès l'instant de sa conception.

# INFRACTIONS

— Des cellules neuronales se détachent des tissus du bloc central, expliqua le médecin, et se soudent pour former des crêtes neurales. Nous avons la preuve qu'elles migrent lentement dans les contenants de colloïde et provoquent la formation d'autres crêtes dans les sous-processeurs principaux. C'est la première phase d'une intégration physiologique complète.

Janeway n'était pas certaine de comprendre.

— On dirait que vous dites que l'ordinateur est vivant.

— En autant que nous sachions, répondit Kim, le vaisseau entier agit comme un organisme unifié.

— Étonnant, dit Chakotay en retenant son souffle.

— Quel effet auront ces crêtes neurales sur le système informatique ? demanda Janeway, soucieuse des conséquences pratiques de ce fait nouveau.

— Elles augmenteront l'efficacité des systèmes à mesure que leurs interrelations deviendront plus étroites, lui dit Kim.

— Et, à terme, le système pourrait être doué de la faculté de sensation, ajouta Kes.

— Doué de sensation ? répéta Janeway. Vous voulez dire que ce vaisseau aurait conscience de soi-même ?

Elle savait que c'était un sujet auquel le médecin était particulièrement sensible.

— D'un point de vue légal et psychologique, dit Zimmerman, on considère qu'un individu a conscience de lui-même quand il est capable de raisonner, de généraliser, de découvrir de nouvelles significations et d'ajuster son comportement en fonction de ses expériences passées. Les contenants de gel neuronal ont été conçus pour remplir toutes ces fonctions.

— Et maintenant le cerveau de ce vaisseau évolue, dit simplement Kes.

Janeway se sentait légèrement abasourdie.

— Si tel est le cas, nous l'aidons à se développer en lui fournissant plus de protéines ? demanda-t-elle

— Oui. S'il évolue, répondit le médecin que la perspective semblait inquiéter outre mesure. Mais pour le moment, tout développement a été stoppé parce que nous avons enlevé les protéines supplémentaires du bio-nutriment, ajouta-t-il en montrant le tricordeur comme preuve de ce qu'il avançait.

Janeway perçut la surprise de Chakotay, et même Torres, que Kim regardait avec inquiétude, ne se permit pas le moindre sarcasme. Kes énonça tout haut ce que tout le monde se demandait tout bas.

— Si l'ordinateur a besoin de protéines pour se développer, devons-nous continuer de lui en donner ?

— D'abord, voulons-nous qu'il se développe ? demanda Kim.

— Il me semble que nous avons l'obligation de continuer ce que nous avons commencé, leur dit Janeway. Beau travail, docteur. Je veux que Kim et vous continuiez de suivre de près l'effet de ces ajouts de protéines sur notre système informatique. Informez-moi de tout nouveau développement.

Le médecin hocha la tête, l'air finalement aussi enthousiaste qu'elle l'était elle-même.

— Je pensais que vous seriez inquiète, dit-il.

— Comme tout capitaine, il est de mon devoir d'aider mon vaisseau à se développer pour qu'il réalise ses pleines potentialités.

— Même si ce développement interfère sur nos chances de retour dans le Quadrant Alpha ? demanda Zimmerman, qui se sentait presque obligé de poser la question.

— Docteur, parmi nos missions, nous avons celle de découvrir de nouvelles formes de vie. Je suis ravie d'en trouver une juste sous mon nez et je préfère croire que ce vaisseau nous aidera à rentrer chez nous plutôt que de nous en empêcher.

— Je craignais que vous refusiez les apports de protéines après avoir pris connaissance de leurs effets, dit le médecin d'un air soulagé.

Janeway éclata d'un rire sonore.

— Si je luttais contre l'Univers entier, nous n'irions pas très loin, pas vrai ? Je préfère collaborer avec tout ce qui se présente, dit Janeway avec un sourire destiné à Torres. Je n'ai nulle intention d'imposer ma volonté à aucun être vivant. Nous retournerons chez nous, et nous y retournerons en travaillant tous ensemble — l'équipage et le vaisseau.

— Après tout, ajouta Chakotay de sa voix la plus calme, nous avons été assez grands pour traiter avec le Cartel.